U0711007

小公民文学读本

XIAOGONGMINWENXUEDUBEN

面对明天
让我们从容些

世界编

李庆明 李冰 主编

二十一世纪出版社
21st Century Publishing House
全国百佳出版社

图书在版编目（CIP）数据

面对明天让我们从容些：世界编/李庆明，李冰主编．-- 南昌：二十一世纪出版社，2013.10

（小公民文学读本）

ISBN 978-7-5391-9078-5

Ⅰ．①面… Ⅱ．①李… ②李… Ⅲ．①世界文学 – 作品综合集 Ⅳ．① I11

中国版本图书馆 CIP 数据核字 (2013) 第 224461 号

面对明天让我们从容些：世界编　　　　　李庆明　李冰 主编

策　　划	张　明	
责任编辑	张　宇	
出版发行	二十一世纪出版社（江西省南昌市子安路 75 号　330009）	
	www.21cccc.com　cc21@163.com	
出 版 人	张秋林	
经　　销	新华书店	
印　　刷	三河市兴国印务有限公司	
版　　次	2018 年 4 月第 1 版　2018 年 4 月第 1 次印刷	
开　　本	880×1230mm　1/32	
印　　张	10.625	
字　　数	230 千	
书　　号	ISBN 978-7-5391-9078-5	
定　　价	39.80 元	

赣版权登字—04—2013—693

如发现印装质量问题，请寄本社图书发行公司调换 0791-865224997

编者的话

用阅读铸就高贵灵魂

柏拉图曾说过："开一个好头，对于做任何事情都是重要的，尤其是那些尚处于年青和稚嫩阶段的事物……"柏拉图的话无疑道出了启蒙对于人生的重要奠基意义。儿童的成长不仅关乎其自身的福祉，也关乎家庭、社会、民族、国家和人类的未来。随着公民社会的崛起与成熟，怎样做人，怎样让孩子们从小树立公民意识，成为家长与学校必须面对的新课题。

解题固然千头万绪，而我们给出的良方便是阅读——不仅是一般的知识性阅读，而是指具有文化意蕴的阅读。通过对诗意、史韵、理趣的感悟，对包括文学、历史、政治、哲学、科学、数学等方面构成的文化阅读，培育孩子的公民意识，塑造健康人格。这样的阅读，必将成为丰富的精神滋养，使少年儿童终身受益。

这套《小公民文学读本》，便是本着这样的理念选编而成——经由文学的形式，向孩子解读爱的内涵，使其具有感受美的敏锐，从善的能力。美国前教育部长威廉·贝内特曾编著过一本《美德书》，盛极一时，被誉为美国的儿童"圣经"。他希望把人类那些具有卓越、高尚价值的美德故事尽早呈现在儿童面前，如同情、责任、友谊、正直、勇气、毅力、诚实、忠诚、自律……一切可归结于德性教育，即对儿童美德的塑造。现代文明社会倡导的德育首先应是公民德性与公民伦理教育，而最好的教育便是让人感动。文学阅读直指人心，无疑应是启迪小公民心智、濡染品性，造就公民社会的第一块基石。

　　童年需要并适合这种斯文、高贵的阅读。如此阅读会使儿童气质清朗，心灵纯朴，童心不灭。而由它发出的道德指引，将给人生带来光亮、梦想和希望。

目 录

战争与和平

另一种话

和自然一起呼吸

宽容与理解

苦难记忆

《一个人的受难》之二十二   麦绥莱勒（1918—1919）

有人说"大人、小孩以及别的动物的消遣办法，大多数都是模仿打仗。"有人类存在的地方，就很难避免会有暴力和冲突，纵观战云密布的人类史，随着文明的进步，各种战争也不断升级。战争造成生命消失、文明损毁、生态破坏、疫病流行……人类把刀剑当做他的上帝。当刀剑胜利时人类自己却失败了。"但愿我能找到这样一个国家，那里人们所关心的不再是我们一向所关心的那些，而是美，是自然，是彼此仁爱相待。但愿我能找到那座远处的青山！"

战争与和平

和平睡着了①

◎ 丁谕弘

丁谕弘，台湾小朋友。

战争趁和平睡着时，
偷偷地跑出来捣蛋。
弄得，
美国跟利比亚，
伊朗和伊拉克，
以色列和阿拉伯，
争得脸红脖子粗，
和平，
你到底何时才醒来？

___

① 选自《中外儿童诗精选》，小舟主编，浙江文艺出版社2004年版。

我不过是个小小的声音[1]

◎ 巴特娜格

巴特娜格，菲律宾小朋友。

我不过是个小小的声音，
我只有个小小的梦想：
在清新的空气里，
充满了花香。
我不过是个小小的声音，
我只有个小小的梦想：
对着太阳微笑，
自由地跳舞歌唱，
不管在什么地方，
自由地把我的歌来唱。
来吧，全世界的小朋友，
我们是一体，

---

[1]　选自《中外儿童诗精选》，小舟主编，浙江文艺出版社2004年版。

小朋友关于"和平"的画作显出一份童真和美好的心愿——因为分离，我们更加享受相聚；因为失去，我们更加珍惜拥有；因为战争，我们更加祈望和平。

来吧，全世界的小朋友，

我们是一体，

我们有同一的希望。

我们有同一的梦想，

我们用一个嗓子来歌唱。

和平啊，给我们和平，

幸福啊，给我们幸福，

给我们全人类的爱。

和平啊，给我们和平，

幸福啊，给我们幸福。

给我们全人类的爱。

我不过是个小小的声音，
我只有个小小的梦想。
对着太阳微笑，
自由地跳舞歌唱，
不管对什么人，
自由地把我的歌来唱。
歌唱和平，
和平啊，给我们和平。
幸福啊，给我们幸福，
给我们全人类的爱，
和平啊，给我们和平。
幸福啊，给我们幸福，
给我们全人类的爱。

在风中吹响①

◎ 鲍勃·戴伦

> 鲍勃·戴伦（1941—），又译为鲍勃·迪伦，美国上世纪60年代最有影响力的民谣歌手、音乐家、诗人，获2008年诺贝尔文学奖提名。

这其实是一首歌的歌词，一连串的提问撕裂着人类心灵的伤疤，它的悲愤和无奈让人想起另一首歌《Tell me why?》，"如何努力才能成为一个男人，难道非要无休止的忍受和争夺来向世人证明自己吗？这就将是我漫长的生命吗——在炮火横行的世界中慢慢消逝？"这一切一切的问题，答案飘荡在风中……

一个男人要走过多少路，
你才能称他为男子汉？
一只白鸽要飞过多少海面，
她才能在沙丘安眠？

---

① 选自《美国读本》，（美）戴安娜·拉维奇编，陈凯等译，国际文化出版公司2005年版。

炮弹要掠过天空多少回，
它们才被永远禁用？
这回答，我的朋友，正在风中吹响，
这回答正在风中吹响。

一个人抬头看多少次，
才能望见蓝天？
一个人需多少只耳朵，
才能听到人们的哭喊？
多少人死去才能使他了解，
已有太多人死亡？
这回答，我的朋友，正在风中吹响，
这回答正在风中吹响。

鲍勃·戴伦之所以成为美国60年代的巨星，大概是因为他的声音中有一种沧桑感和抗争的力量，有一种愤怒而孤独的情绪。这些对于美国迷惘的青年人来说，恰恰是他们最需要的。

一座山要耸立多少年，
才会被冲刷入海？
一些人要生活多少年，
才会被给予自由？
一个人能转过头去多少回，
假装他什么也没看见？
这回答，我的朋友，正在风中吹响，
这回答正在风中吹响。

爱花的牛①

◎ 曼罗·里夫

曼罗·里夫（1905—1976），美国作家和儿童图书插画家。写过、画过近40本书，其中最具盛名的，即与罗伯特·劳森合作的《爱花的牛》。书中宣扬"反战、和平主义"的精神，深受世界各地儿童的喜爱。

从前，西班牙有一只小公牛，他的名字叫费迪南。

所有的小牛，每天都在一块儿跑跑跳跳，或是顶着头撞来撞去。

只有费迪南，和大家不一样。

他喜欢坐在草堆里，静静地闻着花香。

牧场边有一棵橡树，费迪南最喜欢到这棵橡树的底下坐了。费迪南好喜欢这棵树，他可以坐在树荫下，闻一整天的花香。

费迪南的妈妈看了好担心。

她怕费迪南会很孤单。"你为什么不去和其他的小公牛玩儿呢？"妈妈问。费迪南摇摇头，说："我比较喜欢坐在这里，我可以静静地闻一闻花香。"妈妈终于知道费迪南不会寂寞。她是一个了解孩子的妈妈。

她让费迪南去做他想做的事情。

---

① 选自《爱花的牛》，（美）曼罗·里夫著，（美）罗伯特·劳森图，孙敏译，二十一世纪出版社2008年版。

日子一天天过去，费迪南长大了。

他变成一只又大又壮的牛。

和费迪南在同一个牧场长大的那些牛，每天都顶着头伸着角，斗来斗去。每一只牛最大的希望，就是能到马德里的斗牛会上，风风光光地打一场胜仗。但是，只有费迪南和大家不一样，他仍是坐在橡树的底下，静静地闻着花香。

有一天来了五个戴着奇怪帽子的男人。他们来为马德里的斗牛会找一只身体最大、动作最敏捷、看起来最凶暴的牛。牧场上的那些牛，都一边跑一边发出叫声。他们跳来跳去、用头顶来顶去，显得非常、非常的凶猛。那些男人觉得这些牛好强壮、好厉害，准备要将其中的一只带走。费迪南认为没有人会把他带走。而且，他一点也不在乎。所以，他还是跑到他的橡树下，准备坐下来闻一闻花香。

费迪南要坐下去以前，并没有看一看底下，当他正准备坐在软绵绵的草上时，竟然有一只大黄蜂停在那儿。如果，你是一只大黄蜂。现在，有一只公牛坐到你的身上，你会怎么样？你一定会狠狠地刺他一下吧！没错，大黄蜂就是这么做的。

"哇！好痛！"费迪南又叫又跳。他就像疯了一样，横冲直撞，一会儿仰起头，一会儿撞向地面。

五个男人看到费迪南，都高兴得叫了起来。因为他们终于找到一只最大、最凶猛的牛。也只有这一只牛，才有资格被带到马德里的斗

费迪南可以一整天坐在树下，闻着那花香。

牛场去!

于是,五个男人载着费迪南到马德里。

斗牛大会就要开始了!街上插满了旗子。而且,还有乐队演奏呢!

坐在看台上的漂亮女士们,都在头上插满了花朵。在比赛开始之前,参赛的人都要绕场一周。首先是一群人拿着扎枪出场。他们是专门用绑有缎带的扎枪,去惹牛生气。紧接着,是拿着长矛的人,骑着瘦瘦的马出现。他们要用长矛去戳牛的身体,把牛弄得更生气。

最后,最了不起的大斗牛士出场了。他故作神气的,对着看台上的女士们鞠躬。他披着一条红色的披风。有一个少年,捧着剑,跟了出来。这把剑,是用来把牛刺死的。再过不久,公牛就要出来了。你们知道是谁吗?——是费迪南!"现在出场的是'猛牛费迪南'!"刚刚拿扎枪和长矛出场的人都吓坏了。即使是大斗牛士,也吓得直冒冷汗。

费迪南跑到斗牛场的中央。所有的观众都鼓掌、欢呼。因为,大家都以为费迪南会凶狠地露一手给大家看。可是费迪南并没有这么做。当他来到斗牛场的中央时,他看到看台上的女士们,头上都插满花。他便慢条斯理地坐下来闻花香。不论斗牛士怎么挑逗,费迪南都不想同他们争。他只是坐着闻花香。所有的人气得都在跳脚,特别是大斗牛士,因为没有办法在大家的面前炫耀功夫,更是气得发狂。

于是费迪南又被送回他的老家。

据我所知,到现在费迪南都还坐在他最喜欢的那棵橡树下,静静地闻着花香。

费迪南过得很幸福。

美丽人生①

◎ 王灵丽

　　我在影片预告单上看见这部电影名字之后，忽然想起好几位朋友对我说过，这是一部不容错过的好电影，因为里面有一位伟大的父亲，一定要看。等到放映那天，我慕名而去了。

　　电影都快放了一半了。我开始对朋友的话产生怀疑，这部电影哪有他们说的那样好看呀，整个一部乱哄哄的闹剧，跟我平时看的那种搞笑片一模一样。在意大利的一个小镇上，贫穷的犹太青年基多，凭借自己的机智与幽默，赢得了美人朵拉的芳心。老套的故事情节，常见的搞笑噱头，未见任何新意。我正在暗自嘀咕，画面一闪，基多与朵拉的儿子——约舒亚出现在屏幕上。一个活泼的小男孩，正沐浴着父母之爱，快活地成长。

　　二战的阴影很快扰乱了这个小镇往昔的宁静。随着纳粹的到来，镇

---

① 选自《中学生》2005年第11期。《美丽人生》，著名意大利电影，曾获多项奥斯卡提名。

法西斯的残酷磨灭不了人间的大爱，也阻挡不了爱情。只要带着暖暖的爱前行，就算再艰难，也会守得云开日出，迎接光明。

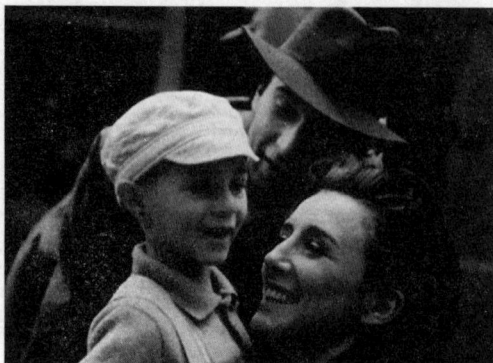

上的犹太人开始遭受迫害，书店的门上挂起了"犹太人与狗不得入内"的牌子。不谙世事的约舒亚一点都没意识到自己的幸福生活正在悄悄发生着某种改变。很快，不幸就降临到了这个家庭头上。基多和儿子在纳粹刺刀的威逼下登上了开往集中营的闷罐车。闻讯而来的朵拉为了不和亲人分离，在求救无望的情况下，也毫不犹豫地跳上了同一辆车。

从此，这一家三口的悲惨生活就在集中营里开始了。用心良苦的基多为了不让儿子幼小的心灵留下战争的创痛，从登上车的那刻起就骗儿子说他们将玩一个游戏，如果谁能攒够一千分，就能赢得一个大奖品———一辆真正的坦克。这对一个小男孩来说无疑是个巨大的诱惑，天真的约舒亚信以为真，这个游戏使他十分好奇与兴奋。

为了能得到那辆大坦克，约舒亚不得不忍饥挨饿，担惊受怕，藏在爸爸那张床的深处。因为爸爸告诉他不能让德国军官发现自己，那样会被扣分。他不明白为什么见不到妈妈，为什么自己不能回家，为什么这里面没有蛋糕吃，为什么院子里的其他小朋友过了一段时间后都不见了。每当他不想玩这个游戏时，爸爸总是能用一番充满诱惑的话让他回心转意。天性乐观开朗的基多，虽然在集中营里吃尽了苦头，见到了纳粹残酷的暴行，却从不在儿子面前流露一丝忧伤。不管环境多么恶劣，他总是用笑脸面对着儿子，不断鼓励约舒亚把这个游戏继续玩下去。

纳粹溃败撤离的那天夜里，基多趁乱将儿子藏在院中的一个小铁柜里。他叮嘱儿子，不管外面发生了什么都不能出来，只要坚持到天亮，约舒亚就能赢得这场游戏。就在基多转身去寻找妻子时，被荷枪实弹的哨兵发现。约舒亚透过柜上的小孔看见爸爸被一个士兵押着从院中走过。爸爸走路时滑稽的模样逗得他开心地笑了。然后，墙角里一声枪响，基多再也没有走出来。

天终于亮了，集中营里的人都神话一般失去了踪影，院子里一片沉寂，只有焚烧后的纸片随风飞舞，满目凄凉。约舒亚从柜子里钻出来，孤零零地环视着眼前的这一切。突然，约舒亚嘴角慢慢扬了起来，眼里露出一种巨大的惊喜——真是不敢相信呀，一辆坦克竟真的缓缓向他驶来!爸爸没骗他，他赢得奖品啦!

影片最后，约舒亚在那位盟军坦克手的帮助下，与幸存的妈妈幸福地拥抱在一起。我悬着的心终于放下了。

朋友的话一点没错，这的确是一部好看的片子。它的结构很独特，像是由两个不同的故事拼接而成，却又接得很巧妙。它以一种意大利式的幽默，让我看到了一位笑着面对苦难生活的丈夫与父亲。基多，这个热爱生活的年轻人，在随时都有可能被屠杀的情况下，还会想尽一切办法来保护妻儿。他利用为纳粹放广播的机会，偷偷地放了朵拉以前爱听的歌剧，让身处女囚之中的朵拉知道他们父子俩还活着；他听不懂一句德语，却抢着冒充翻译，把德国军官的一席训话全部翻译成了游戏规则，唯恐约舒亚知道事情的真相。哪怕是在自己生命将被结束的时候，也要想方设法保住儿子纯真的心。他让心爱的儿子在一场非同寻常的游戏中走过了人生最黑暗的岁月，这就是这位父亲的伟大之处。如果你在生活中遇到了困难挫折，让你愁容满面，感到沮丧甚至绝望，那么，我建议你去看看这部《美丽人生》，你一定会在笑声中有所领悟。

为什么会有战争? [1]

◎ 埃利·韦瑟尔

埃利·韦瑟尔（1928—），罗马尼亚出生的美国作家，著有小说《夜》，叙述了他在希特勒集中营中的经历。

为什么有战争?

我的德国小朋友，这个问题跟所有的孩子都有些关系。你有权利提出这个问题，就如同你的父母有义务考虑这个问题那样。为什么人们在一个风和日丽的日子决定互相杀害、互相消灭。出于嫉妒? 出于仇恨? 在一个可能会是十分美好的世界上，为什么会有这么多的仇恨。科索沃的电视图像一定还在你的脑际萦回，你究竟知不知道，这些图像对于你周围的人以及所有其他的人意味着什么? "那个画面"的事情会不会到处发生，也在这里发生?

1945年，那时我只比你现在的年纪大一点儿。我当时坚信，世界上永远也不会再有战争了。人类永远也不会再经受这样的残忍和这样的痛苦了。我搞错了。社会似乎没有从其错误中学到许多东西。找

---

[1] 选自《诺贝尔奖获得者与儿童对话》，（德）贝蒂娜·施蒂克尔编，张荣昌译，生活·读书·新知三联书店2005年版。

你的父母，要他们给你讲讲，他们在报纸上读到了些什么。在爱尔兰，尽管有了种种和平协定，猜疑和怨恨却依然还一直在分裂着基督徒们，因为他们以不同的方式信仰着爱他们的拯救者。哥伦比亚一直还在流血。一场野蛮的争夺权力和地下资源的战争席卷刚果，至少有6个非洲国家卷进了这场战争。现在你一定会问：所有这些惨无人道的暴行都是为了什么？它们有什么意义？为什么人们不明白，结束暴力和恐怖已刻不容缓？

现在我来告诉你，人们是如何为他们有时所做的恶事辩解的。我们就拿宗教做例子吧。你也许以为，宗教的存在就是为了使人们互相亲近，因为他们都服从同一个神。可遗憾的是，我不得不让你感到失望。宗教完全同样地具有煽动人们互相敌对的情绪，使人们变成嗜杀成性、冷酷无情的怪物的力量。在本书的第二篇文章里，我的朋友西蒙·佩雷斯已经给你讲了很多这方面的事情。也讲了有时成百万的人会以宗教的名义杀人和被杀害。

那么，这是否意味着宗教始终就是某种灾难性的东西，它一直只是让不幸降临我们头上吗？不，我的小朋友，决不是这样的。只是人们不可以狂热地从事宗教活动罢了。人们必须永远记住：好些道路都能通往上帝。上帝懂得所有的语言。他垂听所有的祷告，既垂听麦加的穆斯林的祷告，也垂听罗马基督徒的或耶路撒冷犹太人的祷告。信教者们只需同意有人隶属于另一种传统信仰，一切事情也就好办了。

然后还有爱国主义。在许多战争中，成百万的人们凭借着对自己国家的爱戴和信念，为保卫祖国而惨遭屠杀。这错吗？不，爱自己的人民、自己的祖国和自己的家庭是一件好事，这是值得称道的。与侵略者作战、反抗入侵者是每一个人应尽的义务。但是这与宗教信仰一样，这方面的危险也在于无节制，在于狂热。狂热会扭曲最高尚的动机；它甚至使纯洁和美丽的东西变得丑陋。狂热永远为恶魔服务。它

埃利·韦瑟尔博士是联合国的和平信使。他在儿童时代经历了纳粹对犹太人的大屠杀事件，虽然侥幸逃生，但这种伤痛却伴其一生。因此，成年后他一直在为和平和人的尊严做出努力，努力把个人的关注化为全人类对战争、仇恨和压迫的谴责。由于贡献突出，他于1986年获得诺贝尔和平奖。

为死神服务。

人们能与狂热做斗争吗？人们能希望有一天战胜它吗？我想能的。你看看今天的欧洲！几百年来一直互相视为敌人的各国人民，现在正共同建设着他们的未来。德国和法国永远也不会再为了占领边境这一边或那一边的一小块地区而互相宣战。从根本上说，几乎不再有国境了。今天人们没有护照也能从一个国家进入另一个国家。你知道吗？19个国家曾调集他们的武装力量，在前南斯拉夫阻止独裁者及其残忍的帮凶们的种族主义。在几十年前，这些国家中的某些怀着顽强的必胜信念的人们曾互相争斗过呢，今天他们却成了同盟者。

再说仇恨。人们怎么才能遏制或者甚至完全消除它？首先人们得撕下它的假面具，并发现隐藏在它背后的是什么。这是第一步，其余的一切便迎刃而解了。在某一个时候，人们将会明白，仇恨不仅毁灭对手，而且也毁灭它的始作俑者。说到底，仇恨终究是自我毁灭性的。

甚至还有某种比仇恨更糟糕的事情，如果穿制服的杀人犯杀害了像你这样的儿童或像你父母这样的成年人，而不是因为有什么仇恨，那么这就更糟糕了。他们根本就不是因为愤怒和仇恨而杀人。这确实比仇恨更糟糕。

你年轻，你在上学，读书，看电影。你一定有朋友，你和朋友们谈论许多事情，并制订共同的计划。你们在梦想什么？我希望，在你们的梦境中不会有什么战场上的胜利。相信我吧：真正的荣誉不是在那里可以获得的。战争意味着一切可能的事物，但是荣誉肯定不在其中。它意味着人们有时向你显示的这种种景象：在冷漠的天空下，一个衣衫褴褛的身体；受凌辱的妇女；精神恍惚的、乞讨的人；失去了自己的父母和所有亲人的悲伤的儿童。战争意味着苦难；战争意味着破坏、绝望和死亡。

但是为什么人们在书籍中、在影视里，把战争说成是伟大而壮丽的呢？你会这样问我。是的，人们是这样做的。但是人们再也不应该这样做了。在新的千年里，人们应该歌颂和平、人与人之间的和谐，以及和谐所赐予的幸运。

最后我要给你讲一个故事，你早已知道这个故事：《圣经》故事中描述的那场最早的战争。你记得该隐和亚伯吗？他们是兄弟，然而哥哥该隐竟杀害了弟弟亚伯。为什么《圣经》告诉我们这个可怕的故事？我愿意告诉你为什么：为了让我们知道兄弟之间存在着敌意，因为这是一个应该永远记取的教训：谁杀人，就是杀他的兄弟。

决不向一个提裤子的人开枪①

◎ 王开岭

王开岭（1969—），学者，著有思想随笔集和文学评论集《激动的舌头》、《黑暗中的锐角》、《跟随勇敢的心》、《精神自治》等。

按战争逻辑说，"决不向一个提裤子的人开枪"的英国作家奥威尔可能算不上英勇的战士，但他却是一个真正的"人"！假如人类有一天真的不再遭遇战争和杀戮，或许，最早制止它的力量，即源于这样一组细节和情景：比如，决不向一个提着裤子的人开枪！

1936年，英国作家奥威尔与新婚妻子一道，志愿赴西班牙参加反法西斯的战斗，并被子弹射穿了喉咙。在《西班牙战争回顾》中，他讲述了一件"有趣"的事——

一天早晨，他到前沿阵地打狙击，好不容易准星里才闯进一个目标：一个光着膀子、提着裤子的敌方士兵，正在不远处……真乃天赐良机，且十拿九稳。但奥威尔犹豫了，他的手指始终凝固在扳机上，

---

① 选自《阅读与鉴赏（高中版）》2002年第11期。

直到那个冒失鬼走远……他的理由是:"一个提着裤子的人已不能算是法西斯分子,他显然是个和你一样的人,你不想开枪打死他。"

一个人,当他提着裤子时,其杀人的职业色彩已完全褪去了。他从军事符号————一枚供射击的靶子————还原成了普普通通的血肉之躯,一具生理的人,一具正在生活的人。

多么幸运的家伙!他被敌人救了,竟然还蒙在鼓里。因为他碰上了"人",一个真正的人,而不仅仅是一个军人,一个只知服从命令的杀手。那一刻,奥威尔执行的是自己的命令————"人"的命令。

杀手和杀手是有别的。换了另一个狙击手,他的裤子肯定就永远提不上了。而换了奥威尔在他的位置上,他肯定会毫不迟疑地扣动扳机,甚至会发出一丝"见鬼去吧"的冷笑。然而,这正是人与士兵的区别,人之希望也就在这儿。

与其说称之"奥威尔式"的做法,毋宁说这是真正的"人"之行为。任何时候,作为"人"的奥威尔都不会改变:即使正是该士兵,不久之后将用瞄准来回报自己,即使他就是射穿自己咽喉的那个凶手,即使早料到会如此,奥威尔也不会改变,更不会后悔。

所有的战争,最直接的方式与后果皆乃杀人。每一个踏上战场的士兵都匹配清醒的杀人意识,他是这样被任命的:既是射击者,又是供射击的靶子……而"英雄"与否,亦即杀人成绩的大小。在军事观察员眼里,奥威尔式的"犹豫",无疑乃一次"不轨",一起严重的渎职事故,按战争逻辑说,它是违规的、非法的,甚至要遭惩处。但于人性和心灵而言,那"犹豫"却那样的伟大和珍贵!作为人类的一次精神事件,它应被载入史册才是。

这样说一点也不过分。

假如人类有一天真的不再遭遇战争和杀戮,你会发现,那值得感激的————最早制止它的力量,即源于这样一组细节和情景:比如，决不向一个提着裤子的人开枪!

这是和平之于战争的一次挑战。也是人对军人的一次挑战。

它在捍卫武器纯洁性的同时，更维护了人道的尊严和力量。

斗争、杀戮、牺牲、死难、血债、复仇……

如果只有仇恨而没有道义，只有决绝而没有犹豫，你能说今天的受害者明天不会变成施虐者? 英勇的战士不会变成残暴的凶手?

你隐约想起了一些向来不被怀疑的话:"对敌人的仁慈就是对同志的凶残!""对敌人要像秋风扫落叶般严酷无情!""军人以绝对服从命令为天职!"……你感到一股冷。一股说不清来自历史还是地狱的冷。

一股政治特有的冷。匕首的冷。工具的冷。阶级的冷。梦魇的冷。

而不合时宜的奥威尔，却提供了一种温暖。就像冬天里的童话。

追捕纳粹的猎人①

◎ 汤新华

西蒙·维森塔尔是德国纳粹大屠杀的幸存者,他在大屠杀中失去了89位亲友。二战结束后,他花了50年时间追捕纳粹战犯,让1100名战犯受到了应有的审判。维森塔尔说:"我只是想让人们知道,在历史上还没有谁杀了很多人却能逍遥法外的。"

2005年9月20日,维森塔尔在维也纳家中辞世,享年97岁。犹太长老马尔温·海尔这样评价维森塔尔:"我认为他将被当做大屠杀中的良知来纪念。他最终成为大屠杀幸存者的代表,因为他决心把所有十恶不赦的战犯送上审判台。"

曾5度从集中营死里逃生

1908年12月,维森塔尔出生于乌克兰巴格萨克斯的一个犹太商人家庭。他第一次被送进位于乌克兰的奥斯本集中营是1941年;1943

---

① 选自《海外星云》2005年第34期。

年10月,在德国人开始大屠杀之前,他从奥斯本集中营逃了出来;1944年他又被抓了回去,但在纳粹党卫军撤退时再次死里逃生;1945年5月,当美国人把第五次被关进集中营的维森塔尔从奥地利救出后,他只有99磅重。他意识到没有正义就没有自由,于是决定用几年时间去追捕那些逃亡的纳粹战犯,谁知"几年"最后竟成了几十年。

维森塔尔先跟美国人一起,在维也纳一个堆满各种档案的拥挤不堪的小公寓里收集材料,然后开始了追捕逃亡纳粹战犯的战斗。他曾成功地帮助以色列人捕获纳粹党卫军头子艾克曼。艾克曼组织并实施了灭绝犹太人的暴行,二战后,他逃往阿根廷。1960年,他被以色列特工绑架到以色列接受审判并被处以绞刑。

在那些被维森塔尔追捕到的战犯中,有一名奥地利警察卡尔·塞尔玻包尔,他把一个叫安妮·弗兰克的少女抓进柏根百尔森集中营,并在那里处死了她。维森塔尔初次听一个年轻人讲述安妮·弗兰克的故事时,他并不相信安妮·弗兰克的存在和被害。但是他想万一能发现那个把女孩抓起来的塞尔玻包尔呢?经过5年的追查,塞尔玻包尔于1963年被逮捕归案。

追杀盖世太保头子施罗德

维森塔尔不仅要跟东躲西藏的纳粹逃犯斗智斗勇,还要绞尽脑汁地和当地警察周旋。为追踪纳粹在波兰的盖世太保头子施罗德,维森塔尔深入南美洲玻利维亚热带丛林。狡猾的施罗德得到了消息,马上逃往哥伦比亚。

在哥伦比亚,维森塔尔和施罗德进行了殊死较量。施罗德不仅买通了当地警察,还收买黑社会集团来保护他。维森塔尔在无法亲自出马的情况下,派出3个职业杀手去暗杀施罗德。第一个杀手刚靠近施罗德的住宅,就被狡诈的施罗德从背后用无声手枪打死了。第二个杀手跟踪施罗德到一个小镇的意大利餐馆后, 掏枪的速度比施罗德慢了几秒, 结果又成了施罗德的枪下之鬼。

由于当地接连发现了两具被抛弃于荒野的无名男尸, 引起新闻媒体的关注, 被收买的警察不敢再明目张胆地向施罗德提供保护, 万般无奈的施罗德于是向黑社会加大了投资力度。哥伦比亚的黑手党有很多种植毒品的农庄, 他们就把施罗德藏在一个偏远的农庄里。维森塔尔和第三个杀手花半年时间收买了给施罗德做饭的村妇, 让她在饭中下毒, 终于毒死了恶贯满盈的施罗德。

追捕战犯惹争议

长期追捕逃亡的纳粹战犯给维森塔尔带来了巨大的危险。自1982年开始, 维森塔尔的家和办公室都需要由全副武装的警察保护。在此之前, 一个炸弹曾在他的门前爆炸, 致使房屋严重损毁, 所幸并无人员伤亡。事后一名德国籍和几名奥地利籍的新纳粹分子被捕。

这份特殊的工作也使维森塔尔备受争议, 很多时候, 他都是不受欢迎的人, 有时甚至被人当众羞辱。1975年, 身为犹太人的奥地利总理布鲁诺·瑞斯基就曾斥责维森塔尔是想把奥地利搅得一团糟的黑手党。

历尽磨难的维森塔尔直到八十多岁时才得到应有的荣誉。他一生获奖甚丰, 2005年6月, 奥地利总统汉斯·费舍尔就曾亲临维森塔尔家中给他颁奖。即使年过九十, 维森塔尔仍然坚持每天去办公室工作。他还写了好几本书, 包括回忆录《我们中间的杀人犯》。维森塔尔说: "我所做过的最重要的事情是跟遗忘作战, 让人们永远不要忘记我们的敌人。"

寻找索菲亚 ①

◎ 艾蒂·克拉克

我们驱车疾驶在通往塔尔努夫镇的公路上。安迪,我的司机,一边开着车在木制马车之间左突右冲,一边趁此机会和我练起了英语。"你去塔尔努夫干什么?"他问道。

"我要去寻找一个女人——索菲亚·科尔岑斯卡,她曾经照顾过我的母亲。"我从包里取出一个皱皱巴巴的航空信封,背面的封口处写着地址,笔迹是很匀称的欧式风格,"她年龄很大了,我甚至都不敢肯定她是否还活着。"

当我告诉母亲我要随一个旅游团去中欧时,她的眼睛一亮,问道:"艾蒂,你能不能去找一下索菲亚?"

她们最后一次见面距今已经70年了。在这70年中,整个世界经历了一次又一次的沧桑巨变。她们都成了家,生了孩子,过着迥然不同的日子,但她们的感情却一直保持了下来。个中奥秘我只能试着去理解。

---

① 选自《中外文摘》2011年第9期。

我告诉母亲波兰是一个很大的国家，我能抽出的时间也很有限。我感觉不可能找到，但我还是说我会想方设法去找。

1916年，索菲亚从波兰的克拉科夫来照看我的母亲多蒂，那时母亲还是一个婴儿，住在新泽西州的萨米特镇。索菲亚当时21岁，纤细柔弱，淡棕色的头发挽成一个小圆髻。她干活很踏实，笃信罗马天主教。在母亲的记忆中，她总是跪在房间里祈祷，周末休息时总是去教堂。但是，索菲亚留给别人最深的印象是荡漾在她脸上的灿烂的笑容。

母亲小时候体弱多病，索菲亚对她关爱备至。母亲每次发烧时，索菲亚总会坐在床边，想办法帮她把体温降下来。

每天下午索菲亚会给母亲把被子掖好，让她好好睡一会儿。可是母亲总是悄悄地溜下床，踮着脚尖，钻进楼上索菲亚的房间。在那里，她可以坐在地板上凝神静听索菲亚给她讲关于波兰的故事。索菲亚一边讲，一边缝制小裙子、有褶边的衬裤或丝绸围巾，那飞针走线在母亲眼里犹如魔术一般。而这些东西都会变成送给我家的圣诞礼物。

这一切都是美好的记忆，但如果不是后来发生的一件事情，这些记忆就很有可能已经褪色了。

母亲7岁时的一天，索菲亚走进客厅，手里拿着一封信，低声哭泣着。"我爸爸病得很重，"她终于能控制住自己，开口说话了，"他需要我回去。"

几天以后，索菲亚就买好了回波兰的船票。"在后车厢里，我爬到索菲亚的腿上，"母亲说，"我们一路哭到纽约。索菲亚上了船。汽笛拉响了，她站在甲板上向我们挥手。船开动了，变得越来越小了。她就这样走了。"

好几个月里索菲亚杳无音信。终于有一天，我们收到她的一封航空信件。她告诉我们，她父亲在火车站接她，看上去气色很好。有一个小伙子和他在一起。她父亲介绍说，他叫弗拉基斯洛·科尔岑斯卡,就是她将要嫁的男人。这个人曾经见过索菲亚的照片,被她的美貌所打动,于是告诉她父亲:"如果你让她回来,我就娶她。今后你想要什么就会有什么。"

但后来的情况并非如此。战争爆发了,索菲亚的丈夫因饥饿而死,给她留下3个孩子。战后,我们收到她的一封来信,得知她过着食不果腹的生活。

母亲一直在设法帮助她。给索菲亚把衣服打包成了我家的习惯,但那些包裹常常寄不到,而一旦她收到了,就会写信告诉我们,她是非常开心的。

有一年,我们收到一张复活节卡片。"我一生中最幸福的时光,"她用工工整整的笔迹写道,"就是在美国与你们一家在一起的时候。这里的情况很糟。"

我一个月前写信给索菲亚,告诉她我要去波兰。我告诉她我到达克拉科夫的时间以及我住的宾馆,但没有回音。难道她已经去世了吗? 我疑惑。

安迪从来没去过塔尔努夫。他把车停在一个出租车站点,有好几个出租车司机站在那里。他一遍遍重复着我们要找的街道的名字,接下来就是一长串波兰语的对话。

车子又在窄小的街道上迂回开动了。我们路过一个露天市场,小贩们在卖大把大把的鲜花。我让安迪把车停下来,给索菲亚挑了一束红黄两色的大丽花。安迪不停地向人打听索菲亚,但没有人认识她。时间已是午后,还有不到7个小时,我们一行就要离开波兰,乘夜间火车去布达佩斯。看来是没希望了。

最后,我们在一个僻静的街上问了一位老人。沿着他给我们指的方向一看,原来,索菲亚的房子几乎就在我们眼前了。

那是一座砖房,上面爬满了常春藤,低矮的篱笆围着小小的前

大丽花以其雍容华贵之姿被墨西哥尊为国花。它的花语是祝福、吉祥之意。作者捧着大丽花去见索菲亚，花语虽无声，但此时无声胜有声，其中的涵义和情感表达甚于言语。

院，蔷薇盘绕在门廊上。"你可一定要进去啊，"我告诉安迪，"你不在，我可是什么也听不懂。"我们走上前，敲了敲门。一个个头矮小、身材丰满、一头白发的女人打开了门。她看起来太年轻了，不可能是索菲亚。"我找索菲亚·科尔岑斯卡。"我说。

她兴奋得双颊飞红。"你是艾蒂吗？"她问道，同时一步跨到外面砖铺的小路上。

"是的。"我说。一阵突然而又强烈的如释重负之感袭上我的心头。

"噢!"她紧紧地搂着我转了一小圈，"索菲亚正等着你。"

原来，这个女人是索菲亚的儿媳。她领着我们穿过院子来到另一个门前。一个体态瘦小、系着围裙、年龄已经超出我的想象的老妇人站在门里面。"是索菲亚吗？"我问道。

"70年了，70年了!"她泪流满面，紧紧地抓住我，趴在我的肩上泣不成声。

他们为我的来访做了准备。装着甜点的托盘和盛着三明治的盘子摆满了长长的餐桌。我向他们介绍了安迪，并通过他开始了交谈。

索菲亚的家看起来很舒适，但显得贫穷。他们没有车，没有电话，没有热水供应，连最简单的室内卫生间也没有，但房间被装饰得很好。一堵墙边放着两个架子，上面摆着几本书。在较低的那个架子的正中央，在一面镜子前的显要处，摆放着一对水晶花瓶。

索菲亚坐在我的旁边，用英语结结巴巴地给我讲述她悲惨的一生。她对我谈起战争，告诉我她丈夫是如何死的，他们怎样差一点被遣送到西伯利亚，还说起希特勒和斯大林。当说到她的妹妹、妹夫和他们的孩子死于奥斯维辛集中营的时候，她忍不住哭出声来。她还有一个儿子，由于受到当年切尔诺贝利核电站爆炸所造成的核辐射的影响，在3年前去世了。

然而，在命运多舛的岁月里，她对我们的那份感情一如既往。她告诉我，她每天都在为我的外婆和母亲祈祷，从未间断过。

过去的岁月也有让人感到欣慰的地方：最近她儿子刚刚从建筑工程师这样一个令人骄傲的岗位上退休，儿媳妇在当了30年教师后也已经离职，索菲亚在信中经常说起的心爱的女儿现已移居瑞士，连外孙女也快结婚了。

我向她谈起了我的家庭，拿出照片让她看。刚一说到拉蒙（我外公、外婆的姓），索菲亚又一次哭了起来。"拉蒙夫人，"她抽泣着说，"拉蒙夫人是世界上最好的女人。"她的声音变得很轻柔，仿佛陷入了一场梦境。

整个下午她都泪流不止，我们坐在一起说个不停。索菲亚睁大她那双已经哭红了的眼睛，紧紧地盯着我，好像难以相信一样。我们是初次见面，但同时又是老朋友。我是外婆和母亲的使者，是她们的化身。那一天我所获得的爱是无法形容的，我努力把索菲亚在我母亲心中的位置转移到我的心里。

离别是很艰难的。我把鲜花和我母亲的小礼物送给她——扇贝形状的粉红色肥皂和一些香味独特的洗发液。母亲还在一个信封里装了一些钱，并在信封上写着："给我亲爱的索菲亚。"当我好不容易能够起身离去的时候，索菲亚双手捂住眼睛，站了起来，紧紧地将我搂住。

我已经从屋里走了出来,这时,她叫道:"等一下!"并且示意我回去。慢慢地,她取下一个花瓶。这是一个沙漏状、做工精巧、边缘已经磨得失去光泽的水晶花瓶。"带给多蒂。"

"不。"我说。这是她仅有的一点值钱的东西。

"拿着,"索菲亚说,"带给多蒂。"

回国之后,我去看望母亲。我拿出我拍的索菲亚和她家人的照片让母亲看,同时把那只水晶花瓶交给她。母亲用颤抖的双手接过花瓶,禁不住潸然泪下。

如今母亲和索菲亚都已是风烛残年,身体虚弱。母亲今年77岁,索菲亚98岁。虽然她们天各一方,但感情的纽带一直把她们紧紧相连。我想,对于这样一种爱,任何语言都会显得苍白无力。

阿拉比旺的雨季 ①

◎ 廖华

我是一名医生，隶属于中国援助非洲某国的医疗队。在一个叫阿拉比旺的地方，我已经工作了三年。我工作出色，并且很快学会了当地的语言。

这天我接到指示，一个叫拉贾尔的村子可能爆发了传染病，要求我去调查疫情。在我们医疗队，执行这样的任务是家常便饭。我二话没说，带上我的助手兼司机——当地人考克，开着一辆敞篷吉普车就出发了。车开出医疗队营地的时候，两名全副武装的政府军警卫坐到了我们的后座上，他们是奉命来保护我的。在拉贾尔村一带，政府军和叛军的势力范围犬牙交错，如果没有武装护卫同行，到那儿去是一件非常危险的事。

此时正值阿拉比旺的旱季，到处是一片枯黄，显得死气沉沉。去拉贾尔村要经过一片沙漠，汽车进入沙漠不久，我就发现前面的沙丘

① 选自《读者》2007年第24期。

上有一个黑点，驶近了，才看清楚那是一个人。那人伏在沙丘上一动不动，显然是昏过去了。我大叫停车，两个警卫拿着自动步枪，小心翼翼地接近那人，用枪托把他翻了过来。我上前一看，这是一个十五六岁的黑人少年。他双目紧闭，嘴唇干裂，右小腿肿得发黑。我检查了他的伤口，伤口小得几乎看不出来。"是毒蛇咬伤!"我果断地说。打开药箱，我麻利地给他注射了一支抗蛇毒血清，又给他灌了些清水。

不一会儿，少年醒了，轻轻地呻吟起来。我要求带上他——在这酷热的沙漠里，我们要是丢下他的话，他可就死定了。但是两个警卫不同意。他们嘟哝着说："这儿前后都没有人烟，谁知道他是不是叛军的探子?"

我们正在争执，考克突然叫道："糟糕!昨夜的一场沙尘暴把去拉贾尔的路标都淹没了，在沙漠里迷了路可不是闹着玩的，我看我们还是回去算了。"我不同意："拉贾尔村的村民还等着我去治病呢，如果真是很严重的疫情，那可能意味着全村人的性命都受到威胁，咱们还是边探路边走吧。"这时，那少年突然开口了："我就是从拉贾尔村来报信找医生的，我们村里有很多人病得很严重。我知道有一条路可以更快地到达拉贾尔村，刚才我就是从那条路来的，没想到被毒蛇咬了……"

我们大喜过望，忙把少年扶上车，按照他指示的方向前进。车开了好长时间，前面终于出现了一个村庄。考克疑惑地说："不对呀，拉贾尔村我去过，这里不是拉贾尔!"我正要询问那少年，四周突然响起了爆豆似的枪声，子弹"嗖"地掠过我的头顶。两名警卫闷叫一声，来不及还击就栽下车去。

等我抬起头来的时候，我才发现两名警卫已经被打死了。我、考克和那少年都成了叛军的俘虏。我和考克用当地话向叛军表明身份，可是叛军欢呼着，还不停地对天鸣枪以示庆祝，震耳欲聋的枪声中，根本没人听清我们说的话。这时,令我难以置信的一幕发生了:叛军们把那少年拉了过去。我开始以为他们会伤害他,可没想到他们却把他抬起来,抛向空中,接住,又抛上去,嘴里还疯狂地喊着:"托托,托托!"这时我才明白过来,两名警卫的担心没有错,这个名叫托托的少年真是叛军的一个奸细,是他把我们引进了叛军的营地!

我和考克被反绑着双手押进了村子,而托托像个英雄似的走在前面,接受着叛军们的欢呼。这一幕让我的心直往下沉。我知道在阿拉比旺这个地方,很多少年被叛军掳去,培养成嗜血的杀手,他们往往冷酷无情,毫无人性可言。落入这群冷血杀手手里,我们的命运可想而知。

因为抓我们有功,托托得到了叛军首领的奖励,奖品竟然是一支擦得锃亮的AK-47步枪!

杀人游戏开始了!他们给考克松了绑,指着一条长长的巷子让他跑。考克惊恐地摇着头,一个叛军抬手就是一梭子弹,子弹打在考克脚下,尘土四溅,考克吓了一跳,没命地跑了起来。考克跑出二三十米后,托托开枪了,也许是刚学会打枪,他连开了几枪都没有打中,眼看着考克就要跑出那条巷子了。我的心提到了嗓子眼,就在这时,一个叛军夺过了托托的枪,一梭子弹就撂倒了考克。我知道下一个就轮到我了,我恐惧到了极点。果然,托托拎着他的AK-47走到了我面前,举枪瞄准了我,他一定是想把刚才没打中考克的一腔怨气都发泄在我身上。我想起了远在祖国的亲人,我的丈夫,我的孩子,我不想就这样死去,可我却只能闭目等死!

突然,我听见托托大声说:"这个外国女人是个医生,她治好了我的伤,咱们把她留下来,兴许有用!"叛军们发出一阵嘘声,但最后他们的首领还是同意把我留下来了。

我被带进了一个有着残破土墙的院子。院子里堆了一些装粮食的麻袋,还拴着一匹用来运东西的骆驼,这显然是叛军的"后勤部"。

我一走进院子,立刻有一群孩子围了上来。他们有的对我扮鬼脸,有的向我吐口水。这群孩子大的和托托年纪差不多,小的可能还不到十岁。令我震惊的是,他们身上都有伤,并且都没有得到有效的治疗,有的伤口感染了,流着脓水、散发着恶臭,还有几个是缺胳膊少腿的残疾儿。

"看见他们身上的伤了吗?这都是因为他们想逃跑或者完不成任务而受到的惩罚,我今天要是不把你们引来,我也会受到这样的惩罚。"托托冷冷地说,"要是你想逃走的话,下场比他们还惨。"

叛军毒辣的手段我早有耳闻,刚才又亲眼看见了他们是怎样处死考克的,可是当我面对这群伤痕累累的孩子的时候,仍然感到不寒而栗。孩子是国家和民族的未来,阿拉比旺,你还有未来吗?

因为环境的影响,这群孩子大都心理扭曲,他们最喜欢恶作剧,甚至毫无理由地伤害别人。比如往别的孩子已经做好的饭菜里撒沙子,以让他受到残酷的惩罚。我这个被当做俘虏抓来的"外国女人"理所当然地成了他们恶作剧的对象。有时我正蹲在那儿拣他们挖回来的野菜(这是我的工作之一),脖领里会突然被放进去一只活蹦乱跳的蜥蜴之类的活物,我被吓得又叫又跳,他们就会得意地拍手大笑。

托托显得比他们更成熟,也更冷漠。他拎着枪站在一旁,冷冷地看着那群孩子戏弄我,闹得太过分的时候他才干涉一下,通常是一枪托拍在某个孩子的屁股上。也许是因为他比这群孩子大一点,也许是因为他手中有枪,其他孩子都怕他,他俨然是这儿的"首领"。

在度过了最初的恐惧之后,我开始平静下来,试着和这群孩子沟通。我给他们治伤(幸好我的药箱还在),很快,那几个伤口感染的孩子就痊愈了。孩子们对我"神奇"的医术佩服不已,我还把国内孩子们玩的游戏教给他们,他们也表现出很大的兴趣。慢慢地,他们对我没有恶意了，也不再捉弄我。

能够让这群"小叛军"接受我，并且带给他们好的影响，我不由得有点小小的得意。我知道医疗队和政府军肯定在焦急地寻找我，我也经常想到逃跑，但是我也很清楚，院子的土墙外就是叛军的大本营，在目前这种情况下，我待在院子里要安全得多。

就在这时，发生了一件让我意想不到的事。这一天，我正在拣菜，托托走了进来，他盯着我看了好一会儿，看得我心里发毛。我抬头正要问他有什么事，他却突然跨前一步，一把揪住了我的头发，另一只手把我挂在脖子上的护身符扯了下来。"这个护身符，你从哪里弄到的？"他恶狠狠地问。

我看了一眼那个用野猪的长牙雕刻成的护身符，说："这是一个叫娜莎的小女孩送给我的。她得了很严重的疟疾，病得快不行了，我治好了她的病，她就从脖子上取下这个送给了我，说可以保佑我平安。"

"你胡说！司令说过，你们这些外国人到阿拉比旺来，就是为了帮助政府军屠杀我们、掠夺我们。这个护身符，一定是你杀害了娜莎才抢到手的！我后悔那天没一枪毙了你，我现在就宰了你！"托托的眼睛里燃烧着仇恨，他取下背上的枪，"哗啦"一下上了膛，黑洞洞的枪口对准了我。

恐惧掠过我的心头。突然，我的头脑里掠过了一丝亮光，我急切地说："托托，请你冷静下来。娜莎对我说过，她有个哥哥被叛军掠走了，是你吗？对了，我是中国人，我是来帮助你们的。"

"你是中国人？"托托惊讶地说，他的枪口垂了下去。突然，他变戏法似的从身上掏出了一枚毛主席像章，"这是我祖父留给我的。他常说，中国人是好人！你真的是中国人？"我肯定地点了点头："我是中国人，我的父亲也曾经到非洲修过铁路。请你相信我，你的妹妹还活着。中国政府在你们村子附近援建了一所学校，你妹妹就在那里上学。还有你妈妈，她经常到医疗队来帮忙，她们每天都盼望着你回去呀!托托，你也应该回去上学……"

"啪"的一声，托托的枪掉在了地上，他的眼里涌出了泪水，他毕竟只是个孩子呀!我张开双臂想要拥抱他，但他却迟疑了一下，拾起地上的枪跑了出去。

此后一整天，我都没有看见托托，问那些孩子，他们也说不知道。第二天早上，托托回来了，但没有和我说话。背着我，他和那些孩子在小声地嘀咕着什么。从那些孩子们脸上的坏笑来看，他们好像在策划什么恶作剧。

我刚从院子里拎了一桶水进来。突然间，托托和那群孩子一拥而上，把我摁倒在地。他们给我套上了一件破麻袋做成的"衣服"，在我的脸上涂上锅灰，在我的身上粘满羽毛，还给我戴了一顶怪里怪气的花冠，然后把我架上了院子里的骆驼。我知道自己又一次成了他们恶作剧的对象，我不敢反抗，毕竟，我是他们的"俘虏"。再说，如果不小心激怒了这群心理扭曲的孩子，他们可能什么都干得出来。托托猛地在骆驼屁股上拍了一巴掌，骆驼小跑起来，孩子们跟在后面追着，拼命往我身上吐口水、扔石子和烂菜叶。我伏在骆驼背上左躲右闪，身上满是脏东西，十分狼狈。孩子们一直在兴奋地叫着什么。我费了好大劲才弄明白，他们叫的是"女巫"。原来，我竟然被他们当做了游戏中的巫婆!骆驼跑出了院子，孩子们在后面追着。院子里的叛军们先是吃了一惊，然后都哈哈大笑起来，有的还为孩子们这别出心裁的恶作剧鼓掌叫好。

就这样，骆驼驮着我跑出了叛军的营地，门口的岗哨也笑得前仰后合，跑出大门大约两三百米，在孩子们的一片喧闹声中，托托突然悄悄地对我说："你骑稳了，控制好缰绳，一直往东，就可以到达政府军的地盘。骆驼上的皮口袋里有我给你准备好的食物和水!他们的汽车都被我做了手脚,追不上你的!"

原来孩子们是在用他们独特而巧妙的方式营救我!我震惊得说不出话来。托托用枪托在骆驼屁股上打了一下,然后举枪扣动了扳机,子弹从我的头顶掠过,受惊的骆驼狂奔起来,很快,孩子们就被远远地甩在了后面,只有托托的枪声仍在我身边响着,仿佛是在为我送行……

半路上,我碰到了正在寻找我的政府军车队,他们把我救回了医疗队。休养了一段时间,我又开始了工作。我几乎每天都在担心着托托和那群孩子,放走了我,他们会受到叛军的惩罚吗?想想那些被砍去手脚的少年,我的心紧缩起来。

这天早上,我带着娜莎在村子外散步。阿拉比旺的这个旱季似乎特别长,到处仍然是一片枯黄,没有生命复苏的迹象。突然,娜莎指着远处兴奋地叫道:"哥哥,哥哥!哥哥回来了!"我抬起头,惊讶地看见托托带着那一群孩子正向我们走来!

我和娜莎迎了上去,托托扔下手里的拐杖,扑到了我的怀里。我心疼地问:"托托,你的腿怎么了?"托托抽泣着说:"政府军和叛军打了一仗,我们乘乱逃了出来。没想到有人追我们,我们只好冒险穿过雷区逃回来……"

我的眼泪控制不住地往下流。就在这时,天空中滚过一阵闷雷,阿拉比旺的雨季,那个令万物复苏的季节终于来了!

献给大象的白色雏菊 ①

◎ 徐鲁

徐鲁（1962— ），诗人、出版人、儿童文学作家。著有长篇小说《为了地久天长》、散文集《冬至的梦》等。

日本作家中村友子的《让大象回来》是一部文笔质朴而优美，充满了生命的哀痛和伤感的小说。这是发生在20世纪40年代日本的一个真实的故事。

世界在等待他们长大

三吉是日本山形县一个普通的乡村少年。他性格木讷、腼腆，从小就寡言少语。他周围的小伙伴常常会谈论各自的远大理想，对此他却无动于衷。他从来也没有幻想过有一天会去遥远的都市里生活。

可是，17岁那年，一次，他帮父亲到区公所办事，在一个公告栏前，他看到了东京上野动物园的一则招募饲养员的启事。寡言的少年没有和任何人讨论启事上的内容，只是独自默默地记下了这件事，然

① 选自《读者》2009年第22期。本文是作者读日本作家中村友子所著《让大象回来》后有感而作。

后安静地离开了。

三天后，他给上野动物园的加贺园长寄出了一封应征信，不久就得到了回音。那年春天，三吉带着父母亲的祝福和忧虑，离开家乡来到上野动物园，开始了饲养员的工作。那时的上野动物园是全日本最大的动物园。三吉非常喜欢动物，他觉得，和动物相处比和人相处要容易多了。

不久，动物园从南洋运来了一头只有八岁的小公象，名字叫东金。三吉很快就和东金建立起了融洽的感情。在三吉看来，小象东金就像一个八岁的孩子，必须给予适当的教导和爱护，而不是一味的溺爱或者是粗暴的对待。

此时，少年三吉和小象东金一起静静地成长着。

世界在等待他们长大。

生离死别的见证者

冬去春来，美丽的樱花开满了上野的大街小巷。

东金在三吉一次次耐心的调教下，已经能够为前来参观的孩子们表演有趣的才艺了。这期间，三吉为东金的成长付出了太多太多的辛苦。

一次，东金生病发烧，三吉就拉着两轮拖车，在寒冷的大风中从外面运回冰块，用铲子将冰块打碎，再将碎冰装进一个个枕头套里，放在东金因发烧而肿胀的腿脚上。而这时候，三吉的手却因为冰冷失去了知觉，他的头也因为寒冷开始了阵阵疼痛。但他想的是：只有这样，东金的病才能很快好起来！

不知不觉中，十四个年头过去了。三吉已经年过三十，东金也从一头天真懵懂的小象，变成了一头成年大象。

三吉熟悉东金的生活习性，东金也熟悉三吉的每一个动作、眼色，还有他的声音与气息。他们相依相伴，一起度过了青春岁月，度过了他们生命中的春天。他们互相鼓励着，互相给对方以快乐、友善和安全感。

可是就在这时，不幸的事情发生了。1941年12月8日，一个很冷的早晨，令人不安的消息传来：美国对日本宣战了。

随着战争的加剧，愈来愈多的年轻同事因接到召集令而离开动物园，要上战场去打仗了，包括三吉最好的朋友阿武。

阿武被征召当兵那年才25岁。他有一位年轻美丽的妻子，还有一个四岁的儿子小雄和一个两岁的女儿美代子。那一天，阿武带着他的全家，在动物园里度过了他们的假期。三吉特意抱着小雄坐到东金的背上合影留念，还为阿武父子在东金的背上照了相，作为永久的留念。

在那些日子里，被征召即将上战场的父亲们都会带着自己的孩子来到上野动物园，在大象屋前照相留念。三吉总是哀伤地看着那些即将和父亲分开的孩子。动物园里的大象，也成了这场生离死别的战争的见证者。

最冷酷的战争记忆

太平洋战争开始后的第二年冬天，动物园中的年轻饲养员几乎都被征召入伍了。越来越多的年轻人告别故乡，上战场去了。大片大片的土地开始荒芜。动物园里留下的都是一些年纪比较大的饲养员。大家都在拼命地超时工作，照顾那些同样笼罩在战争阴霾下的动物。

日本的冬天是寒冷的，而那些来自热带的动物受不了日本寒冷的冬天，相继生病了。以往，饲养员为了让动物度过寒冷的冬天，都会将暖炉放在动物的屋子里。可是现在，因为战争需要大量的石油和煤，原本给动物园使用的煤，都必须优先供给军方使用。于是，我们看到，黑豹和河马在兽栏中冷得发抖，猩猩们一只只地感冒了，来自热带的鸟儿们一只只冻死在冰冷的空气中，长颈鹿也得肺炎死了……看见动物们一个个死去，大家都心痛极了！

可是，更大的灾难还在后面。因为战争需要更多的武器，制造军舰、大炮需要更多的钢铁，而日本国内的铁矿并不多，于是，穷兵黩武的军方开始从百姓家中收集所有能得到的铁器。锅、暖炉等任何能收集起来的铁器都被没收了，就连寺庙里的钟都被军方带走了。他们甚至想到了动物园内那些栅栏，因为那也是用铁做的。

果然，当夏天来临，向日葵盛开的时候，一场致命的灾难降临到上野动物园：为了获取那些铁栅栏，而又不至于让动物们逃出动物园跑到大街上，军方下令，动物园中所有的猛兽，如狮子、老虎、大象等，都必须在规定的日期内予以毒杀！在将被毒杀的猛兽名单里，就有那头名叫东金的大象。

这个荒唐而残酷的命令让大家都惊愕得像是失去了魂魄。在那个炎热的夏日，大家的心在一瞬间像被冻僵了一样。胆小怕事的加贺园长用颤抖的手接过了那张残酷的毒杀名单。

在那些日子里，三吉也想过许多办法试图保护大象东金，但都无济于事。他常常独自和东金依偎在一起，默默地流着痛苦的泪水。想到东金不久之后的命运，他常常忍不住失声痛哭。而这时候，东金似乎也预感到了什么，用它的长鼻子不断轻搔着哭泣中的三吉那灰白色的头发。是的，他们一起相依为命这么多年了，东金已然成了三吉最亲密的伙伴。

但是，战争是残酷的。这场战争让日本军国主义者变得疯狂了。不久，闭园的钟声响起——动物们的死期到了。

几天下来，泪眼朦胧的三吉一句话也不说。他的心中充满了对这个世界深深的失望、怨怒与仇恨……

一颗滴血的心

一只只动物被残酷地毒死了。来自中国北方的熊，从非洲埃塞俄比亚运来的狮子，还有黑豹，甚至一只出生不久的小白熊……狮子吃下的毒药药量不够，它足足挣扎了一小时还没断气。它的饲养员再也不忍心看狮子痛苦下去，只好拿起矛刺进了狮子的心脏……饲养员跌坐在狮子的身边，抱起狮子颤抖的身躯，号啕痛哭着，声音响彻了夜晚的动物园。

大象东金在弥留之际，因为持续多日不曾进食，连睁开眼睛的力气都快没有了，只能用哀伤的眼神凝视着三吉。眼中不断地向三吉传递着求救的信息。而三吉能做的，也只是默默地流着眼泪陪伴着它。

我要陪伴它到最后一刻，我能为它做的，就只剩这一件事了。不能让东金孤独、寂寞地离开这个世界。三吉想。

东金干燥的肌肤上不断地渗出血来，而三吉的心也跟着滴血。

终于，一个满天星光的宁静夜晚，月亮升上来了。从象屋那小小的窗户望出去，这是在南非、在瑞士甚至在东金出生的那个国度，都能看见的那个月亮。就在这个曾经照耀过东金童年时光的月亮之下，伴随着一声巨响，大象东金庞大的身躯永远地倒下了。

东金终于结束了最痛苦的煎熬。三吉再也哭不出声音了，只有无声的眼泪在滴落。他抚摸着东金渐渐冰冷的额头。轻轻地对它说道："这些年辛苦你了！现在你回去了，从现在开始，你可以永远快乐地生活在没有饥饿、没有痛苦的天国了。安息吧，东金……"

那一天是1943年9月23日，一个深深地刻在三吉滴血的心上的日子。

两年后，一枚原子弹让广岛在一瞬间变成了人间地狱。随后，日本天皇宣布无条件投降，一场漫长、苦难的战争终于结束了。

废墟中的雏菊花开

战后，上野动物园重新开园，大人又带着他们的孩子络绎不绝地来到动物园中。可是，象屋里不再有大象的踪迹，动物园里也不再有狮子、老虎的踪迹了。

三吉在上野动物园里最好的朋友，也就是那个男孩小雄的父亲阿武，不幸战死了。阿武的妻子也在战争结束前的最后一次空袭中，被流弹给炸死了。但是，小雄和他的妹妹美代子却在战争中艰难地活了下来。

流浪的小雄带着妹妹找到了多年前曾把自己抱到大象东金背上一起照相的饲养员三吉叔叔。三吉一直单身，他心里只有动物，从来就没有想到成家。现在，他成了小雄兄妹唯一可依靠的人。他把衣衫褴褛的兄妹俩领进了自己简陋的小屋，毕竟，他的小屋里还有一些人间的温暖。

为了让妹妹美代子和像美代子一样的日本孩子再次看到大象，

未来出版社出版的《让大象回来》充满了一种催人向上的励志精神。人与动物亲密无间的相互依恋，共同谱写了一曲清新而哀伤、朴素又华美的希望之歌。书中有成长与童真、毁灭与救赎。但是无论怎样，我们都要像三吉一样爱大象，像爱大象一样爱希望。

小雄他们经过多次努力，终于把一封言辞恳切的信转到了当时的印度总理尼赫鲁手上。信上说："我们的动物园是很寂寞的动物园。您的国家——印度——一定有很多大象吧？请求总理给我们一头大象吧！这一次我们一定会很用心、很努力地保护大象，不会再让战争伤害大象了。请相信我们！"

不久，尼赫鲁总理承诺，给日本的孩子们送一头大象作为礼物。总理给日本的孩子们回复了这样一份电报："现在我正在想办法，看要如何将大象运送到日本去，请耐心地等待。"

1949年7月30日，在遥远的印度南方，一头被装扮得非常美丽的十五岁的雌象出现在广场的欢送仪式上。尼赫鲁总理用他深爱的女儿的名字"英吉拉"为这头雌象命名，并说："希望它能够像我的孩子得到我所有的爱一般，也得到日本孩子们的爱。"

这一年9月23日，美丽的英吉拉抵达东京港。当消息传到上野动物园的时候，所有的人都觉得不可思议，因为六年前的这一天，正是大象东金死去的日子。"东金的灵魂一定是借着英吉拉的身体，再次回到东京来了。"大家都这么认为。

这天早晨，小雄和美代子跟着三吉一起来到了动物园。他们一起来到了象屋旁边的慰灵碑前面，双手合十默默祈祷着。慰灵碑前，已经放满了大人和孩子们献上的洁白的雏菊。

三吉被深深地感动了。他曾经被伤透的心和早已干枯的眼睛，又重新温暖和湿润了。

"东金，你真的借英吉拉的身体再次回到日本了吗？你的心中是否也和我一样，深深地怀念着我们曾经一起生活的日子呢？这一次我相信孩子们会和我一起，保护你们不再受到任何伤害。"三吉在心里默默地祈祷着，眼泪簌簌而下。

比什么都珍贵 ①

◎ 佚名

威尔·帕克摘下头上早已被汗水浸透的牛仔帽，没精打采地坐在一家小酒馆里。他刚刑满释放，从得克萨斯州来乔治亚州威特尼镇找工作，几天前他的老板麦考利因他有前科将他解雇了。

他从桌子上拿起一张报纸，想看看有没有什么招工启事。突然他的眼睛一亮，一则征婚启事吸引了他的注意力："需要一个丈夫，年龄不限，但能劳动、照顾家庭。如有意，请和石片路的艾丽·迪斯摩联系。"

他将启事又读了一遍，心里纳闷：到底是一个什么样的妇人登广告找丈夫？不管这些，去试试。石片路在威特尼镇外的一座小山上。艾丽·迪斯摩夫人的房子是山上唯一的一幢房屋。她的丈夫一年前死了。此时她正在厨房里忙着，听见有敲门声。她拉开门，见门外站着一个相貌英俊的男人。他年约三十，身材高大，一双湛蓝色的眼睛不时

---

① 选自《青年文摘》1992年第4期，廖志东译。

流露出痛苦而又无奈的神情。

"我就是艾丽·迪斯摩。"她今年才25岁，但长年的艰辛生活，使她脸上过早布满了皱纹，显得十分衰老。

"我是看了广告来的。"威尔看着面前这位邋遢的女人，有点难为情地说道。她的背后还藏着两个探头探脑的小男孩，一个约四岁，一个约两岁。

威尔走进屋，他注意到整个屋子凌乱不堪，地板在脚下嘎吱作响，破旧的家具油漆斑驳。但厨房里溢出阵阵烤面包的香味，使他不住地咽唾沫。他已经整整两天没吃什么东西了。

"你饿了吧？"艾丽问道。"是的。"威尔不得不老实回答。"那你等着。"艾丽转身走进厨房。威尔坐在椅子上，他不知道自己为什么会到这里来，这个女人需要的是一个可以支撑这个家庭的男人，可他一文不名，还是一个刚放出来的杀人犯。他想走，但香喷喷的面包却使他动不了身子。从饭厅里可以看到厨房里艾丽正在做饭，她不时地往炉膛里添柴，炉火将她的脸映得红红的，他突然觉得她很漂亮。房间里烤面包的香味，两个小孩的打闹、嬉笑声，还有在厨房里做饭的妇人，所有这一切都洋溢着一种家庭的温暖。从小失去双亲并度过十年铁窗生活的威尔对这一切感到十分陌生，他生活的世界历来是冰冷而残酷的。他的心突然感到一阵悸动。

威尔在艾丽家住下，他俩谁也没谈过结婚的事情。威尔整天在地里忙着，他觉得过得很充实。

他将艾丽的破房子整修一新，还养了一大群蜜蜂，将蜂蜜拿到镇上去卖，换点钱以补贴艾丽家用。

不久，威尔在镇上的图书馆找到一份工作，一周25美元。他将钱全部交给艾丽，他很感激艾丽，感激艾丽的家使他这个饱尝辛酸的孤儿尝到了人间的温暖。可是，每天傍晚，夕阳西下，艾丽带着两个孩子叫他回去吃饭时，望着夕阳下那三个踽踽而行的身影，威尔心里便会涌上一片苦涩。他不止一次地想把自己过去的一切，详详细细地告诉艾丽。

那是十年前的事了。那时，他的朋友丹尼尔正疯狂地追求一位姑娘。一天，丹尼尔欲火难忍，想施暴力迫使姑娘就范。姑娘拼命挣脱，转身取下墙上的猎枪。正巧他进屋，见此情景，便在姑娘头上打了一拳，姑娘倒地身亡。为此他被判了十年徒刑。可他没有勇气把这一切告诉艾丽。

每当他在镇上卖掉蜂蜜匆匆赶回去时；每当他干完活回来，看见烟囱里升起的缕缕炊烟时；每当四个人高高兴兴围坐在桌旁用餐时，他都感到一种说不出的幸福和快乐。他感到自己已渐渐成为这个家里的一个成员了，他害怕一旦艾丽知道自己过去的一切，会将他逐出家门。

可是，不久之后，命运又一次将他逼上了绝路。

一天上午，威尔正准备下地干活，几个警察横在他的面前。"你叫威尔吗？""是。""你被捕了。"他们不由分说地给他戴上了手铐。原来，夜里有一位姑娘在图书馆附近被人谋杀，在她的身上有封用报纸上的铅字拼起来的信："今晚十点，你在图书馆门口等我。"

威尔因涉嫌谋杀再度被捕。

"不！你们不能带走他。"艾丽不顾一切地扑了上去，紧紧地抱住威尔，"他是我的丈夫！"

"你们放开她，我走！"看着艾丽发了疯似的和警察扭打成一团，威尔不由得一阵心酸，他大吼了一声，头也不回地走出家门。

身后传来了艾丽撕肝裂胆的呼叫声："威尔，为了这个家，为了孩子，一定要活下去！"两个多月的相处，她已经深深地爱上了威尔，她相信威尔是一个善良、正直的男人，决不是一个杀人犯。为了证明威尔是清白的，她将房子做了抵押，向银行借了一笔钱，请来了镇上最好的律师，并在报纸上登了广告。她将平时省吃俭用积攒下的一点储蓄，全部用来奖励那些可提供线索的人。

法庭开庭了，由于几个证人都证明威尔那天晚上不在作案现场，再加上律师的据理力争，陪审团宣布威尔无罪，当庭释放。当法官宣布这个判决后，艾丽的眼泪不由自主地涌了出来。威尔望着她，两眼噙满泪水。这个铁一般的汉子，从小到大不知吃了多少苦，受了多少委屈，从来没有掉过一滴泪，此刻却在法庭上失声痛哭。他知道艾丽为了证明他的清白所付出的代价，她给予他的情和爱是他一辈子也偿还不清的。

结婚前的那个晚上，威尔将自己过去坐牢的事情告诉了艾丽，请求她的原谅。"别说了，威尔，这事我已经听说了，那不是你的错，让我们开始新的生活吧。"第二天，威尔穿上平时最好的衣服，艾丽也打扮得漂漂亮亮的，两个小家伙也是焕然一新。威尔想给艾丽买个戒指，但口袋里只有9元5美分。那天，威尔借来一部汽车，载着一家四口向教堂驶去，经过一家首饰店时，威尔将车停下来。过了一会，威尔从店里兴冲冲地走出来，拿出一个很大的钻石戒指给艾丽看，"待会儿到教堂，我要亲自给你戴上。"他顿了一顿，"可惜是个假钻石。"威尔不无内疚地说道。"只要是你送的，就比什么都珍贵。"艾丽在他耳边轻轻说道。

当时，二次大战正激烈进行，美国全国上下掀起了一股参军热潮，威尔自然也在应征之列。那年年底他收到海军部寄来的一封信：欢迎您加入美国海军陆战队。此时，艾丽已有身孕，她多么希望威尔能陪在自己身边，亲眼看着他们的第一个孩子出世。可是，此时威尔已经不属于她了，他属于祖国。

分别的日子终于到了，这一去也不知是生离还是死别。她在威尔怀里不停地啜泣："为了我们，为了肚里的孩子，一定要活着回来。"威尔抑制着自己激动的心情，竭力不让眼泪流出来。

"我答应你，一定活着回来。"他松开艾丽，蹲下身去将两个孩子紧紧抱在怀里，"在家好好听妈妈的话。"平常两个十分顽皮的男孩，此刻也庄严地点了点头。威尔站起身来，将艾丽搂在怀里，然后转身离去。他尽量不让自己往后看，泪水却止不住流了下来。艾丽站在杉树下，目送着威尔渐渐消失在远方。"我爱你，威尔，一定活着回来!"她在心里不住地念叨着。

一晃四年过去了，二次大战终于结束了。在攻打菲律宾的战役中，威尔为了掩护战友，失去了一条腿，被国防部授予战斗勋章。他终于又回到威特尼镇了，可是家没了，艾丽也没了，她死于难产；房子由于到期没有交还抵押金，已被银行收回；两个孩子被送到孤儿院寄养。他拄着拐杖站在四年前和艾丽分别的那棵杉树下，望着那孕育他们爱情的小屋，一切还是和四年前一样，草地上鲜花盛开，鸡群在外觅食，屋顶还飘起阵阵炊烟，但这一切已不再属于他。所有的往事一并涌上心头，他仿佛听见艾丽的啜泣声："一定要活着回来，一定要活着回来。"他想象着此时此刻如果艾丽还活着，看见他载誉归来的情景，泪水不由得夺眶而出，一滴接着一滴打湿了脚下的土地。

他从孤儿院将两个孩子领回，再到教堂取回艾丽的遗物。在艾丽留下的遗物中，威尔又看到了那枚假钻石戒指。"只要是你送的，就比什么都珍贵。"艾丽的轻言细语又在威尔耳边响起。

归侨"飞虎队"抗战纪实①

◎ 李瑛

创办航校培养人才

1931年"九一八"事变后，日本侵华步步紧逼，美国旧金山、波特兰、纽约、洛杉矶、芝加哥、底特律、檀香山、菲尼克斯、图森以及加拿大等地的华侨，为了抗击日本空中侵略者，为祖国抗战培养和输送空勤人才，以战略的眼光纷纷创办航空学校或者组织航空学会，其中波特兰的美洲华侨学校和旧金山的旅美中华航空学校成绩尤为突出。

1931年10月10日晚，美国波特兰市华侨集会，黄兴夫人徐宗汉到会演讲，宣传抗日救国。当晚成立了美洲华侨航空救国会，第二天即筹建华侨航空学校，设立9人理事会，宗旨为：训练航空人才，对外为巩固国防，尽力拒敌；对内为发展航空事业，永不参加任何政争内战。同年12月13日航校举行开学典礼，并呈报中国国民政府备案，经复函嘉勉并表示接纳该校毕业生回国效力。该校设航空术、航空理

① 选自《文史春秋》2005年第6期。

论、国耻史等课程,聘请美国航空师为教练。

1932年5月,第一届16名学员毕业。8月20日,由航空救国会资送黄泮扬、陈瑞钿等9人以及其他航校毕业的华侨学员3人共12人归国,编入空军服役。1932年5月第二届招收学员20余人,1933年2月,共13人毕业,其中包括李月英、黄桂燕两名学员。2月18日,乘船回国,后编入空军服役。

创办航校请教头,添设备,需资甚巨,开办两期,华侨已精疲力竭,终因经费拮据于1933年停办。该校两届学员先后归国服务,其中黄泮扬、陈瑞钿等4人后来升为中国空军大队长,成为抗战期间著名的空军英雄。

1933年3月,旧金山华侨组织成立"美洲华侨抗日救国后援总会",18个侨团参加,一些华侨青年组织飞鹏学会,同年7月,飞鹏学会在总会支持下,创办旅美中华航空学校,该校以"栽植航空人才,巩固国防,永不参加任何内战"为宗旨。

1934年春,第一届学员20人毕业,1937年、1938年分别招收第二届、第三届。第二届13名学员,第三届飞行生30名,机械生22名,该校于1941年初解散,共办3期,约有70多名空勤人员学成归国。

此外,还有芝加哥三民飞行学校,底特律航校中国学生班,匹兹堡航空学校,纽约华侨衣馆联合会飞行学校等也先后培养出一批华侨飞行技术人员。抗战期间有多少美国华侨空勤人员回国,未有确切统计,但至少有300多名,广东空军从队长到飞行员几乎全是华侨;在驱逐机飞行员中,华侨几乎占3/4;陈纳德组织的"飞虎队",来华抗战的人中也有不少华侨,其队员梁汉一就是华侨,他多次参加空战,后由上尉晋升为美国空军准将。

在南洋各地,亦有许多飞行员和飞机维修人员回国参战。1938年4月,数名菲律宾华侨飞行员和不下百名飞机维修人员回国效力;1939

年初，又有16名菲律宾华侨飞行员回国服役。1940年7月，国内招考空军，越南华侨有145人回国报考，越南华侨还选送30名青年到当地飞行学校学习，准备回国参战。

总之，海外爱国华侨看到我国空防力量十分薄弱，急需培育抗敌救国人才而创办航校，成为为祖国抗战培养空勤人员的摇篮。

对日空战屡建奇功

为保卫祖国领空和受难同胞，许多华侨健儿驾机迎敌，血战长空，在蓝天白云下写下了可歌可泣的英勇事迹：

1937年8月，日军首次出动王牌轰炸机队，从台湾起飞，每次9架分两批偷袭南京、句容、杭州等地的中国空军基地。我空军以陈瑞钿、黄泮扬、黄新瑞、雷均炎等归侨飞行员为主力，迎头狙击。他们勇敢机智，严惩空中强盗，击落敌机6架，我方并无伤亡，取得了开战以来0∶6的空前大胜利。为纪念这一不凡战绩，"八·一四"这一天被国民政府定为"空军节"。

1937年9月19日，归侨飞行员陈瑞钿在山西太原空战中，一人驾机与多架日机周旋，骁勇异常。他在飞机受袭的情况下，还将有"驱逐之王"称号的日本航空大队长所驾飞机击落。由于寡不敌众，陈受伤后坠落于一所学校的房顶上，幸无爆炸，但他左臂中弹，满脸鲜血，已昏迷过去，后得一位教师所救，伤愈后又参加粤北空战，在队友配合下，迫降日机一架，生俘日军飞行员。1938年5月，他在参加武汉空战中一人击落敌机三架。当与第3架敌机战斗时，飞机受袭，又已弹尽，他即奋不顾身地向敌机撞去，结果两机相撞坠地，陈又以自己高超的技术在相撞的刹那间跃空跳伞，头部受伤。后来，陈瑞钿还参加了南华空战和广西昆仑关空战，在昆仑关空战中脸部被烧伤，后回美国医治，治愈后伤痕累累，终身残废，已不能再参战了。他在多次战斗中击落敌机6架,战果累累,被称为我国空中"虎将"。

与陈瑞钿齐名的"虎将"黄泮扬,7岁随父赴美,1931年12月,美洲华侨航空学校开始招生,未到18岁的他被拒收,后经他一再请求,并通过严格的体检和考试,终被录取为第一届学员,1932年5月回国,编入广东空军,后任空军第三大队中队长,奉命驻守句容,捍卫南京。

1937年8月,日机袭击杭州、南京、句容,他率队迎敌,后又参加衡阳、南雄、汉口、广州、重庆等地对日空战。他指挥镇定,杀敌英勇,战绩卓著。1938年7月晋升为大队长,1939年2月22、23两日,在广州空战中他率队击落日机15架,成为抗战中著名的华侨空军英雄。

广西籍华侨吕天龙,1932年从印尼邦加岛回国考入广西航空学校。他品学兼优,毕业后被送往日本深造,1934年回广西任驱逐队主任教官和飞行队长。1937年"七七事变"后,他所在的广西空军统一改编,他改任中央空军第三大队第七中队长。1938年赴湖北襄樊、武汉等地对日空战。1938年3、4月间他率队参加台儿庄会战的空战,轰炸徐州以北枣庄、峄县一带敌军后续部队,有力地配合了地面陆军作战,胜利返航时,又击毁日军侦察机1架,而他自己的右掌亦被击穿,但他仍以超人的毅力,用左手驾机返航,飞机安全着陆后,力气用尽,昏迷过去。他的果敢勇猛,令人钦佩。

印尼华侨谢全和,抗战后归国参加空军驻防广州,第一次参加广州空战,即与队友击落敌机两架,接着他又带领4架友机与30多架敌机展开激战,他的飞机被击中七八弹,仍顽强战斗。在韶关空战中,谢与队友又击落敌机1架。1938年参加徐州大会战,他与队友到徐州蒙城以东拦截轰炸日军坦克、辎重车队,令日军车马辎重在公路上乱作一团,有效地配合了陆军作战。此后他又在广东境内参加多次空战,战绩显著,成为华侨空中勇士。

1939年,加拿大归侨飞行员马俭进同队友参加奇袭山西运城日军机场。运城是华北日军在晋南的重要基地，日军在此建了一个大型机场。7月25日，中国空军组织6架飞机由成都过秦岭直插运城机场，马俭进为第一批的3名飞行员之一，他们3架飞机咬尾低空高速奇袭，让日军猝不及防，机场刹那间化成一片火海，30多架日军重型轰炸机被炸毁，战果辉煌。

保卫祖国血溅长空

为保卫祖国领空，不少华侨健儿英勇牺牲，为国捐躯：

第一位为抗日而献出宝贵生命的华侨叫黄毓铨（又称黄毓荃）。他的祖籍是广东台山县，1905年出生于美国加利福尼亚州。黄少年时代就热爱飞行，中学毕业后入美国铁士航空学校学习，毕业后进入侨办芝加哥三民飞行学校，学习飞机工程和飞机技术，1926年随四哥黄毓沛归国，在广东空军当飞行员。1927年初，入苏联陆军第二航空学校深造。回国后在广东航校任教官。1929年初赴南京中央空军服役，任军政部航空第六队副队长。1932年"一·二八"淞沪抗战爆发，新婚蜜月未满的黄毓铨即归队与战友驾机与日机空战。2月2日，成批日机又来轰炸真如机场，黄再次驾机迎敌。但当飞机升空爬高时，却因战斗机的操纵系统钢丝断裂，飞机失控坠地，机毁人亡，时年28岁。当年6月，广东省台山县人民为他在台城镇石花山建造了纪念碑。

马来西亚麻坡华侨林日尊，中学毕业时，深受当时国内外航空救国浪潮的影响。在父亲的鼓励下，他毅然回国报考广东航空学校。1936年毕业后服役，曾任空军第五大队华侨中队中尉队长。抗战爆发后，他从1937年"八·一三"上海抗战开始，就驾机迎敌，山西平型关大战时，曾去日军阵地投炸弹，还轰炸过河北平原的新筑铁桥、绥远的平地泉和晋北、冀中的敌人交通线。1937年至1940年春，林日尊先后参加了上海、南京、广州、杭州、南昌、长沙、衡阳、徐州、洛阳、太原等数十次空战，屡立战功。在一次于石家庄轰炸敌军阵地时，飞机不幸被日军高射炮击中油箱，他自己腿部受伤，但他机智驾机降落，保住了飞机。国民政府航空委员会特授予林日尊一等宣威章。1940年5月18日，敌机空袭成都，林当即驾机和队友迎战27架敌机。当晚，这27架日机再次袭击成都，他又驾机与敌激战，重创敌机3架，但他双腿负伤，后来飞机也严重受损，机毁人亡。林日尊烈士浩气贯长空。

抗战前夕，马来西亚归侨陈桂林、陈桂文的父亲把兄弟俩双双送入广东航空学校。抗战爆发后，两兄弟同时参战，先后参加对日空战几十次，立下战功。1940年，在成都一次空战中，陈桂林在敌众我寡的劣势下，英勇地与敌机较量，最后机毁人亡。其弟陈桂文随后在昆明空战中捐躯。他们的父亲得悉两个儿子先后牺牲后，强忍巨大的悲痛，回国将两个儿媳和孙子接到马来西亚。其父爱国献双子，双子同捐躯，感人至深。

美国归侨黄新瑞，1914年出生于洛杉矶的一个爱国侨商之家，他父亲早年曾多次资助孙中山。受先辈影响，他从小就有爱国之心。1932年淞沪抗战爆发后，他进入洛杉矶中华会馆办的航空学校学习，后又入波特兰斐摩上校飞行学校深造。1934年春学成归国，任广东空军第二大队飞行员，1937年夏晋升为中央空军第十七中队分队长，1938年调往广州，担任二十九中队长。1937年至1939年间，参加南京、汉口、广州、南雄空战。尤其是在广州空战中，26架日机对广州地区和粤汉铁路狂轰滥炸，中国驻粤空军第二十八、二十九两个中队共12架飞机联手应战。击落日机7架，当中有3架日机为黄新瑞一人击落，立下以少胜多的赫赫战功，后来在空战中负伤，先后在广州、香港治疗，1940年底康复后归队。自开战以来，他一人在多次空战中击落日机8架，后被提升为空军第五大队长。1941年3月14日，日军大批零式驱逐机向成都袭来，黄新瑞奉命率第五大队起飞迎战。11时53分，双方在重庆与双流上空展开半个多小时的激战，共击落敌机6架，但黄新瑞和副大队长及分队长华侨飞行员江东胜等壮烈殉国。黄新瑞是抗战时期空军中立下不朽功勋的华侨英烈，他殉难后月余，其妻生下一男孩，取名"川生"，以志不忘国仇家恨。

抗战时期为祖国空战而牺牲的华侨烈士还有印尼归侨陈镇和、加拿大归侨关孟祝，以及李艺空、张益民、刘福庆等。众多华侨健儿为保卫祖国血溅长空，立下了永不磨灭的功勋。

《光明的追求》之十五 　　　　　　　麦绥莱勒（1919）

总有那么一天,黑人、白人、黄皮肤的人,在同一片蓝天下舞之蹈之,嬉之戏之,空气中流动着千奇百怪的字符,象形文、楔形文、拉丁文……来自地球每个角落的声音都汇成一曲绚丽空灵的欢乐颂歌:"人和万物都亲密无间,群鸟和蝴蝶可以安然地飞到人的跟前,成群的羚羊可以放心地走向水塘边。我没见到有谁一贫如洗,也没看到什么人纸醉金迷,看到的是平等互助,亲如兄弟。"

另一种话

另一种话 [1]

◎ 西格尔

西格尔，美国小朋友。

虽然来自不同的国家，听不懂对方的语
言，但我们有可以交流的另一种话。

我遇见一个小女娃，
她来自别的国家，
我不会说她的话，
便把她的手儿拉。

手拉手儿来跳舞，
越跳越是兴冲冲
跳舞就是说话呀，
你对谁说她都懂。

[1] 选自《20世纪世界儿童文学名著精粹·儿童诗卷》，刘文刚主编，湖南少年儿童
出版社1992年版。

有色人种①

> 杰侯姆·胡里埃（1966—），非洲裔法国插画家，能写善画。近年来创作了许多风格拙朴又发人深省的图画书，代表作有《有色人种》、《小方和小圆》等。

我，是一个黑人，我出生的时候，就是黑黑的。

你，是一个白人，你出生的时候，却是粉粉的。

我长大以后，还是黑黑的。

你长大以后，变成白白的。

在太阳底下，不管怎么晒，我都是黑黑的。

在太阳底下，不一会儿，你就晒成红红的。

我很冷的时候，是黑黑的。

你很冷的时候，就冻得发紫。

---

① 选自《有色人种》，〔法〕杰侯姆·胡里埃著，谢逢蓓译，接力出版社2011年版。

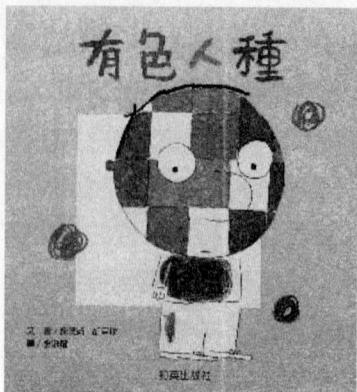

有色人種

胡里埃以别出心裁的幽默与创意，在这首诗里为各种颜色的人种来讲述"平等"和"友爱"的理念。由于他前卫的思想，他的《有色人种》图书一经出版，就获得欧洲绘本界的高度评价，被翻译为多国语言。

我害怕的时候，也是黑黑的。
你害怕的时候，脸都变绿了。

如果我上天堂，我还是黑黑的。
如果你上天堂，你就变成灰灰的。

可是，你却叫我有色人种！

赤脚的孩子 [1]

◎ 斯米尔宁斯基

斯米尔宁斯基(1898—1923),保加利亚著名诗人。著有诗篇《红色骑兵连》、《卢森堡》等。

　　黄昏了,慢慢地,像是偷偷走着地,紫丁香色的阴影落了下来,罩着森林。巨大的日轮在黄金和暗红的血的急流中快烧着了。大路像是死了的灰色的蛇,在静下的田野里躺着。看哪,那些赤脚的来了。三个,四个,六个。拖着装满了木柴和枯枝的小车,他们绷紧了他们年轻的身体上的筋肉。帽檐撕破了的帽子,打着黑色的补丁的灰色的裤子,他们的血管——紧张得像船上的桅索一样。额上流着汗。城市又那么远!幼小的奴隶们,你们在穷苦的羁绊之下,眼睛里燃烧着老人安静的悲哀,城市很远!很远!许多写意的人要在你们身边走过,他们的汽车都要在你们身边开过去,他们一生中从来不曾尝过苦难的味道——他们,使你们受苦的他们。他们知道什么? 在佳姆—戈利雅的大饭店里,乐队奏着乐,在别墅里,那么舒服,又那么开心!饥饿这黑鬼并不

---

① 选自《笑与泪——外国散文名篇精品赏析》,刘西普编,河北人民出版社1993年版。

向那里伸手,烦恼也不在那里织着涂胶的网。他们知道什么?

"妈妈,这些孩子为什么拖着车子?"一个在汽车里的小小的写意的人问着。

"已经是冬天了,他们拖木柴去。"

"他们不觉得太重吗?"

"不,亲爱的,他们已经弄惯了。"

那些赤脚的停下了,喘着气,满脸怨恨地望着,又拖起了他们的小车。他们用袖子揩去额上的汗,脏黑的脖子的血管涨大了,又向前走去。一阵阵的灰土掩盖他们,像生命一样灰色的、令人窒息的灰土……在第二辆车子的木柴上,坐着一个小小的助手——蓝眼睛的小姑娘。血,暗红的血迹,在她的小脚上凝结了。但是,她只望望天,望望田野,微笑着。你对谁笑,金发的小奴隶呀?对苦难……对你的雪白的天真的灵魂,你笑着。你的青春用了温柔的、天鹅绒一样的眼睛望着。可是明天?明天,生命的灰色的急流就卷去了你的青春,也一样卷去了你的微笑。而且,拖着小车,这里看到黑暗的苦难,那里看到虚荣和永远的欢乐,你就不再微笑了。阴影要罩上你的天真的脸,湿润的眼睛要露出仇恨,你就跟着你的衣衫褴褛的哥哥们,举起了你的小小的黑黑的握得紧紧的拳头:

"两个世界!一个是多余的!"

难道他们不是我们的孩子[①]

◎ 蒂夫·古迪亚

　　多年前，在萨拉热窝那场悲剧性的战争中，一名记者正在街头用笔记录着这座城市的硝烟和破败。正在这时，他看到了一个被狙击手射中的小女孩。记者赶紧扔下手中的记事本和铅笔，冲向那个正抱着小女孩求助的男子，帮助他一起拦车向医院赶去。

　　"快点，我的朋友，"男子不停地向司机喊着，"我的孩子还活着！"街道上的残垣断壁影响了汽车前行的速度，小女孩的气息越来越弱。男子向司机哀求道："快点，朋友，我的孩子还有呼吸！"司机也已满头大汗，男子近乎绝望地叫着："快点，朋友，我的孩子还有体温！"

　　终于赶到医院，可小女孩已经停止了呼吸。"这太残忍了！"悲痛欲绝的男子对记者说，"但我还是不得不告诉孩子的父亲，他的孩子已经死了。他肯定会心碎的。"

---

① 选自《做人与处世》2011年第15期。

记者很惊讶，看着刚才近乎抓狂的男子，说："我还以为她是您的孩子。"泪流满面的男子答道："不，她不是我的孩子。"他紧接着问："难道他们不是我们的孩子吗？"

记者愣住了，忽然间潸然泪下，好像体会到了丧子之痛。他点着头回答道："对，他们都是我们的孩子。"

"难道他们不是我们的孩子？"也许这是我们这个时代需要回答的一个重大问题。无论与我们关系密切还是素不相识，无论身处国界的那边还是这边，无论信仰相同抑或相异，无论肤色相同抑或迥异，无论饱读诗书还是目不识丁，无论受人尊敬、名声显赫，还是颠沛流离、无家可归，难道他们不是我们的孩子？难道我们不需要对他们负责任？难道我们不需要去培养、去保护、去爱他们？

毫不夸张地说，对此问题的回答是我们这个世界能否存在下去的关键。如果我们的回答是否定的，这个世界将陷入更多的矛盾之中：家庭与家庭对立，种族与种族冲突，国家与国家发生争端。如果我们的回答是肯定的，就让我们手牵手，重新将你、我、他连在一起。"拒绝和平是因为我们忘记自己与他人是相互融合的。"曾获诺贝尔和平奖的特里莎修女如是说。

"难道他们不是我们的孩子？"对我们这代人来说，也许没有比这更重要的问题——如何回答它将决定世界未来的面貌。

黑人的手^①

◎ 翁瓦纳

翁瓦纳，莫桑比克作家、诗人。

黑人的手，白人的手，同是人类的手。世界就是由这些同样的手创造出来的。

我不知为何提出了这样一个问题。不过有一天，我的老师说："黑人的手心比身体其他部分要白。因为几个世纪以前，他们的祖先像森林中的兽类一样，是用手心着地走路的。手心是见不到阳光的，而身体其他部分却被太阳晒黑了。"又有一次使我想起这个问题的是神父讲经后说的几句话："我们这些白人的价值还不如黑人，甚至可以说，黑人比我们强。"他又说道，"黑人的手掌比身上白，是因为他们经常合掌祈祷的缘故。"

黑人的手掌居然比身上白，这对我来说，真是一个大笑话。无论是谁，我逢人便问这是为什么，不讲清楚这个问题我是不会放他走

---

① 选自《小溪流》1987年第2期。

的。比如说，多雷丝太太是这样解释的，上帝让黑人的手掌长得更白亮一些是为了避免把给主人准备的饭菜弄脏，主人吩咐做的任何东西都必须是干干净净的。

可口可乐店的安徒内斯先生是很少在镇上露面的。待可口可乐销售完了之后，他告诉我说："别人的解释都是胡说八道。"当然，我是无法确定然否的，但他却满口否定了。并且，只有等我同意他的观点，并说别人的说法是骗人的鬼话时，他才告诉了我这样的一个故事：

"许多许多年以前，上帝、耶稣基督、圣母玛丽亚、圣子、众圣人、天上的天使以及死后升天的人开了一个会，决定创造黑人。你知道怎么做吗？他们把造黑人用的黏土放在用过了的模子里，然后为了把粘土烘干，就得把黏土投入天堂的烤炉里。由于他们太着急，炉底事先也没留空儿，就只得把这些黏土挂在烟囱里。就这样熏呀熏的，这些人就变得像煤球似的黑不溜秋。你现在不是想知道黑人的手为什么是白的吗？那是因为被挂起来熏的时候，他们必须得用双手抓住东西呀！"

故事讲完，安图内斯先生和坐在我们周围的先生们都笑了起来，大伙儿对这种解释挺满意的。

同一天内，当安图内斯走后，福利亚斯先生叫住了我。说，刚才他听安图内斯先生的故事时惊得都张大了嘴：纯粹是弥天大谎。并说，关于黑人的手的事他知道的才是正确的："上帝创造了人类后，就让他们到一个天上的湖泊里洗澡。洗

无论是黑人还是白人，都是上帝创造出来的，都是活生生的，真、善、美的人。

过澡后，人都变白了。黑人呢？由于他们是上帝在清晨创造的，那时，湖水太凉，他们只能把手掌和脚掌放在湖面上浸湿。所以，没顾上穿衣服他们就来到了人间。"

但是，我看的一本书偶然在提到这个问题时却说那是因为黑人整天弯腰摘圣母的白棉花的缘故。还有什么，我就不知道了。看来，埃斯特凡尼亚太太是不同意这本书的解释的。她认为，黑人的手是因为洗的次数太多而褪了色的原因。

好啦，我不知道想这个问题太多会怎么样。但是，有一点是没有错的：无论是长满鸡眼的手，还是裂缝条条的手，黑人的手就是比身上白，事情就是这样的。

我母亲在这个问题上是唯一有道理的人。一天，当我同她谈及这个问题时，我一个劲儿地只顾向她叙说我知道的一切，而她却在一旁愁容满面。使我奇怪的是当我想知道她的所有想法时，她并不马上告诉我，而是坚持等我说够了，这才开始回答。她泪如泉涌，捂着肚子，和笑痛了肚子的人一个样。原话大概是这样说的：

"上帝创造了黑人，是因为人世间必须有黑人。必须有黑人呀，我的儿子。上帝想：这个世界上的确需要黑人……但后来却后悔创造了黑人。因为别的人种嘲笑黑人，他们把黑人带到自己家里当奴隶使唤或者派其他用处。然而上帝又不能把黑人都变成白人，因为有那些习惯看黑人的人反对。上帝只得把黑人的手掌做得和其他人种的手掌完全一样。你知道上帝为什么这样做吗？当然你是不知道的，也用不着大惊小怪，世上有好多好多的人也不知道。

"所以，这就说明：每个人种所做的一切只不过是全人类的成果……东西都是人们创造的，都是用同样的手创造的。头脑清楚的人都懂得：黑人不管怎么黑，他们也是人。上帝肯定是一直这么想的才把黑人的手掌做得和别的人种的一样。"说完这席话，母亲吻了吻我的手……

致白人传教士①

◎ 红夹克

红夹克（1758—1830），原名萨波耶瓦撒，北美塞内卡族酋长，著名印第安人演说家之一。

萨波耶瓦撒酋长在北美独立战争期间曾为英国效力，并接受英军红色号衣，故改名"红夹克"，后掉转矛头率部支持美国革命。随着白人文化的推进，印第安人的土地渐遭蚕食，红夹克开始与美国政府日益对立。红夹克竭力主张印第安各部落联合起来，捍卫本族利益和习俗，抵制白人文化。本篇演说是在6个部落酋长联席会议上对白人传教士的回答。揭露了白人殖民者的背信弃义和恩将仇报，表达了印第安人抵御白人文化的理由和决心。

　　我的朋友和兄弟，今天，是神的的意志使我们聚首一堂。他为我们的会议安排了一切，并赐予我们如此明媚的艳阳天。他让太阳喷薄而出，将灿烂的光芒洒向人间。他使我们耳聪目明，得以看清周围的

---

① 选自《感动一个国家的文字》，艾柯编译，天津教育出版社2006年版。

一切,得以听清您说的每一句话。我们唯一要感谢的是伟大的神灵,感谢他赐予这一切。

兄弟,是你点燃了这次会议之火。也是在你的要求下,我们各方人士此时此刻会聚在这里。我们刚才仔细聆听了你的讲话,你希望我们畅所欲言,这使我们感到分外高兴,因为今天我们是怀着坦诚的心情与你见面的,并希望说说我们的心里话。我们如同一个人般听了你的发言,现在又如同一个人般对你说话。我们的意见是一致的。

兄弟,你说在离开这里之前希望听到对你的讲话的反应。你说得对,你应该得到这样一个反应,因为你不远千里来到这里,我们也无意强留。首先让我们稍稍回顾一下过去。我想请你了解我们的父辈是如何对我们说的,而我们又从白人那里听到了什么。

兄弟,请听我们说吧。我们的祖先曾经拥有这片广袤无垠的土地。他们的足迹从日出之地一直延伸到日落之地。伟大的神灵创造了这片土地,供我们印第安人享用。他创造了野牛、麋鹿和其他动物作为我们的食物。他创造了熊及河狸,以其毛皮作为我们的衣裳。他使这些动物遍布大地,并教导我们捕捉的技巧。他还让土地长出五谷,作为我们的食粮。伟大的神灵所做的一切,都是为了他的红皮肤孩子们,因为他爱他们。即使我们的孩子之间为了猎物而互有争执,这些争执也总会在不需怎么流血的情况下得以平息。

但是,罪恶的一天突然降临。你的祖先们远涉重洋,登上了这块大陆。那时他们的人数并不多,在这里,你们遇上的是朋友,而不是敌人。他们告诉我们,他们逃离自己的祖国是出于对邪恶之徒的恐惧,而来到这儿是为了继续自己的宗教信仰。他们请求得到一隅之地。我们怀着对他们的怜悯,同意了他们的请求。于是,他们同我们坐在了一起。我们给予他们的是谷物,是肉食,而他们回报的却是毒药。

兄弟,你们白人看上了我们的家园。消息不断地传回去,越来越多的白人如潮水般涌来。可是我们并不害怕他们，我们仍将他们视为朋友，他们也称我们为弟兄。于是，我们相信了他们，并给予他们更多的土地：最后，他们的人数剧增，他们还需要更多的土地，他们甚至想占有我们整个家园。我们困惑，我们不安。于是战争爆发了。他们雇佣印第安人去跟印第安人战斗，我们中的很多人就此遭到杀戮。白人们还带来了烈酒，这些烈酒使我们成千上万的同胞失去了生命。

兄弟，我们的领地曾经是那样广大，而你们的曾是那样狭小。现在，你们成了一个庞大的民族，而我们的生存之地却所剩无几，甚至我们连铺开毯子的地方都没有。你们夺走了我们的家园，却仍不知足，你们还想将自己的宗教强加在我们头上。

兄弟，请继续听我说。你说自己被派到这里来，是为了教导我们怎样敬神，并按照神的旨意行事，如果我们不信奉你们白人要求我们去信奉的宗教，将再也得不到幸福。你还说，你们是正义而高贵的，我们却深陷于迷茫和堕落中。可是，我们又如何证明你的话就是真理呢？我们知道你们的宗教是写在一本书上的，如果这本书既是为我们而写，也是为你们而写，为什么伟大的神灵没有把它赐予我们？为什么伟大的神灵既不直接如实地让我们的祖先知晓那本书的内容，又不赋予他们正确理解那本书的方法？我们所知道的仅仅是你们所告诉的。我们总是受到白人的欺骗，又怎么知道什么时候该相信，什么时候不该相信？

兄弟，你说礼拜和侍奉全能的神灵只有一种方式。既然只存在一种信仰，为什么你们白人的所作所为与之截然不同？既然你们个个都熟读《圣经》，你们自己又为什么不照着《圣经》说的去做？

兄弟，这些事情我们统统不明白。我们只知道你们的宗教先被赋予你们的祖先，然后又代代相传。我们也有自己的宗教，它也被赋予我们的祖先，并一直传到我们，再传给我们的孩子们。

它教导我们要为我们所受到的一切恩惠而对神灵充满感激之情，要相互热爱，团结一心。我们就是以这样的方式表达对宗教的信仰，我们从来不为信仰而纷争。

兄弟，伟大的神灵创造了我们全体，但他也在他的白皮肤孩子和红皮肤孩子之间制造了巨大差别。他给予我们不同的肤色，不同的习俗。伟大的神灵给予你们各种各样的艺术，而在这方面，他却至今未使我们开眼。我们知道那些艺术是真实的。既然神灵在其他方面也造就了这种巨大差别，我们为什么就不能按照这种理解得出这么一个结论——神灵给予我们印第安人一种不同的宗教。全能的神灵是对的。他知道对他的孩子们来说什么是最好的，我们为此感到满足。

兄弟，我们不想摧毁你们的宗教，也不想从你们身边夺走它。我们只是希望能信仰自己的宗教。

兄弟，你说你来此地并非为了我们的土地和金钱，而是为了启迪我们的心灵。我现在可以告诉你，我曾经出席过你主持的集会，亲眼看到你在收钱。我不能肯定这些钱将派什么用场，也许是为了给你们的牧师。推而论之，假如我们接受了你们的思维方式，你或许也会向我们索取钱财。

兄弟，我听说你一直在这里给白人们讲道。那些白人都是我们的邻居。我们对他们非常熟悉。你的说教到底会对他们产生什么样的效果，我们将拭目以待。如果我们发现你的布道对他们确有益处，使他们变得诚实，不再老是欺骗印第安人，我们将重新考虑你所说的一切。

兄弟，现在你终于听到了我们对你讲话的反应。我们目前所能说的就是这些。我们将会全心照顾你，因为你即将离开我们。愿神灵保佑你一路平安，顺利地回到你的朋友们中间去。

西雅图酋长谈话①

◎ 西雅图酋长

西雅图酋长（1786—1866），印第安索瓜米西族酋长。

西雅图的父亲与当地白人建立了友好关系，而他多年来一直维护着这种关系。1855年西雅图与白人签订了《埃利澳特港》条约，并建立印第安人保留地，当时美国政府要将当地土人驱逐到"保留地"定居。本文就是西雅图在美国政府压力下的答复。处在历史的无奈抉择关头，西雅图表现出了令人震撼的澹泊、超然、智慧、真诚与悲悯情怀。他对白人的"承诺"了然于心却还是报之以真诚，他清楚认识到"两个截然不同的种族，起源不同，命运也各异"。他痛惜部族的衰落，本土文化的逐渐消亡，并告诫所有恃强凌弱的民族"一个部落没落，另一个部落兴起，一个民族灭亡，另一个民族崛起，如同潮起潮落。"印第安人、白人同为人类，本是同根生，相煎何太急？

---

① 选自《感动一个国家的文字》，艾柯编译，天津教育出版社2006年版。

无数个世纪以来，浩渺苍天曾为我的族人挥洒下同情之泪；这人们看似永恒不易的苍天，实际上是会改变的：今天和风煦日，明日则可能乌云密布。但我的话却有如天空亘古的恒星，永不变更。华盛顿的大酋长可以像信赖日月季节更替一般，相信西雅图所说的话。

华盛顿的大酋长托白人酋长向我们致以友好的问候与祝愿。我们应该感谢他们的好意，因为我们知道他不需要我们的友情作为回报。他的子民众多，如广袤平原上无边的青草；我的族人寥寥，如风雨狂虐过后平原上的稀拉的树木。这位了不起的——我想也是仁慈的——白人酋长传话给我们，他愿意在为我们保留足够的土地过安逸生活的前提下，购买我们的土地。这看起来的确很合理，甚至该说是慷慨的，因为红种人已经没有要求受尊重的权利了；这个提议也许还是英明的，因为这么辽阔的国土对我们来说已经没有意义了。

曾几何时，我们的族人曾密密麻麻地布满了整片土地，就像随风涌浪的海水掩盖着满是贝壳的海底。但那个时代早已一去不复返了，部族曾经的辉煌只留给我们忧伤的回忆。我不愿再纠缠于我们部落过早的衰落，不愿再为此哀叹，也不愿将此归咎于白种兄弟，因为我们自己多少也有值得埋怨的地方。

年轻一代总是容易冲动。我们年轻的族人被或真实或虚幻的冤屈所激怒，用黑漆把脸涂黑，其实同时他们也抹黑了自己的心，变得残酷无情，而我们这些上了岁数的老人们又无力约束他们。然而，尽管一直都是如此，尽管自从白人把我们往西驱逐以来一直都是如此，但还是让我们寄希望于彼此之间的仇恨能够永远泯灭。仇恨能让我们失去一切，却毫无所得。对年轻人来说，可能复仇本身就是一种收获，即使那会让他们失去生命，但是那些在战时固守家园的老人，以及可能在战争中失去儿子的母亲们，懂得更多事情的真相。

我们在华盛顿的好父亲——自从乔治国王将他的边界线向北大

举推进之后，我已经把他当成我们的，也是你们的父亲了——我说，我们了不起的好心肠的父亲传话来说，他会保护我们，唯一的条件就是我们要按他说的去做。他神武的勇士将为我们筑起护卫之墙，他神奇的战舰会驻满我们的港口。这样一来，我们北边的宿敌——海达人和辛姆希人——再也不能威胁到我们的妇孺老弱。如此这般，他作为父亲，我们作为孩子就成了事实了。

但这可能吗？你们的上帝并不是我们的上帝；你们的上帝爱护你们的子民，却憎恨我的族人。他以他那有力的臂弯慈爱地环绕保护着白人。就像父亲指引新生儿般指引着他们，但是他却遗弃了他的红皮肤的孩子——如果我们真的能称做他的孩子的话。

我们的上帝，那伟大的神灵，好像也已经遗弃了我们。你们的神让你们的人民一天天强大起来，很快就能占据整个大地，而我的族人却衰落得如急退的潮水一去不回了。白人的神不会爱护我们的同胞，不然他为何不保护他们，而让他们像孤儿一样求助无日？既然如此，我们怎能成为兄弟呢？你们的神又怎能成为我们的神，让我们重振雄风并唤醒我们重返昔日鼎盛时期的梦想呢？

假如我们真的有着同一位天父的话，那他也必定偏心，因为他只照看着他那白皮肤的儿子，我们却从来见不到他；他教给你们律法，对他红皮肤的儿子却无话要说，尽管他们曾经如繁星占满苍穹般遍布着整个大陆。不，我们是两个截然不同的种族，起源不同，命运也各异。我们之间几乎毫无共同点。

在我们看来，祖先的骨灰是神圣的，他们的安息之所也是圣地，而你们却似乎可以毫无哀痛感地远离祖先墓地。

你们的宗教，是你们的神恐怕你们遗忘，以铁指书写在石板之上的。红种人对此既不能领会也难以记住；我们的宗教传自我们的祖先——伟大的神灵于夜晚的神圣时刻，以梦的方式赐予我们族中长者，经过酋长们的洞察，铭刻在我们族人的心底。

你们的亡者一旦踏上墓地的大门，便不再爱护你们，也不再爱护曾经的故国家园。从此飘忽于群星之外，很快就被生者遗忘，也永不再回来。我们的逝者却永远不会遗忘这个曾赐予他生命的美丽世界。他们依然爱恋着青翠的峡谷，潺潺的河流，雄伟的大山，以及幽静的溪谷和碧绿的湖泊海湾，并且以最温柔体贴的情感牵挂着内心孤寂的生者，一次次地从他们极乐的狩猎之地回来，探望他们，指引他们，安抚他们。

至于我们度过余生的地点，是无关紧要的。我们已经去日不多了。印第安人的夜晚只有一片漆黑，在他的地平线上不会再有希望的星星闪烁。忧伤的风在远处呜咽，残酷的命运尾随在红种人的身后，不论身在何方，都听得见无情的毁灭者靠近的脚步。他只能麻木地等待末日的到来，如同受伤的母鹿无奈地听着猎人靠近的脚步声。

几经月盈月亏，几次寒来暑往，这个由伟大的神灵所护佑、曾经遍布广袤的大地、在自己堪比乐园的家园幸福生活的民族，将不会再有一名幸存的子孙，为一个曾经比你们更强大，更生机勃勃，如今却只剩下墓碑的部族哀哀哭泣。但我又何须为我族的灭亡而悲叹呢？一个部落没落，另一个部落兴起，一个民族灭亡，另一个民族崛起，如同潮起潮落。自然的法则如此，哀叹痛惜又有何益呢？你们没落的一天固然遥远，但终究还是会有那么一天的，就算白人能和上帝有如密友至交般亲密无间，也同样在劫难逃。我们终究是会成为同命相怜的兄弟的，我们就拭目以待吧。

我们会仔细权衡你们的提议，一做出决议就会告诉你们。但是要接受的话，我们还得先提一个条件：你们不能剥夺我们随时回去探望祖先、朋友和儿子坟墓的权利，也不可干扰刁难；对我们的族人而言，那里的每一寸土地都是神圣的。每一片山坡，每一处河谷，每一块平原，每一丛树林，都因我们族人早已远去的喜怒哀乐而变得圣洁无比，甚至那些静静躺在寂静的海边、被烈日暴晒的顽石，也因见证过族人们曾有的生气勃勃的生活而变得激动人心，甚至你们脚底的尘土也不会给予你们那种它曾给予我们的深情回应，因为它被我们祖先的鲜血所浸透，只有我们的赤足才更能感受到它那充满怜惜的触摸。

我们已逝的勇士，多情的母亲，欢欣的少女，甚至还有仅仅在这里生长嬉戏过一段短短的美好岁月的孩子们，都热恋着这一片黯淡荒寂的土地，并在夜幕降临之时，迎接那些蒙蒙的族人之魂飘然而归。

当最后一个红种人逝去，我们部落的回忆在白人心中已经成为神话之时，这里的海岸仍将聚集着我们族人无形的灵魂；当你们的后代以为他们是独自在田野、库房、商店、公路或者寂静的树林之中流连时，他们也绝非孤身一人。大地之上没有任何地方是真正孤寂的，夜深人静，当你们城镇或村庄的街道悄然入梦，也许你们会以为此刻它们都是荒无生命的。其实不然，街上将挤满了回归故园的亡魂。他们曾生活在这里，至今仍然热爱这片美丽的故土。有他们相伴，白人永远不会感到孤单。

愿他公正友善地对待我的族人，因为死者并不是无能为力的。我说他们是死者吗？不，世上并没有"死亡"一说——他们只是去了另外一个世界。

微笑①

◎ 哈诺·麦卡锡

哈诺·麦卡锡，法国作家。

西班牙内战时，我参加了国际纵队，到西班牙参战。在一次激烈的战斗中，我不幸被俘，被投进了单间监牢。

对方那轻蔑的眼神和恶劣的态度，使我感到自己像是一只将被宰杀的羔羊。我从狱卒口中得知，明天我将被处死。我的精神立刻垮了下来，恐惧占据了我全部身心。我双手不住地颤抖着伸向上衣口袋，想摸出一支香烟来。这个衣袋被搜查过，竟然还留下了一支皱巴巴的香烟。因为手抖不止，我试了几次才把它送到几乎没有知觉的嘴上。接着，我又去摸火柴，但是没有，都被搜走了。

透过牢房的铁窗，借着昏暗的光线，我看见了一个士兵。他没有看见我，当然，他用不着看我，我不过是一件无足轻重的破东西，而且马上就会成为一具让人恶心的尸体。但我已顾不得他会怎么想我了，我用尽量平静的、沙哑的嗓音一字一顿地对他说："对不起，有火

---

① 选自《语文教学与研究》2007年第9期。

在人生的道路上，我们无法避免挫折和困难，唯有坦然面对，让灵魂始终微笑，才能带我们走出困境。因为穿透灵魂的微笑，常常在生命边缘蕴含着巨大力量，打破冰封的心灵。

柴吗？"

他慢慢扭过头来，用冷冰冰的、不屑一顾的眼神扫了我一眼，接着又闭了一下眼，深吸了一口气，慢慢吞吞地踱了过来。他脸上毫无表情。但还是掏出火柴划着火送到我嘴边。

那一刻，在黑暗的牢房中，在那微小又明亮的火柴光下，他的目光和我的目光撞到了一起，我不由自主地咧开嘴，对他微笑了一下。我也不知道我为什么会对他笑，也许是因为两个人离得太近了，一般在这样面对面的情况下，人不大可能不微笑。不管怎么说，我是对他笑了。我知道他一定不会有什么反应，他一定不会对一个敌人微笑。但是，如同在两个冰冷的心间，在两个人的灵魂间撞出了火花，我的微笑对他产生了影响，在愣了几秒钟后，他的嘴角开始不大自然地往上翘。点着烟后，他并没走开，他直直地看着我的眼睛，露出了微笑。

我一直保持着微笑，此时我意识到他不是一个士兵、一个敌人，而是一个人！这时，他也好像完全变成了另一个人，从另一个角度来审视我。他的眼中流露出人性的光彩，探过头来轻声问："你有孩子吗？"

"有，有，在这儿呢！"我用颤抖的双手从衣袋里掏出皮夹，拿出我与妻子和孩子的合影给他看。他也赶紧掏出他和家人的照片给我看，并告诉我："出来当兵一年多了，想孩子想得要命，要再熬几个月，才能回一趟家。"

我的眼泪止不住地往外涌，我对他说："你的命可真好，愿上帝保佑你平安回家。可我再也不能见到我的家人，再也不能亲吻我的孩子了……"我边说边用脏兮兮的衣袖擦眼泪、鼻涕。他的眼中充满了同情的泪水。

突然，他的眼睛亮了起来，把食指贴在嘴唇上，示意我不要出声。他机警地、轻轻地在过道巡视了一圈，又踮着脚尖小跑过来。他掏出钥匙打开了我的牢门。我的心情万分紧张，紧紧地跟着他贴着墙走，他带我走出监狱的后门，一直走出了城。之后，他一句话也没说，转身往回走了。

我的生命就这样被一个微笑挽救了……

一个卖热狗的小贩①

◎ 涵西

我曾在一家地方电台做了将近六年的访谈节目主持人，在节目中我曾与许多不同凡响的人物交流、攀谈。然而给我触动最深的却是一个卖热狗的小贩，但我们从未说过一句话。

起初，我在本地的日报上读到了有关他的报道，当时我就认定这个叫佩特罗斯的人理应得到公众的认可和赞赏。你不禁要问，一个卖热狗的小贩能有什么了不起的事迹值得一提呢？简而言之，他将我信仰的一切付诸行动。在纽约这个繁华冷漠的大都市里，佩特罗斯给予素不相识的陌生人以完全的信任。

佩特罗斯的热狗车就停在中央公园西大道和第96街交汇的拐角。二十多年来，他每日风雨无阻的身影已成为这里一道熟悉的风景。佩特罗斯的慷慨善良是出了名的。他的热狗车上，除了常用的各种调料，始终放着两个盒子：一个盒子里装着送给过路小孩的棒棒

---

① 选自《课外阅读》2006年第12期。

糖,另一个盒子里装着乘公共汽车需要的硬币。这里是商务旅行者集中之地,时常有旅客发现自己在匆忙之中忘了准备硬币,这时,佩特罗斯会乐呵呵地递上一枚说:"来,拿着这个,下次再还。"

他的热情大方还不止于此。炎热的夏日,经常有跑步锻炼的人在拐角处停下来,口干舌燥,气喘吁吁。这时,佩特罗斯会麻利地从冷柜中取出一瓶矿泉水说:"来,拿着这个,下次再给钱!"如果对方掏钱,往往被他拒绝。

"我信任他们。"他常操着浓重的希腊口音说,"再说他们总是还我钱。"

佩特罗斯的故事坚定了我的信念,让我愈加相信人的本性是乐于奉献的。虽然这个世界上每天都在上演着暴力和恐怖,我仍相信有更多默默无闻的佩特罗斯就在我们身边。

我决定为此做点什么。于是我策划了一期特别节目,并派记者前去采访佩特罗斯。我还给他捎了一件海军蓝的T恤衫作为礼物,T恤上印着我的座右铭:"我信任你!"

在2月料峭的春风中,记者手持录音机带着礼物来到他的热狗车前。直到此时,我们才发现他几乎不懂英语!

第二周,我在节目中用希腊的左巴音乐做背景,播放了下面这段录音:

"很……很好。大家好。我信任他们。谢谢!我信任好人。"

这就是他的全部话语。

当我写下这篇文字时,佩特罗斯的照片就放在我的桌面上:一把蓝黄相间的遮阳伞下,一位五十多岁、长着络腮胡子的男人站在热狗车旁;他拿着我赠给他的T恤衫,略带羞涩地微笑着,眼神中透出和善的光芒。

他的故事给了我希望。

　　他没有从熊熊燃烧的房屋里救人，也没有走遍全美国搞慈善募捐，他所做的是我们每个人都应该去做却往往没有做到的事——关爱、帮助和信任我们的同类。他做得出乎本心，流于自然，这才是这个平凡故事中的最不寻常之处。

圣诞夜"休战" ①

◎ 佚名

这是第二次世界大战中的一个小小插曲,它发生在1944年圣诞夜。

靠近比利时边境的德国亚尔丁森林区有间小木屋,住着一户人家,娘儿俩是为了逃避盟军轰炸才躲到这儿来的。

这时,突然响起了敲门声,母亲慌忙吹熄蜡烛,打开了门。门外站着头戴钢盔的士兵,身后还有一个人躺在地上,血染红了雪。其中一人操着听不懂的语言,母亲马上知道他们是美国兵——德国的敌人。

美国兵不懂德语,母子俩又不懂英语,幸好双方都能讲几句法语,母亲瞧着那伤得很重的美国兵终于动了恻隐之心。

两个美国兵一个叫杰姆,另一个叫洛宾,伤兵叫哈瑞。他们与自己的部队(第一军)失散了,在森林中乱闯了3天,饥寒交迫,走投无路。

母亲吩咐儿子:"去把赫尔曼捉来,还要6个马铃薯。"赫尔曼指

---

① 选自《当代文萃》2006年第2期。

的是那只唯一留着的公鸡，本来打算等被征去当民防消防员的父亲回家过节时一同享用的。

正在布置餐桌时，又有人敲门。这次，门外站着4个德国兵。

儿子吓得浑身不能动弹，因为窝藏敌军要作为叛国罪论处的。母亲虽然也害怕，还是镇静地迎上去，说："圣诞快乐！"

"我们找不到部队。能在这里休息一下吗？"带队的下士问。

"当然。"母亲说，"还可以吃一顿热饭。可是，这儿还有三位客人，你们也许不会把他们当朋友。我们要过圣诞夜，不准在这里开枪。"

"是美国兵吗？"

"听着，"母亲严肃地说着，"你们，还有里面的几个，都可以做我的儿子。今夜，让我们忘掉这回事吧。"

4个德国兵一时呆住了。母亲拍了几下手："话已经说够了，请进，把枪支放在屋角的柴堆上，该吃晚餐了！"

德国兵恍恍惚惚，听话地放下了全部武器，美国兵也照样做了。

德国兵和美国兵紧张地挤在小屋里，表情十分尴尬。母亲神态自若，"这下赫尔曼可能不够分配了，快去再拿些马铃薯和燕麦来，孩子们都饿坏了。"

当儿子从储藏室回到屋里，发现一个德国兵正在检查哈瑞的伤口，不共戴天的仇敌仿佛成了一家人。这种奇特的休战持续到第2天早上。母子俩用两根竹竿和仅有的台布制成一副担架，让哈瑞躺上去，随后把客人们送出门外。德国下士指着地图指点美国兵怎样走到自己的防线去。然后，互相握手道别。母亲激动地说："孩子们，但愿有一天你们都能平安回到自己的家。上帝保佑你们。"

德国兵和美国兵朝相反的方向走去，消失在白茫茫的森林里。

你要一双鞋子,给你一双袜子①

◎ 李丹崖

李丹崖,80后专栏作家,《读者》杂志社签约作家。作品常见于《读者》、《青年文摘》等知名期刊。

圣诞节前夕,已经晚上11点多了,街上熙熙攘攘的人群稀疏了许多,偶尔还有匆匆忙忙往家赶的人,穿行在霓虹灯俯视下浓浓的节日氛围里。新的一年又要来了!

"感谢上帝,今天的生意真不错!"忙碌了一天的史密斯夫妇送走了最后一位来鞋店里购物的顾客后由衷地感叹道。透过通明的灯火,可以清晰地看到夫妻二人眉宇间那锁不住的激动与喜悦。

是该打烊的时间了,史密斯夫人开始熟练地做着店内的清扫工作,史密斯先生则走向门口,准备去搬早晨卸下的门板。他突然在一个盛放着各式鞋子的玻璃橱前停了下来——透过玻璃,他发现了一双孩子的眼睛。

史密斯先生急忙走过去看个仔细:这是一个捡煤屑的穷小子,约摸八九岁光景,衣衫褴褛且很单薄,冻得通红的脚上穿着一双极不合

---

① 选自《男生女生(文摘版)》2006年第12期。

适的大鞋子，满是煤灰的鞋子早已"千疮百孔"。他看到史密斯先生走近了自己。目光便从橱柜里做工精美的鞋子上移开，盯着这位鞋店老板，眼睛里饱含着一种莫名的希冀。

史密斯先生俯下身来和蔼地搭讪道："圣诞快乐，我亲爱的孩子，请问我能帮你什么忙吗？"

男孩并不作声，眼睛又开始转向橱柜里擦拭锃亮的鞋子，好半天才应道："我在祈求上帝赐给我一双合适的鞋子，先生，您能帮我把这个愿望转告给他吗？我会感谢您的！"

正在收拾东西的史密斯夫人这时也走了过来，她先是把这个孩子上下打量了一番，然后把丈夫拉到一边说："这孩子蛮可怜的，还是答应他的要求吧！"史密斯先生却摇了摇头，不以为然地说："不，他需要的不是一双鞋子，亲爱的，请你把橱柜里最好的棉袜拿来一双，然后再端来一盆温水，好吗？"史密斯夫人满脸疑惑地走开了。

史密斯先生很快回到孩子身边，告诉男孩说："恭喜你，孩子，我已经把你的想法告诉了上帝，马上就会有答案了。"孩子的脸上这时漾出兴奋的笑容。

水端来了，史密斯先生搬了张小凳子示意孩子坐下，然后脱去男孩脚上那双布满尘垢的鞋子，把男孩冻得发紫的双脚放进温水里，揉搓着，并语重心长地说："孩子呀，真对不起，你要一双鞋子的要求，上帝没有答应你，他说，不能给你一双鞋子，而应当给你一双袜子。"男孩脸上的笑容突然僵住了，失望的眼神充满不解。

史密斯先生急忙补充说："别急，孩子，你听我把话说明白，我们每个人都会对心中的上帝有所祈求，但是，他不可能给予我们现成的好事，就像在我们生命的果园里，每个人都追求果实累累，但是上帝只能给我们一粒种子，只有把这粒种子播进土壤里，精心去呵护，它才能开出美丽的花朵，到了秋天才能收获丰硕的果实；也就像每个人都追求宝藏，但是上帝只能给我们一把铁锹或一张藏宝图，要想获得真正的宝藏还需要我们亲自去挖掘。关键是自己要坚信自己能办到，自信了，前途才会一片光明啊！就拿我来说吧，我在小时候也曾祈求上帝赐予我一家鞋店，可上帝只给了我一套做鞋的工具，但我始终相信拿着这套工具并好好利用它，就能获得一切。二十多年过去了，我做过擦鞋童、学徒、修鞋匠、皮鞋设计师……现在，我不仅拥有了这条大街上最豪华的鞋店，而且拥有了一个美丽的妻子和幸福的家庭。孩子，你也是一样，只要你拿着这双袜子去寻找你梦想的鞋子，义无反顾，永不放弃，那么，肯定有一天，你也会成功的。另外，上帝还让我特别叮嘱你：他给你的东西比任何人都丰厚，只要你不怕失败，不怕付出！"

脚洗好了，男孩若有所悟地从史密斯夫妇手中接过"上帝"赐予他的袜子，像是接住了一份使命，迈出了店门。他向前走了几步，又回头望了望这家鞋店，史密斯夫妇正向他挥手："记住上帝的话，孩子！你会成功的，我们等着你的好消息！"男孩一边点着头，一边迈着轻快的步子消失在夜的深处。

一晃三十多年过去了，又是一个圣诞节，年逾古稀的史密斯夫妇早晨一开门，就收到了一封陌生人的来信，信中写道：

尊敬的先生和夫人：

你们还记得三十多年前那个圣诞节前夜，那个捡煤屑的小伙子吗？他当时祈求上帝赐予他一双鞋子，但是上帝没有给他鞋子，而是别有用心地送了他一番比黄金还贵重的话和一双袜子。正是这样一双袜子激活了他生命的自信与不屈！这样的帮助比任何同情的施舍都重要，给人一双袜子，让他自己去寻找梦想的鞋子，这是你们的伟大智慧。衷心地感谢你们，善良而智慧的先生和夫人，他拿着你们给的袜子已经找到了对他而言最宝贵的鞋子。

我就是那个穷小子。

信末的署名是：亚伯拉罕·林肯[1]！

---

① 亚伯拉罕·林肯（1809—1865），美国第16任总统，他领导了南北战争，颁布了《解放黑人奴隶宣言》，推动了美国经济发展，被誉为美国最伟大的人物之一。

不得不碰的伤痛[①]

◎　何炅

何炅（1974—），著名节目主持人。

生命中有些伤处，你不去碰它，就永远不会知道它有多痛。

我的朋友有一个好习惯。几乎每个周末她都会去福利院看望那里的孤儿，带去一些小礼物，陪陪他们。也是从她那里我知道了其实福利院的孩子多多少少心里都有一个结：每年的3月总有很多人来看望他们，可是基本上只是在3月这个学雷锋月。尽管每个人走的时候都会说"我们还会再来"，然而，很少有人会在其他没有名分的时候来到这里。

有一个小男孩很喜欢摩托车。可是福利院里是不会有这种交通工具的。而小男孩的家人又早不知去向，所以几乎不可能有人骑上摩托车带他去玩，他的摩托车梦总也只是个梦。有一年的3月，一群人来到福利院，其中的一个大哥哥知道了小男孩的心愿，热情地许诺改天会骑摩托车来带他去兜风。小男孩很高兴，从哥哥走后就开始认真

① 选自《最好的幸福》，何炅著，汕头大学出版社2005年版。

地期待这件事情。可是哥哥也许是很忙，也许是粗心大意忘记了，一直也没有摩托车令人兴奋的马达声响起在福利院的门口。小男孩的智商有点问题，可是他很懂事，只是在每年的3月才会殷殷地问起那个大哥哥今年会不会骑着摩托车来？

我完全没有指责那些没有再去福利院、没有遵守承诺的人，事实上，去过总胜过不去，更何况在承诺的时候，我相信每个人心里一定也是涌动着万千的柔情。只是后来兴许衡量了自己的能力后发觉力不从心，也可能有了新的牵绊，或者被每天的交通烦扰着自己的梦想，总之那样的柔情就慢慢隐去了，承诺也渐渐凉了下来。说到底，那些伤痛不是八点档的连续剧，每天定时出现赚你热泪，常常是在一个你平时不太可能碰到的地方，就算忘记，也不会怎样。

只是，对于有着摩托车梦、洋娃娃梦或是其他什么梦的孩子来说，那却是他们全部的期待。

在福利院，这样的故事还有很多。这里的孩子多多少少都有些缺陷。亲情的连系有时候挺脆弱，年轻的父母看到出生的孩子少了手指，或是眼睛里的混浊，或是痴痴的表情，想到今后把这孩子拉扯大的艰难和遭人白眼的委屈，很容易就忽略了怀胎十月的期待和血浓于水的情感，于是问题就被抛到社会上来。还有些本来好好的孩子，完全是因为家人的照顾不周，被烫坏了脸，或是发烧没有得到及时治疗而坏了头脑，也失去了享受家庭温暖的权利。这些无辜的孩子被遗弃在福利院的门口或者其他什么地方，开始自己的人生。只是，这是怎样的人生？

于是我们很想做一期节目，做点什么，为孩子，也为自己。去的时候我们一再提醒自己不要三分钟热度。人常常就是这样，一边痛心疾首地批评着什么，一边却不自觉地步了后尘。我们想了很久也没有想好到底应该做些什么，送些礼物或去陪陪他们固然好，可是谁规定福利院的孩子就只能在福利院里等着别人来爱他们、等着别人来关心他们呢？那些孩子已经失去了很多被爱的机会，难道连爱人的权利也没有吗？助人是快乐之本，我们希望创造一个机会，让孩子们感受到最本质、最根源的快乐，一种被需要、被感激的快乐。

就在一个春天的阳光明媚的早晨，我们的计划开始实施。福利院稍大一些、行动方便的孩子被我们组织起来，兵分四路：一部分去公园门口卖气球，一部分深入公园内部帮游人拍照，一部分在糕点店卖蛋挞，另一部分在闹市区卖鲜花。通过孩子们力所能及的劳动，获得一些收入，再用这些钱给那些年纪小或者不能活动的孩子添置生活用品，为他们举办party。孩子们的快乐也变得有来有往了！

爱是一种无须回报而心甘情愿的付出，一种渴望得到关怀、尊重、理解与包容的心灵慰藉，一种相依又善待彼此的过程。

你该看看那些孩子在工作的时候有多快乐！他们表现出极大的兴趣和热情，跑前跑后，忙里忙外。当有了收入的时候，孩子们细心地数了又数，惊讶于自己通过劳动也可以创造财富；当买好了礼物回去的路上，他们那激动、期待、骄傲、神气的表情真是动人啊！是啊，谁不喜欢被信任、被需要的感觉呢？

我们的party很成功，孩子们都很快乐，他们的老师也一直说，以前总是一门心思地想怎么去爱这些孩子，尽可能帮社会去偿还欠他们的一切，却忽略了孩子们也有去爱别人的情感需要，事实上，再可怜的孩子也不愿意你用那种可怜的眼光看他。

孩子们对我们很亲。他们虽然不是普通意义上的健康孩子，却无一例外的特别善良和真诚。有一个智力不好的孩子，热情地抱着我们节目组一个小女孩大声喊"妈妈"。也许那个孩子把所有他喜欢的人都叫做"妈妈"吧，小女孩看着这个比自己高得多也壮得多的孩子，眼泪一下就流了出来。这个人世间最温暖、最伟大、最无私的称呼在这一刻狠狠地撞击了她的心。

那种情绪，就是爱。

生命当中一定有遗憾，这是改变不了的。我们都想让生命中的遗憾少一点，再少一点。可是藏起来不看，遗憾会不会就少了呢？或是想着那处伤只是隐隐作痛，何必揭开那个疤鲜血淋漓呢？然而有些伤，必须揭开来，用药用爱，才会慢慢使它好起来。

生命里有些痛，我们不得不去碰它。

迎接千年曙光，守望世界和平 [1]

◎ 曼德拉

纳尔逊·罗利赫拉赫拉·曼德拉（1918—），南非首位黑人总统，被誉为南非国父。

尊敬的国王陛下：

尊敬的皇室成员：

尊敬的挪威诺贝尔委员会各位委员们：

尊贵的格罗，哈莱姆·布伦特兰首相夫人：

各位部长，议员和大使：

共同获奖者德克勒克 [2] 先生：

尊敬的来宾：

朋友们、女士们、先生们：

我由衷地感谢挪威诺贝尔委员会把和平奖授予我们。

我借此机会向和我一起获得和平奖的我的同胞德克勒克总统表

---

① 选自《诺贝尔和平奖获奖演说:伟大的声音》,杨一兰选译,武汉出版社2009年版。

② 弗雷德里克·威廉·德克勒克,南非共和国最后一任白人总统(1989—1994),他结束了南非种族隔离制度,和曼德拉一起获得诺贝尔和平奖。

曼德拉是享誉全球的诺贝尔和平奖得主,他为了推翻南非白人种族主义统治,进行了长达50年(1944—1994)艰苦卓绝的斗争,铁窗面壁28年(1962—1990)。最终,他从阶下囚一跃成为南非第一任黑人总统,为新南非开创了一个民主统一的局面。

示祝贺。

在此我们一起追忆两位伟大的南非人:已故的领袖阿尔伯特·卢图利①和德斯蒙德·图图②大主教。他们因为反对罪恶的种族隔离制度的和平斗争而被授予和平奖。

也许我们还应该再提到另外一个名字,他是我们的先驱中另一位诺贝尔和平奖得主,已故的马丁·路德·金牧师。正如南非人民一样,他也曾面临着同样的严峻问题,他努力寻求正义的解决方式,并为此献出了生命。

今天我们在这里,谈论人类面临的挑战:战争与和平,暴力与非

---

① 阿尔伯特·卢图利酋长,非洲人国民大会主席。作为基督徒和圣雄甘地的信徒,他很信仰非暴力。一生都致力于反对种族隔离的斗争。1961年,他获得诺贝尔和平奖,他也是第一个获得诺贝尔和平奖的非洲人。

② 德斯蒙德·图图,南非著名黑人主教,他一贯反对南非种族歧视和种族隔离政策,为黑人的解放进行勇敢的斗争。1984年,他被授予诺贝尔和平奖。

暴力，种族主义与人的尊严，压迫，镇压与自由，人权，贫穷与安康。

今天我们站在这儿，是代表千百万敢于站起来反抗一种社会制度的人民，这种社会制度的本质就是战争、暴力、种族主义、压迫及全体人民的贫困。

今天我还代表全世界千千万万的人们及一些政府和组织，他们加入我们反对种族隔离制度的运动，他们不是反对作为国家的南非或南非人民，而是控诉一种非人道的制度，要求这种反人类的种族隔离罪行尽快灭亡。

这些人，不论是国内的还是国外的，都有着反对暴政与不公，而非出于一己私利的高贵精神。他们认识到，对一个人的伤害即是对所有人的伤害，他们因此组织起来、共同行动，去捍卫正义与人的基本尊严。

正是由于多少年来这些人英勇不懈的努力，我们今天才可能去畅想，有朝一日，全人类将在一起庆祝本世纪人类最伟大的一个胜利。当那一时刻到来的时候，我们将欢聚一堂，共同庆祝战胜种族主义、种族隔离和少数白人统治的胜利。

这个胜利终将结束这段始自葡萄牙帝国、长达500年的非洲殖民史。

因此，它将是历史向前跨出一大步的标志，同时成为全世界人民反对种族主义斗争的共同誓言，不论种族主义出现在何处，或以何种形式出现。

在非洲大陆的南端，那些以全人类的名义遭受苦难的人们，在他们为了自由、和平，人类尊严和自我实现而牺牲一切的时候，他们将得到丰厚的报偿和无尚的礼遇。这种酬劳无法用金钱来衡量。也无法用脚下印着我们先辈足迹的这块非洲土地下蕴藏的所有宝藏来衡量。

它只能通过孩子们露出的幸福与欢乐来衡量。在任何一个社会，儿童都是最易受到伤害的公民，同时也是社会最宝贵的财富。

儿童终于能在开阔的草原上玩耍，不再经受种种折磨：饥饿的痛苦，疾病的摧残，无知、骚扰和虐待的威胁，并且不再被迫去从事那些超过了其幼小年龄所能担负的工作。

在诸位高贵的听众面前，我们保证，新南非将坚定不移地追求《世界儿童生存，保护和发展宣言》中所制定的那些目标。

我前面提到的酬劳，也将必须通过那些儿童的父母所感受到的幸福和安定来衡量，他们必须不用担心走在路上会遭到抢掠，因政治或物质利益被杀戮，或者因为自己是乞丐而被人唾弃。

他们也必须从绝望的重负中解脱出来，这种重负压在他们心头，与饥饿、无家可归和失业相伴相生。

这种酬劳的价值也必须由我们国家所有人民的幸福与福利来评价，我国人民必将推翻那些分隔他们的野蛮壁垒。

广大民众将抵抗这种对人类尊严的极大侮辱。它使一些人被奉为主子，把其他人唤作奴隶，将每个人都扭曲为靠毁灭他人为生的嗜血者。

我们一同分享这种酬劳的价值，必将由胜利带来的欢乐和平来衡量。因为共同的人性将黑人和白人融为一个人类的大家庭，它会对我们每一个人说：我们所有人都将生活得像天堂里的孩子一般。

我们将这样生活，因为我们将创造一个承认人人生来平等的新社会，所以我们会过上这样的生活：每人都被赋予了平等生活的权力，能平等地享有自由、繁荣、人权及优秀的管理。

这样的社会永远不允许任何人的人权遭到侵犯。这样的事情将永远不会发生：从人民那里夺走权力的篡夺者，堵死通向和平的道路，以达到追求他们一己私利的目的。

在这里，我们呼吁那些缅甸的执政者释放我们的同伴——诺贝尔和平奖获得者昂山素季。并敦促他们为了所有缅甸人民的利益,与她及她所代表的阶层进行严肃认真的对话。

我们恳请那些掌权人不要再迟疑,赶快让她运用自己的才干与精力为她的国家及整个人类做出更大的贡献。

远离我们自己国家那种粗暴和颠倒的政治局面。我愿意借这个机会和挪威的诺贝尔委员会一起,向与我一起获奖的德克勒克先生致敬。

他有勇气承认,强加于我们的种族隔离制度,已经给我们的国家和人民造成了可怕的错误。

他深谋远虑,了解所有南非人民必须通过谈判,且作为这一过程的平等参与者以共同决定他们的未来。

但是,在我们国内还有一些人错误地相信,他们可以依靠一些过时的信条来为正义与和平做出贡献,而事实已经证明,这些只能带来灾难。

对此,我们仍抱有希望,希望他们能够理智地认识到我们不能否认历史,不管我们如何对过去进行改造和包装,我们不可能通过重新复制苦难的过去来创造新社会。

借此机会,我还要表达对我们国家众多民主运动组织的敬意,包括"爱国阵线"的成员们。他们在把南非引到与现实接近的民主制度改革中,扮演了核心的角色,发挥了重要的作用。

我们很高兴这些组织的代表,那些曾服务或正服务于"家园"组织的人们,今天同我们一起来到奥斯陆。他们也一定能分享到获得诺贝尔奖所赋予的荣誉。

我们满怀希望地看到:为重塑自身而奋战的南非,是正在发展的全世界的缩影。

这必将是一个民主的尊重人权的世界,一个摆脱了由贫困、饥饿、掠夺和无知所带来的恐惧的世界，一个从内战和外来侵略的威胁与灾祸中解放出来的世界，一个能把千百万人从沦为难民的巨大惨剧中解救出来的世界。

这是一个将南非和南部非洲作为一个整体并肩作战的过程，它呼唤并督促我们每一个人在必要时融入这一洪流，并在这一地区制造一个生动的范例，那是所有有良知的人所期待出现的世界。

我认为，这个诺贝尔和平奖不是为了表彰过去曾发生过和已经成为过去的事情。

我们听到了全世界寻求终止种族隔离制度的所有人的呼唤。

我们理解他们的呼唤，我们将不遗余力地奉献自己，用我们国家独一无二的、痛苦的经历及实践来证明：人类生存的正常条件是民主、正义、和平、非种族主义、无性别歧视、人人富足，以及健康的环境、平等权利和团结一致。

为这些呼唤所感动，被你们给予的崇高信任所激励，我们将竭尽所能担负起更新这个世界的工作，将来，再不会有任何人被描述成是"世界上受苦的人"。让我们的后代永远不要这样说：是冷漠无情、玩世不恭、自私自利使得我们没能快乐地生活在像诺贝尔和平奖所概括的理想的人道主义中。

让我们所有人的努力奋斗，去证明马丁·路德·金所说的人类再也不能悲哀地被困于种族主义和战争所带来的无尽长夜。

让我们所有人来证明，当他谈到真诚的手足情谊的美妙以及和平的成长要比金银宝石更珍贵时，他不是一个纯粹的梦想家。

让一个新时代诞生吧！

谢谢。

澳大利亚的回答^①

◎ 崔青

怎样对待矿难? 怎么拯救生命? 请看澳大利亚的回答。

4月25日, 塔斯马尼亚岛上的金矿突然遭遇地震, 重达数吨的岩石分崩离析从头而落, 在井下作业的赖特不幸被砸死, 而37岁的布兰特·韦伯和34岁的托德·罗素则由于正在一个边长1.2米的正方形金属笼子里工作, 幸运地逃过一劫。

井外人员开始时得不到他们的音讯, 到4月30日才惊喜地发现, 韦伯和罗素竟奇迹般地活着。

当人们在教堂内祷告时, 罗素的母亲突然冲进来, 她当时一边跑一边高喊着"他们还活着, 他们还活着"。这奇迹般的喜讯即刻传遍全国, 所有的人, 无论认识的不认识的, 都激动起来, 兴奋起来, 争先恐后地在第一时间里奔走相告!连大街上停着等红灯的车辆里, 人们也会摇下车窗, 互报喜讯。这时候, 你觉得那两名矿工, 仿佛是全国

---

① 选自《意林》2006年第15期。

每一个人的亲人。

由于受困地点遭到数吨庞大落石的阻挡，救援人员判断，至少还要数天，两人才能完全脱困，而这对于他们的生理极限将又是一次严峻考验。5月2日，救援人员试着在落石中钻出小洞，首次通过一根长达一公里的PVC长管将饼干和蛋白饮料等食物成功地传送给两名矿工，这既考虑到两名矿工生存的需要，还考虑到他们几天未进食的状态，以及蜷缩在狭小的空间中无法动弹的实际情况，不能让他们吃得很饱却要有足够的营养。

从4月30日起，每家电视台和广播电台都追踪着救援工作的进展，也可以说，每个人都在为他们祈祷。在5月9日的电视晨间新闻中，我们惊喜地看到了被救援回到地面的罗素和韦伯，他们穿着带荧光的黄色矿工服，头上的矿灯还亮着，他们平静地把一块标明他们井下作业地点的牌子取下，表示他们安全返回，就像平时上下班一样。

小镇上的教堂钟声自第二次世界大战结束后首次响起，表明他们俩的生还对小镇的居民有多么重大的意义。事实上何止小镇居民，这事对两千万澳大利亚人都是意义非凡的。救护车开动时，特地开着后车门，让他们俩能跟现场的数百人挥手告别。

这是两个奇人，他们竟然在925米的地下存活了14天。前5天，他们在井下925米的地方忍受着35摄氏度的高温，困在狭窄的金属笼中，就靠一块压缩饼干充饥，靠舔岩石缝隙渗出的污水解渴。如此坚强的意志力和生命力，就连救援专家们也难以置信。他们得到地面送去的ipod播放器。听着喜爱的音乐，还调侃说，他们更愿意听钻头的轰鸣。得到送进的食物后，他们"得寸进尺"地向上面的救援者开玩笑说还想吃火腿、鸡蛋外加热汤。对于这次不幸和身处恶劣环境，他们没有抱怨，还笑称是住了"二星级宾馆"。

韦伯和罗素不是高官也不是富翁，只是普通的矿工，可是国家动用了昂贵的器材、众多的人力拯救他们。挖掘机、冷炸药、各种科技手段还有手工24小时不停地轮番使用，既要救出井下的生命，又十分爱惜救助人员的生命和健康。

　　拯救不但是一次人道主义的实践，也是一次人文精神的体现。救援工作始终有心理医生参与，所以两名矿工能保持乐观平衡的心态。是心理医生建议暂时不让他们跟朝思暮想的家人通话，以免影响情绪。两名男性医务人员，不停地与他们聊天，聊他们愿意聊的各种话题，以消除他们的孤独感，保持他们对生活的热爱。当他们心急如焚地打听同伴赖特的生死，心理医生当机立断地决定对他们说实话，因为一旦他们发现地面上的营救人员没有告诉他们真相，那么他们的信赖感就会崩溃。当救援工作受阻时，心理医生更是竭力抚慰他们的情绪。在他们得救以后，又做着后续的防止后遗症的治疗。

　　澳大利亚向世人展示了她对待生命的态度：尊重、爱护、科学、合理、严谨、热情而又冷静。

用灵魂的力量抵御暴力①

◎ 林达

　　林达，一对美籍华人作家夫妇合用的笔名，他们的书被誉为是介绍美国最好的作品之一。

卢兄: 你好!

　　上次给你的信, 聊到了南方彻底变革的突破口。我有时候也想, 为什么在这个时候开始突破呢? 这里显然有一个历史时机的成熟问题。这个成熟, 包括时代的进步, 包括我上次提到的黑人力量的积聚。如果像在此之前的所有的推动那样, 只是北方的白人在那里推, 而南方的黑人自己没有力量的话, 很难产生本质的变化。但是现在, 南方的黑人在表面的无声无息中, 渐渐地成熟了。他们成熟的标志, 就是他们开始自觉地逐渐熟练地运用这个制度的操作程序, 来争取这个国家所寻求的理想中, 属于他们的一个部分, 属于他们的一份权利。

　　在"分离并且平等"的南方种族隔离原则下, 黑人的起点很低, 但是, 毕竟有了一个发展的空间。他们是隔离在南方的白人社会之外

---

① 选自《我也有一个梦想: 近距离看美国之三》, 林达著, 生活·读书·新知三联书店2006年版。

的，但是，一个表面的"平等"也提供了一定的机会，就像我上封信提到的有限度的受教育的机会。由于起点低，得到的条件差，黑人的发展是缓慢的。但是总体来说，这毕竟是一个自由社会，自由贸易，自由信息，自由流动，等等。因此，对于南方黑人也依然存在发展的机会，如果不是这样，我们就很难理解，南方也存在一个日益成长的黑人的中产阶级。著名的黑人民权运动领袖马丁·路德·金，就是诞生在这样一个南方黑人中产阶级的家庭。如果保守的美国南方，不认可美国的基本自由民主机制，那么这样一个具有自身解放能力的中产阶级的黑人阶层，是不会在南方出现的。

马丁·路德·金在1929年出生的时候，他的父母就已经是一个黑人中产阶级的家庭。他是在南方的黑人学校读完中学，又是在南方进入黑人的摩尔豪斯学院，然后他来到宾夕法尼亚的克罗泽神学院，继而在波士顿大学得到博士学位。马丁·路德·金只是出生于黑人中产阶级家庭的一个典型，在南方，这样的黑人阶层正在逐渐强壮起来。他们在当时还不能享受到全部的美国的自由，比如说进入白人的饭店和学校。可是，在南方白人和政府都认同的美国制度中，他们已经可以享受到美国的许多基本自由，比如说信息自由，结社自由。

没有人限制他们得到所有的信息，没有人限制黑人的牧师向他的教徒们进行什么样的宣传。没有人能够限制一些觉悟得早的黑人，已经拥有像"有色人种进步协会"这样的黑人团体。他们所处的氛围是自由的，这种氛围在无形中推动他们去争取一个与其他人完全一样的自由生活和平等权利。这也就是我前面提到的，在南方回到这个制度中，接受了一个"表面平等"的同时，黑人的"实质平等"地位，就不可阻挡地早晚会到来，这就是制度在那里悄悄地起作用。

例如马丁·路德·金，当他在南方的黑人大学里时，就已经读到梭罗的著名文章"论公民的不服从"。当他来到波士顿读博士之前，已经在宾夕法尼亚的学校里，读到了甘地的的著作，并且熟悉了甘地对于"非暴力抵抗"的观点。无数南方的黑人孩子，他们只能进入设备简陋的黑人学校，可是，在美国的基本制度下，没有人限制这些孩子的思想，没有人企图或者能够做到用虚假的信息去毒害他们的心灵。他们坐在简陋的教室里，照样和白人的孩子一样，读到"独立宣言"，读到"人人生而平等，都有生命权，自由权和追求幸福的权利"这样的文字。如果说，这个国家的基本原则是符合人性的，社会的思想主流是在推动这个原则的实现的，思想是不受到禁锢的。那么，即使这个社会还存在一个没有受到公平待遇的群落，那么，他们自身对于自由的追求和主流社会对于公平的呼吁，迟早会汇聚在一起，汇成一股冲毁整个旧堤坝的力量。这个历史过程并不容易，但是，反观这段历史，你会发现，在美国的制度下，这一切逻辑地会必然发生。

这一天终于来到了。自从"分离并且平等"的原则被接受以来，这是第一次出现对这个原则频频进行司法挑战的浪潮。第一个引发点和突破口正是从教育问题开始的。尤其是当时的南方黑人中产阶级，越来越意识到，接受高质量的教育是他们的孩子今后生活中唯一的希望和光明。因此，南方各州都纷纷出现黑人家长为孩子申请白人学校的事件。在被拒绝的时候，他们就坚决地走到当地法庭，开始为自己的孩子争取平等教育的权利。于是，在1954年，美国的联邦最高法院，一下子接受了4个来自不同的南方州的类似案子，一并审理。这样一天的到来，实在是必然的。撇去别的原因不说，美国南方之外的州就一直是一个活生生的榜样。在美国的大部分地区，是从没有什么种族隔离的。就在最高法院对这些案件宣判的一年以后，马丁·路德·金就要在北方的种族融合的波士顿大学，拿到他的博士学位了。

虽然是4个案子一并处理，但是在历史上，它是以4个案子中来自堪萨斯的"布朗案"为名的。琳达·布朗是一个小女孩。在她居住的托培卡镇，按照堪萨斯州的法律，学校的种族隔离是允许的，但不是必须的。就是说学校可以自己决定，隔离不隔离都合法。可是她所申请的学校，校管会就是不让她上。琳达·布朗的父母就告到联邦地区法院，告校管会的半数成员。希望该法院干涉校管会的决定。联邦地区法院根据已经确认的"分离并且平等"原则，判布朗败诉。他们一家不服，于是，这个案子一路走进了联邦最高法院。

在这个著名的"布朗案"的审理过程中，由于"分离并且平等"的原则已经在最高法院被确认过，所以很难一下子挑战整个原则。黑人原告一方的律师，就重点争辩教育领域的"分离"，是否可能做到"平等"。因为，平等是写入宪法修正案的最基本的原则。所以，假如今天能够证明，在教育领域，"分离"就不可能"平等"，那么，在这个领域，就可能产生一个突破了。

为了证明这一点，黑人的律师提供了各种证据，说明教育的种族隔离产生的不平等后果。为了说明种族隔离的教育，对黑人儿童导致严重的自卑心理。他们为法庭提供了公认的专家对黑人儿童的心理测试，其中有一项，就是在黑人儿童面前放一些不同种族造型的玩具娃娃，结果，黑人儿童毫不犹豫地就要"白人娃娃"，而不要和自己一样肤色的"黑人娃娃"。

1954年5月17日，沃伦首席大法官代表联邦最高法院宣布，大法官们以9：0一致通过，黑人布朗胜诉。在判决陈述中，沃伦大法官谈到，在"布莱西案"中，被确定的"分离并且平等"原则不违宪时，案子是发生在1896年。当时对于教育领域并没有特殊的关注，是当时美国的教育状况所决定的。在那个时候，美国还没有什么强有力的公共教育系统，也没有义务教育制的立法。当时，即使是白人，也有大量的孩子不上学，在家里由父母教育。在许多州里，学校一年只开3个月。所以在建立宪法第十四修正案的时候，没有注重公共教育的领域，也就不奇怪了。

然而在今天，沃伦大法官说，教育由于各项立法大大提高了它的地位。教育程度已经成为承担各项最基本公共责任的起码要求，甚至参加军队也有此要求。教育是成为一个良好公民的基础。今天，教育已经是一个指导原则，它使孩子领悟到文化价值，使他为进一步的专业训练做好准备，也帮助他正常地调整他与周围环境的关系。在现在的时代，如果否定一个孩子接受教育的机会，他原来理所当然应该成功的人生，就会存在疑问。这样一种由州提供的机会，应该是所有的人都平等得到的一种权利。

在这里，我必须向你解释的，就是在美国，联邦政府是无权干涉老百姓要如何教育自己的孩子的。因此在美国也没有全国统一教材。这样一种状况，来自于美国在建国时期对于教育的基本理念。

那么，这是怎样的一种理念呢？它也是源于自然法的。它的基本观点就是，当一个孩子在成年之前，最有权利决定如何教育这个孩子的，是他的父母，而不是政府。所以，从一开始，学校的管理，教材的选用，课外必读书籍的选择，考试的范围，等等，都是由每个学校的校管会决定的，那么，校管会又是从哪里来的呢？是学校所在的地区的居民们选举产生的。要成为一个校管会的成员，也是要向选民们解释自己的教育主张，要竞选的。在美国许多选择从政的人，他走的第一步就是竞选一个学区的校管会的成员。

正如沃伦大法官所说的，美国的教育从建国以来，两百多年中发生了巨大的变化。例如强大的公共教育系统的建立。由州一级，和地方各级政府，从地方税收中，为公立学校提供教育经费。但是它的教育的基本理念是和这个国家的基本理念相一致的。这些最基本的东西在美国恰恰是非常稳定的。美国学校的校管会，从一开始多由家长组成，逐渐适应现代教育日益专业化的特点，更多地由当地具有教育经验和教育专业学位的人担任。很多州立大学由州政府的教育委员会管理。中小学和大专由校管会管理，但是，这些人还是由当地的居民选出来的。至今为止，各种专家提供了越来越多的可供选择的教材，但是，选哪一本教材，还是这些由居民们选出的当地的教委会和校管会决定的。

最极端的例子，大概就是最近发生在路易斯安那州的一个黑人居民区的学校，他们的校管会决定，由于美国最著名的建国者之一，第一位总统乔治·华盛顿曾经蓄奴，所以，他们决定，把介绍华盛顿总统的有关章节，从他们学校的历史教科书中剔出去。这个决定当然很不寻常，成为报纸上的一条新闻。它引来一些保守团体的强烈反应，大多数人则是一笑置之，觉得这不是一个聪明的历史教育观，如此而已。但是从来没有听说政府打算出面干涉。即使政府想干涉，美国的法律也不会允许它干涉。

正如沃伦大法官所说的，现在的教育已经越来越重要。从沃伦大法官的判决至今，又有近半个世纪过去了。如今一个国家的教育水平，已经到了会影响国家实力的地步。因此，最近克林顿总统把提高美国的教育水平，作为他的总统任期的一场重要战役来对待。他提出立法建立全国范围的数学和语文统考。因为在美国，是没有什么具有法律强制效力的全国统一考试的。但是,他的这一提案却被国会断然否决,联邦众议院甚至通过决议,禁止联邦行政分支搞什么全国统考。假如你不清楚来龙去脉,这也是"美国故事"总是令人费解的地方。

在美国的历史深处,这个文化深藏着的是对政府的不信任,尤其是对联邦政府的不信任,其实质是对集权的恐惧,以及对思想控制的恐惧。因此,克林顿总统对于全国统考的提议是从数学语文,这样的基本技能教育作为他预定的突破点的。但是,美国人至今不能接受。其根子在于,美国人不愿意他们最初源于自然法的教育理念被突破。统考显然能够提高教育水平,使国家强大。可是,统考必然导致统一教材,就防不住哪一天政府会向孩子灌输"统一思想"。美国人是自由为先的,他们宁可不那么强大,但是必须有自由。

我再用一点笔墨回到教育上,因为小田田今年上学了,你已经几次来信谈到小田田上的那个学校的教育问题,为孩子忧心忡忡。所以,你一定会问,怎么保证教学质量呢?应该说,美国的教育制度肯定是有它的弊端的,学校的质量参差不齐。但是,它也是有它特殊的自然结果的。例如,论考试,就普遍状况来说,美国的学生绝对不是什么好手。但是,由于学校提供的气氛活跃,鼓励全方位的想象力,选择性多,实用性强。因此,论学生的创造力,美国的孩子是相当出色的。

因此,美国的教育纵有万千有目共睹的尚待改进的弊端,可是,在改进的过程中,它的一些基本理念是很难动摇的。就是人民有权决定如何教育自己的孩子,联邦政府无权干涉教育和向孩子灌输政府认为是正确的思想,孩子的想象力是最大限度地受到保护的。美国教育的最大的优点,就是它对于孩子是人道的,是充分诱导孩子产生最奇异的思想的。美国教育的目的,正如沃伦法官所提到的,教育是帮助一个孩子在未来的生活中更成功地寻求自己的幸福。教育不是为社会机器塑造一个合适的螺丝钉。他们认为,重要的是一个孩子未来的幸福，一旦成了螺丝钉，有谁会关心螺丝钉的幸福呢？我再回到我们原来的话题，回到半个世纪前的最高法院的法庭。

今天，在教育已经如此重要的时候，沃伦大法官进一步指出，纵观在所谓的"分离并且平等"原则下，在种族隔离的公共教育系统的学校，许多白人学校能够得到的条件，黑人学校却得不到。然而，即使能够使教学楼及课程设置，教师的薪金等等表面因素平等化，是不是就意味着平等了呢？最高法院关注的是，即使这些表面的物质化的因素可能做到平等，一个以肤色为依据隔离的公共教育制度，是否还是使得少数族裔的孩子丧失了受到平等教育的机会？最高法院的结论是肯定的。

最高法院对此判定的依据，不是表面化的平等，而是机会的平等。沃伦大法官认为，这种建立在肤色基础上的，把一个孩子和同年龄同智力的孩子隔离开来的做法，会使孩子对自己在社区中的地位产生自卑感。这样可能会导致孩子的心灵和思想不正常，甚至因此被毁掉。他还指出，这种把白人孩子和黑人孩子分开的公共学校，受到影响的肯定是黑人孩子，如果法律支持这种状况，这样的影响就会更为严重。黑人群体通常这样解读隔离政策，认为这是意味着他们的地位低下。这种自卑的感觉会影响到孩子的学习动力，这样的隔离法案影响了黑人孩子在教育和精神上的发展，使他们失去了在种族融合的学校所能够得到的东西。

沃伦大法官宣布，"我们决定，在公共教育的领域里，没有'分离并且平等'这一原则的位置。隔离的教育设施天生就是不平等的。"因此，最高法院宣布所有有关教育隔离的立法是违宪的，它侵犯了黑人在宪法第十四修正案中，被规定应该拥有的权利。由于这一判决在南方牵涉的面太广，1955年最高法院就"布朗案"发布命令，命令联邦公立学校以"审慎的速度"结束种族分离。在这个案子中，我们可以开始更清楚地看到，为什么林肯在南北战争后期最关注的，不是以强权统治南方，而是以宽恕"叛乱"一方的南方首领，来换取他们带领整体南方回到美国制度中来。林肯整个思路的意义，正在逐渐显露出来。在作为一个整体的南方，认同这个国家的理念和制度之后，不论南方有怎样的类似3K①的民众，在南北双方对话的时候，在不同的观念讨论的时候，就有了共同的依据和游戏规则。

例如，在这个前提下，南方就不能否认"平等"的宪法原则。如果说南方在种族问题上，远没有进步到平等的认识程度，但是，他们如果想实行种族隔离的时候，能够做的就是钻条文理解的空子，钻法律解释的漏洞，例如"分离并且平等"这样的说法。但是，如果这不是真正的平等，那么，它最终会有一天被事实击败。在被击败的时候，它也必须认账。

如果情况不是这样。南方根本不认美国的基本原则，那么，对话就要困难得多，甚至无法对话。那个时候，讨论就不是在教育领域"分离"是否可能"平等"的问题，南方可以干脆否定黑人有平等权利。讨论可能会陷入胡搅蛮缠之中，或者干脆拒绝讨论。

在最高法院宣判时，南方存在庞大的公共教育体系，在当时大多数都处于种族隔离状态。判决下来之后，在一些极端南方，曾经发生了骚乱，比如著名的阿肯色州小石城高中，8个黑人第一次进入这所白人的学校，居然要有美国总统派出国民兵一路护送。由于这些骚乱引起很大的震动，给人留下强烈的印象。可是，我们也注意到，大多数的南方公立学校，在接到最高法院的命令之后，尽管是以"审慎的速度"推行，毕竟还是平稳地向种族融合过渡了。如果没有南北战争之后整体南方对于这个制度的认同，那么可以想象，一个牵涉面如此广泛的公立学校改制，又没有坚实的民众认识的基础，不定要出多大

① 3K党是美国一个奉行白人至上主义的民间组织，也是美国种族主义的代表性组织。

的乱子呢。

从最高法院的判词中，尽管判的是教育领域，但是，最高法院寻求真正的种族平等的意图是十分清楚的。人们几乎可以预见到，彻底在南方打破种族隔离的时刻已经就在眼前。这样的判词，对于南方的黑人，更是一个莫大的鼓舞。因为，在沃伦大法官的判词中，对于"分离"不可能"平等"的突破重点，并不是放在黑人的校舍比白人学校的破旧，黑人学校的课程设置比白人学校更少，这样一些可见因素上面。尽管在这些方面，确实可以找到大量证据，证明不平等。

但是，正如大法官指出的，这些因素是可以使之"平等化"的。沃伦大法官把突破的重点放在对人的心理和精神影响方面。指出它"天生不平等"的原因是，它毁坏人的尊严，伤害人的心灵，使一个社会群体产生整体自卑感。他等于是在向黑人指出，在精神和心灵上，你们应该是和任何人一样平等的，你们应该拥有精神平等的权利。这个判例，等于是在南方的上空炸响了一个惊雷。

果然，在最高法院下命令取消公共教育种族隔离的那一年，在命令的执行还没有真正大规模开始的时候，在极端南方的深腹地阿拉巴马州的蒙哥马利市，就出现了又一个挑战种族隔离的事件。这一事件，你可以说是偶然的，但是，你也可以说，这是历史的必然。

那是1955年的12月1日，一个名叫罗莎·帕克的黑人妇女，下班后疲惫不堪地准备回家。她从来就不是一个打算做"英雄"的人，也丝毫没有准备做出一个什么历史性的挑战，她只是一个最普通的黑人妇女，那年42岁。她干了一天的活儿，累极了，此刻已是傍晚，她当时脑子里绝对没有政治，想的只是回家，休息。她和大多数的黑人一样，是坐市区的公共交通上下班的。

蒙哥马利市的市内交通是由政府支持的商业公司经营的，按照当地的法律，也实行所谓的"分离并且平等"的原则，公共汽车是种族隔离的。汽车的前半部是白人的座位,后半部是黑人的。但是,由于当时白人更普遍的是自己开车上班,而相对贫穷的黑人则更多地利用公共交通。因此,属于白人的区域常常有空位,而黑人的区域却非常容易被坐满。结果,就有了一个折衷的规定,就是在汽车白人区的后部,划出了一个"灰色地带"。原则上它是属于白人的,但是假如没有白人坐的时候,黑人也可以坐在那里。可一旦只要有一个白人需要坐在这个区域,所有"灰色地带"的黑人就必须全部让出来,退回到自己的区域内。以维护"分离"。

这一天,罗莎·帕克实在累了。她几乎等不到回家,就想坐下来休息一下。所以,她希望能在公共汽车上有一个坐的机会。为此,她放过了第一辆满载的车,没有上去。她等到第二辆车来,透过车窗,看到这辆车没有人站着,就上了车。黑人区虽然已经满座,但是在"灰色地带"还有一个空位,而且空位的旁边已经有一个黑人在那里就座。她就过去坐下了。

驶到半路的时候,上来了一些白人。他们坐满了白人区之后,还有一个白人没有座位。这时,司机就要求在"灰色地带"就座的黑人把座位让出来。那里正坐着4名黑人。多年来罗莎·帕克几乎天天都坐这条线路,所以,对这个司机已经相当"面熟"了。当时的蒙哥马利市的公共汽车没有黑人驾驶员,司机都是白人。当然也有对黑人依然礼貌的,但是,相当一部分司机对黑人很有偏见,她知道这个司机就是其中之一。可是,在当时的情况下,他的行为是"正常"的。蒙哥马利市的人们,不论是白人还是黑人,都已经对此习惯了。

所以,尽管在司机叫第一遍的时候大家都没动,但是,他再一次叫他们让出去的时候,原来坐在窗口,也就是坐在罗莎·帕克边上的那个黑人男子,就站起来离开了这个区域,同时,另外两名黑人妇女也离开了。可是,罗莎只是在那名黑人出来的时候,把腿移开给他让路，然后，就移坐到窗口的座位去了。对于罗莎·帕克来说，这只是一个一念之差的决定，并没有什么具有挑战意味的"预谋"。也许，这一念之差的最大的原因还是她当时感觉太疲劳了，实在不想站起来。

司机这时注意到她，问她是否打算站起来，罗莎·帕克说，"不"。这个时候，她有点较劲了。司机警告说，你要是不站起来，我就叫警察逮捕你了。罗莎·帕克说，你叫去吧。就这么简单，他们没有争吵，连话都没有多说什么。司机回头就下车去找警察了。在此期间，有人因为车子不开而离去，另外找车。也有人继续留在车上，可是，并没有人参与进去，也没有黑人为她打抱不平。一切都很平静。

警察来了之后，简单核对了事实，然后问她，你干吗不站起来呢？她只是说，我认为没有这个必要。她问警察，你们干吗把我们支来支去的？警察说，我也不知道，可是法律就是法律。然后，警察还是再次向那个司机确认，他到底是要求警察把罗莎·帕克带离汽车，还是要求逮捕。如果司机不要求逮捕的话，警察就打算在车下把她给放了。在美国，民众发现违法事件报案时，是有权要求警察执行逮捕的。如果报案者提出逮捕要求，警察不执行的话，警察是违法的。可是逮捕拘留并不说明有罪，是否有罪是需要经过审判的。在这个事件中，那名司机明确要求警察执行逮捕。

不管怎么说，罗莎·帕克是违反了当时当地的法律，就这样被逮捕了。当她坐在拘留室里的时候，并没有觉得有什么可怕的，因为说到底也不是犯了什么大事儿。只是她觉得很没劲。她想，原来已经可以坐在家里吃晚饭，干些晚上要做的事情了，可是，如今却坐在拘留室里。这算个什么事儿啊。

看上去这是在南方种族隔离地区发生的一件小事。而且，发生得十分偶然。如果罗莎·帕克那天不是那么疲劳，也许她就不给自己找这份麻烦了。在她过去的生活中，一定也不是第一次遇到这样的情况。她也没有都这样坚持。同时，如果那个司机不是一个种族偏见种族情绪那么强烈的人，她至多被警察带离这辆车，另上一辆车回家。也不见得就会有此后的麻烦。

可是，事情的发生又应该说是必然的。当时，距离最高法院对于"布朗案"的判决，刚刚过去不久，对于撤销公共教育系统种族隔离的命令也已经下达。蒙哥马利尽管是一个宁静的城市，但是，这样一条新闻在黑人社区依然是具有震撼性的。黑人心中的尊严正在觉醒。罗莎·帕克的行为不是预设的，但是，也有深刻的思想背景。她除了是一名普通劳动者，她还是一名黑人社团的秘书，她有着足够的对这些问题的思考和理解。在回忆她当时的感觉时，除了疲劳的麻木，她对于这种"愚蠢的规定"只觉得厌烦透了。从整个事件的过程去看，逮捕她的警察也可能觉得这是一件蠢事儿，只是作为执法者，他们不得已而为之。里面真正起作用的，使得这一事件发生，并且走到这一步的，偏偏是那个现在看来确实是"愚蠢"的司机。

在一条法律支持一个"愚蠢"的偏见，而被这个偏见所侵犯的人，对它的轻蔑厌烦已经到了甚于愤怒的地步，那么，这条法律被蔑视和抗拒的时候也就到了。在精神上，黑人已经远远超越了这种偏见所停留的时代和水平。当黑人们成熟到对这样法律的评价是"愚蠢"的时候，这条法律自然也就面临寿终正寝了。

现在我们回头来看当时蒙哥马利发生的这件"小事"，就连罗莎·帕克本人，都觉得后面肯定就是一个小小的民事法庭，判一些罚款了事。她一定没有想到，她当时身心疲惫中做出的一个坚持，会成为黑人民权运动的起点，成为一个最强有力的号召。这里有一个奇迹般的历史巧合，就是黑人历史上一个最重要的人物，马丁·路德·金，恰好在半年之前，从波士顿大学取得他的博士学位，来到蒙哥马利市的一个小小的教堂担任牧师。

马丁·路德·金当时非常年轻。他尽管读了几个大学，直到取得博士学位。可是，他当年是高中还没有读完就考上大学的。他来到蒙哥马利的这一年，他还只有26岁。就在罗莎·帕克事件发生前一个月，他的第一个孩子在蒙哥马利市出生。马丁·路德·金研读宗教和进入宗教界是非常自然的。因为他的父亲就是佐治亚州亚特兰大市一个黑人教堂的牧师。当时南方的黑人几乎都是非常虔诚的基督教徒。有影响的黑人社团也都是宗教团体。在那个年代，南方黑人的灵魂是浸泡在在宗教精神之中的，这和当时北方大城市黑人的状况有很大不同。在洛杉矶、纽约、芝加哥这些地方，黑人是城市海洋里的鱼，他们的大多数还是贫穷的，但是他们的自由度和接触的生活面，比南方黑人大得多。眼前五颜六色的各种玩意儿彩色纷呈。他们是属于眼花缭乱的都市世界的一部分。

南方则不然。尤其是在南方的深腹地，就连白人的生活都是日出而作，日落而息，星期日全家肯定上教堂。南方的生活和价值观与北方是有很大差别的。早在奴隶时代，南方黑人的唯一精神安慰就是上教堂。当时黑人教堂的风格就是和白人教堂不一样的。南方黑人的风格，就是黑人灵歌的风格。黑人灵歌的深沉是真正的深沉，因为它是质朴的深沉。它从深渊一般的苦难中一点一点升起，没有一丝一毫的虚假和做作。就像马丁·路德·金所说的，他们拥有的只是"疲惫的双腿，疲惫的灵魂"。这也是整个南方黑人民权运动的风格。直到今天，在各种艺术节的音乐会上，最使我们感动的还是南方黑人的教堂歌曲。尽管在音乐上，它已经和当年的黑人灵歌有了很大差别。可是，你依然可以听到浸透了宗教精神的充满热情的质朴的灵魂之歌。

马丁·路德·金确实是南方最杰出黑人。因为他从小在南方黑人的宗教气氛中长大，又在北方汲取了西方白人文化中理性思维的精华。当他和其他一些黑人宗教团体听到罗莎·帕克的故事，马上意识到南方黑人争取自己的自尊和自由的一天，已经历史性地来到了。在只有26岁的年轻牧师马丁·路德·金的带领下，蒙哥马利市的55000名黑人，开始了为期381天的公共汽车罢乘。这不仅是南方黑人的历史上，而且是整个美国黑人历史上的第一次，黑人的第一次自发的团结的争取自由的抗议行动。要做到这一点是非常不容易的。

黑人在历史上一直给人们的感觉是很难抱成团完成一件大事业的。更何况，罢乘的行动在实行中有很多困难。当时的黑人大多数是依赖公共交通上下班的。一旦离开公共交通，上下班顿成问题。

再说，黑人大量从事体力劳动，失去交通工具之后，他们中的许多人，每天就必须再耗费很多时间和体力用在步行的路程之中。可是，这个主要通过教堂传达出去的号召，得到了黑人们沉默而坚定的支持。罢乘的第一天，整个蒙哥马利市就只有8个黑人坐公共汽车。在此后漫长的381天里，蒙哥马利市的黑人用了各种方式解决上班和生活必须的公共交通问题。例如，所有的黑人教堂都组织起来，把可能有的私人汽车都集中起来，然后从一个教堂到另一个教堂，一站一站地接送。但是，显然这还是只能解决很小的一部分问题。这种坚持是困难的，这是一个集体行动，可是，这个松散的集体是由一个一个的个人组成的。

他们不知道需要坚持多久，他们不知道自己能坚持多久。然而，这个城市角角落落的一个一个分散的黑人，那些一个个贫穷的黑人家庭的艰难支撑者，他们既不懂政治，没有任何将要得到补偿的承诺，却默默地以他们仅有的东西，疲惫的双腿，疲惫的灵魂，支撑下来了。唯一的信念是，一个人最基本的自尊的觉醒。

到了这样一个地步，就可以称作是"时机成熟"了。南方的黑人是必定要胜利了。是历史自然地走到了产生变革的这一天。为了更准确地去理解这样一个年代，我曾经从图书馆借回来一本历史照片集。

那里面有着大量当时的南方黑人的照片，以及那些企图阻止黑人解除种族隔离要求的南方白人的照片。在这些照片中，当时的南方黑人们的目光常常显得忧郁甚至痛苦，似乎积淀着几百年来的重负；而站在对立一面人多势众吼叫着的南方白人民众，却明显有着一种从根子上血统里就压倒一切的自负和优越感。

在翻看这本照相册的时候，我们经常忍不住哑然失笑。因为在那些表情虚妄，目空一切，谩骂吼叫的南方白人照片旁边，常常有一个圆珠笔写的英语批语"白痴"。这是图书馆的书，出现这样的加注是很少见的，也许是哪个黑人学生的即兴之作？可是，之所以我们会忍不住要笑，是因为这个批注虽然有失宽厚，可是对于这些面孔所表达的建立在无知之上的狂妄和自视高贵，实在是一个十分贴切的评语。看着这些照片，你就会知道，南方的黑人胜利的一天已经不远了。因为在南方，从整个精神世界上，黑人已经远远超越了那些自视比他们血统更高贵的，在这个问题上愚昧得近似"白痴"的那部分南方白人。

《我们的星球》   麦绥莱勒（1948）

和自然一起呼吸

人类从远古洪荒走来,一路餐风露宿,终于走进了地球村,现代文明创造的繁荣给人类带来巨大福祉,然而浮华背后掩不住百孔千疮满目苍夷,难民、污染、贫困、饥饿如影随形,战争、恐怖、核毁灭阴云密布,瓦尔登湖的寂寞安详,大自然的纯净和恩惠现今已变成古老神话……人类啊,面对明天,请你慢慢来。

我出生在一千年以前①

◎ 丹·乔治

丹·乔治，加拿大土著印第安人。

　　这是加拿大不列颠哥伦比亚省一位卡皮拉诺印第安人的公开信。"我"从洪荒而来，踏入现代文明社会。"文明社会是在一个'恶性循环'中运动"，文明给人类带来了福祉，但并没有从根本上改变人类的境遇。文明帮助人类作别野蛮，却又直接导演了无数新的野蛮：贫富差距加大，生态破坏严重，战争暴乱频仍，种族歧视依旧，民族冲突不断，精神家园失落……现代文明遗留给我们许多值得深思的问题。

亲爱的朋友们：

　　我出生于1000年以前，生长在弓与箭的文化环境之中。但在半年的时间里，我却跨过几个世纪，被抛入原子弹文化时代。

　　我出生时人们热爱大自然，与大自然交谈，仿佛它也有灵魂。我

① 选自联合国教科文组织《信使》（中文版）1986年7—8期。

记得，幼时曾随父亲沿印第安河而上，对着那座大山唱起感恩之歌，他用印第安人的语言轻轻地唱着"感谢"。

后来外面的人来了，而且越来越多，他们像潮水般地涌来，时间也快速流逝。突然间，我发现自己已是20世纪的青年。

我感到，我自己和我的人民在这个新时代里生活飘忽不定，并不能成为其中的一部分；虽然已被时代的巨浪所吞没，但仅仅是一个被困住的漩涡，一圈一圈不停地旋转。我们生活在小小的保留地和小块的土地上，仿佛漂浮在某种令人忧郁的虚幻之中，为我们的文化遭到你们的奚落而感到羞愧。我们搞不清自己是什么人，要到哪里去，也不知我们是否能抓住眼前，对前途也失去了希望。

我们没有时间去适应在我们周围发生的这场令人目瞪口呆的大变动，我们好像失去了一切，而又无以替代。

你们知道无所依托是什么滋味吗？你们知道生活在丑恶的环境中是什么滋味吗？它使人感到压抑，因为人必须生活在美的事物中，灵魂才能成长。

你们知道自己的民族遭人轻视、并且还要明白自己实际上已成为国家的负担是什么滋味吗？也许，我们没有技术，无法做出较大的贡献，但又有谁等待我们赶上去呢。我们被撇在一边，因为我们太笨，永远也学不会。

对自己的民族失去自豪感会怎样呢？对自己的家庭失去自豪感，对自己失去自豪感和自信心又会怎样呢？

现在你们伸出了手，示意我走过去。你们说："来吧，加入到我们的行列中来。"但是，我怎么能来呢？我衣不遮体，羞愧万分；我怎能保持尊严而来呢？我既无赠品，又无礼物。我们的文化中有哪些东西你们瞧得起？我们那可怜的珍宝你们只会嗤之以鼻。难道让我像一个乞丐，从你们万能的手中乞求一切吗？

无论如何我必须等。我必须找到自我。我必须等到你需要我的某些东西的那一天。

我不需要怜悯，我的大丈夫气概也不能丢。我们能否等到实现了社会的融合再谈人的融合呢？除非有心灵的交融，否则只不过是表面的形式，中间隔的那堵墙像山一样高。

随我到黑人和白人合校的操场上去看一看吧。正赶上课间休息，同学们涌出教室。很快你就会看到，那边是一群白人学生，而在靠近篱笆的地方则是一群当地的学生。

我们需要什么？我们首先需要得到尊重，使我们感到是有价值的民族；我们需要得到在生活道路上获得成功的同等机会。

让我们谁也不要忘记，我们是享有特别权利的民族，这是由承诺和条约加以保证了的。但我们并不乞求这些权利，我们也不感谢你们给予了我们这些权利，愿上帝帮助我们，我们已为此付出了巨大的代价。我们为此付出了我们的文化，我们的尊严，我们的自尊。

我知道，你们心里也想能够帮助我们。我不知道你们究竟能做些什么，不过你们还是能做不少的事。当你们遇到我的孩子们时，不论他是幼童，还是你的兄弟辈，请尊重他们每一个人。

地球村画像[①]

◎ 唐纳拉·麦道斯

唐纳拉·麦道斯,美国作家。

如果世界是一个村庄,那将是什么样子?当世界准备庆祝或者不理会联合国日(10月24日)时,作者通过严格的统计分析,提出了他的奇特构想——地球村。如果世界真的是一个村庄——一个拥有1000人口的社会——这个社会将是什么样子呢?

地球村的1000人中,584名是亚洲人,124名是非洲人,95名是东、西欧人,84名是拉丁美洲人,55名是苏联人,52名是北美人,6名是澳大利亚和新西兰人。

地球村村民进行相互交流是非常困难的,因为有165人讲汉语,86人讲英语,83人讲印地语或者乌尔都语(印度回教徒的语言),64人讲西班牙语,58人讲俄语,37人讲阿拉伯语,而以上人数只占地球村总人数的一半,另外一半人讲孟加拉语、葡萄牙语、印度尼西亚语、日语、德语、法语以及200种其他语言。

---

① 选自《中学生阅读(初中版)》2011年第5期。

在地球村1000人中，有329人信奉基督教，178人信奉伊斯兰教，167人不信教，132人信奉印度教，60人信奉佛教，45人是无神论者，3人信奉犹太教，另外还有86人信奉其他宗教。

地球村1000村民的约1/3即315人是儿童，65岁以上的只有65人。儿童中有半数能免患可预防的传染性疾病诸如脊髓灰质炎等。

地球村已婚妇女使用现代避孕措施的不到半数。

再过12个月，地球村中将有28个婴儿诞生，他们中仅有3个一出生就成为200个最富有人家中的成员。婴儿能活到65岁，而上面提到的具有得天独厚条件的3名婴儿将能多活10年，如果他们是女婴，能多活13年。同一年，地球村将有10人死亡，其中3人死于饥饿，1人死于癌症，2人是本年度出生的婴儿。地球村1000人中有1人将被感染上HIV病毒，但也许不会发展成艾滋病。这样到了第二年，地球村的人口将达1018人。

在这1000人的社会里，200人拿地球村总收入的75%，还有200人拿地球村总收入的2%。

大约有1/3的地球村村民能得到干净、安全的饮用水。

地球村1000名村民中仅有70人拥有小汽车（尽管他们中有些拥有的不止一辆）。

这1000名村民中，有5个是士兵，7个是教师，1个是医生，还有3个是因战乱或干旱无家可归的难民。

地球村将把83%的肥料用于40%的农田中，这些土地属于最富有的270人。农田溢出的过剩肥料将造成湖泊和井水污染。剩下的60%农田，被施以17%的肥料，生产出28%的谷物，养活着73%的人口，这种农田的平均产量只占富有人家产量的1/3。

地球村村民人均拥有6英亩土地，共计6000英亩。其中700英亩是农田，1400英亩是牧场，1900英亩是森林，还有2000亩是沙漠、苔原、道路和荒地。森林面积在大幅度减少，荒地面积在不断扩大。

地球村的670位成年人中，有50%是文盲，其中大部分是女性，她们大部分生活在较贫困地区。

地球村每年的公共、私人预算总计300多万美元，如果平均分配，每人是3000美元（当然，这样平均分配是不可能的）。

以上300多万美元的总预算中，18.1万美元消耗在武器及战争上，15.9万美元用于教育，13.2万美元用于医疗保健。

地球村拥有的核武器能将自身毁灭很多次。这些武器被控制在100人手中，地球村的其余900人深感不安地关注着他们，想知道他们能否和平相处；即使他们能这样做，他们也会因为精力不集中或手脚不灵便而造成核武器爆炸。

我怀着希望①

◎　珍妮·古道尔

　　珍妮·古道尔（1934—），英国动物学家。在世界上拥有极高声誉，她一直奔走在世界各地，呼吁人们保护野生动物，保护地球环境。

　　我研究黑猩猩已经有四十多年了，其中的大部分时间，我在非洲东部的坦桑尼亚戈布国家公园丛林中与黑猩猩日夜厮守。最近，我工作的重点转向了野生动物和环境的保护。人们常常问我：你为什么能一直坚持下去？这也是一个我经常问自己的问题。

　　2003年7月，我回到了戈布。7月14日是我从事黑猩猩研究40周年纪念日，这是世界上对动物群体时间最长的研究。当年，是母亲万尼陪着我来到非洲丛林，开始了对黑猩猩的研究。母亲已在几个月前，在94岁高龄的时候去世了，所以，往事的回忆掺杂着痛苦和甜蜜——对过去的日子，对逝去的亲人。

　　在我小时候，母亲就注意培养我对动物的热爱。据说在我18个月大的时候，有一次，我把几条蚯蚓抓到床上玩。母亲看见了，并没有责骂我，而是温和地告诉我，蚯蚓离开了大地，都会死去的。我一听，马

①　选自《海外文摘》2004年第6期。

上把它们放回了花园。多年以后，当我作为一名年轻女子被拒绝单身一人到非洲丛林去做研究时，是母亲自愿陪伴我踏上了旅程。

在2003年那个40周年纪念日里，我爬上了山冈。当年正是从那里，我开始用双筒望远镜观察黑猩猩。我首先注意到了一只被我命名为"大卫"的成年黑猩猩，他会扯掉树枝上的树叶，做成工具，然后用这一工具把白蚁从藏身的地洞里逗引出来。我从大卫的身上还了解到，黑猩猩都善于狩猎，而且他们还共同分享战利品。我结交了好些黑猩猩朋友，奥利、麦克、格里戈……他们都极富个性。

坐在山冈上，我反思着非洲黑猩猩和其他野生动物今天面临的困境。20世纪60年代，这一带连绵二百多公里覆盖着茂密的森林，而今，在方圆20公里的戈布国家公园周围，到处都是开垦出的农田。森林植被遭到破坏后，每年的雨季一来，大量泥土被冲进了坦噶尼喀湖。野生动物都跑了，这里的人也常遭受自然灾害的侵袭。

我理解为什么我的科学家同事们预见到我们正在遭受着全球性的灾难，但是我仍然怀着希望。在外出进行科学考察的旅行包里，我常带着收集的象征希望的纪念品。

我怀着希望的第一个理由是：人类创造了不少人间奇迹——我们正在征服太空，我们有了因特网，我们能发现与自然和谐相处的更好方式。在戈布国家公园周围，我们正在33个村庄植树造林，进行环保教育，建立初级健康保健中心，宣传防治艾滋病。

先进的科学技术已经能使其他材料替代矿物燃料，林业公司对伐木采取了负责任的严格控制措施，法律对有害物质的泄漏也进行了监督。为了纪念人类的聪明，我随身携带着一块用工业废旧材料制造的生态砖。这种生态砖能使用300年，且价格低廉，可用于建造学校或医院，同时也解决了工业废旧材料的污染问题。

我怀着希望的第二个理由是：自然界有令人惊叹的再生能力。在我的旅行包里，收集了几片树叶，它们来自长崎，那里是二战结束前被扔下第二颗原子弹的地方。有人曾预言在之后的30年间，在被原子弹蹂躏的那一地区将会寸草不生。然而，那里的植物很快就恢复了生机。当年纤弱的小树居然从劫难中逃生，现在已经长成大树，每年树影婆娑，一片盎然生机，这几片树叶即采自那里的一棵树。

濒临绝迹的动物可以得到拯救。在我的旅行包里，收集了美国加州秃鹰的一片羽毛——这一动物的数量在几年前降到了仅有的14只。经过人工饲养，现在已有40只自由地飞翔在4个不同的保护区内。

我怀着希望的第三个理由是：人类有不屈不挠的精神。我收集了一粒小石子，它来自纳尔逊·曼德拉被迫劳动过的采石场。他当年被判监禁27年，在那里，他曾呆了18年之久。然而，在出狱后，他继续与种族隔离做斗争，领导其国家和人民走上了民主的道路。

我还收集了一把木梳，上面有羊毛线编织的装饰品。它是一位失去手指的坦桑尼亚人的作品，他依靠残指和牙齿制作出这些工艺木梳，聊以谋生。

在我的收藏品里，还有一只手套。它是矫形外科医生波尔·克林的左手手套。在6岁的时候，一次意外爆炸事件几乎夺去了他的双手。结果，他的大拇指被截除，其他手指再植后保住了。他从此立志，长大后也要成为一名外科医生。"不可能。"人们告诉他，但是他矢志不渝。如今，波尔·克林医生专门负责为儿童做矫形外科手术。

我怀着希望的第四个理由。也是最后一个理由是：年轻的一代充满激情。特别是当他们了解到世界面临的问题后，决意立即采取行动的精神令我感动。我随身带着一只布做的小斑点狗，它是5岁的艾贝·玛丽买来交给我的，同时，她还交给我一个塑料袋，里面有几枚小小的硬币。她曾在一个动物保护节目中看到，一只名叫菲林特的小黑猩猩由于失去了妈妈，悲伤过度而死去。

小艾贝·玛丽是懂得悲伤的含义的,她经历过亲人的死亡——和她一样喜欢到动物园去看黑猩猩的小哥哥,就是因患白血病而去世的。

　　小艾贝·玛丽在几个星期里,把自己的零花钱一分一分地攒起来,买来了这只布做的小斑点狗,她问我能不能把这只小斑点狗玩具转交给我们照料的黑猩猩孤儿,这样,它们将会少一些孤独。她还说,塑料袋里是找回的零钱,请我用这些钱再给黑猩猩孤儿买一些香蕉。我留下了小斑点狗玩具和她的零钱,带在身边,随时向人们展示。看到这些硬币,人们纷纷解囊,为救助黑猩猩和其他动物献出爱心。

　　坐在山冈上,我想起了怀着希望的所有理由。黑猩猩使我们懂得,在这个星球上,我们人类不是唯一有个性的、能推理的、会爱的、有同情心的、利他的,同时也有暴力和残忍倾向的生灵。但是唯有人类才发展了复杂的语言,正因为有此天赋,我相信,我们有责任保护好我们这颗无与伦比的星球。

　　我想到了母亲,她生前时常鼓励我继续我的使命,与世人共享我们的希望。我仿佛听见她说:"没有希望,你的3个孙子,你的2个侄子的未来会是什么?"在这里,我感到自己有了新的力量,像带着象征希望的纪念品一样,我将把我的希望传递给世界上的人们——为陷于困境的非洲黑猩猩,为世界上的所有儿童。

　　我知道,世界的希望不在政治家们的手里,不在企业家们的手里,甚至不在科学家们的手里,而在我们的手里,在你我的手里。

饥饿的面孔 ①

◎ 威廉·查尔斯·马伦　澳维·卡特

威廉·查尔斯·马伦（1944— ），美国记者，在 1974 年夏秋的将近 3 个月中间，他和摄影记者澳维·卡特（1946— ）一道，在非洲和印度跋涉 1.6 万公里，采访并报道了一场危及近 5 亿人生命的大饥荒，发表了总题为《饥饿的面孔》的图文并茂的系列文章。

在非洲的图阿雷格部落由于大干旱使得他们赖以生存的游牧生活方式受到严重的破坏，草场消失，家畜开始死亡，他们变得一无所有，被迫从沙漠走向城市谋生，接受救济，接受新的生活方式。

消散在干旱中的图阿雷格部落

并非偶然，西方人谈起廷巴克图②时，说它是地球的尽头。除了简易机场和几辆四轮车外，几乎没有什么能表明这里是处在 20 世纪。廷巴克图仍旧是一座中世纪的沙漠之城，泥质建筑环绕四周。这些建筑物里藏着图阿雷格部落的贵族、圣人、农奴与奴隶的千年秘密。图

---

① 选自《普利策新闻奖名篇快读》，李天道主编，四川文艺出版社 2005 年版。

② 廷巴克图是位于非洲第三大河尼日尔河附近的一个居民点，历史上是著名的贸易和文化中心，也是伊斯兰文化向非洲传播的中心，是图阿格雷人所建。图阿格雷人是非洲著名的游牧民族。

阿雷格人总是将他们同世界的其他地方隔离开。他们拥有一种狂热的、不可屈服的文化，足以抵挡12个沙漠王国和法国70年的殖民统治。现在这一切开始有所变化。萨赫勒地区的旱灾破坏了廷巴克图周围巨大的草场。图阿雷格游牧民曾在这草场上与他们的牛群一起自由自在地漫游了10个世纪。

随着草场的消失，家畜开始死亡。家畜消失殆尽后，他们所剩无几，没有用于交易的东西。他们那曾驮着盐、丝和香料的沙漠骆驼队渐渐走上湮没和被忘却的道路。对于图阿雷格人来说沙漠里所剩无几，因此他们正在到廷巴克图和其他沙漠十字路口的城市去谋生。他们一度控制所有曾勘定测量过的土地。但是现在，由于旱灾和不善绸缪，他们不再拥有自己的领土。第一次失误是在法国殖民统治时期。当时法国人想给图阿雷格贵族子弟们提供受教育的机会。但那些贵族对西方人的主意大加嘲讽，反而将他们的奴隶送到那些学校去了。

在法国人让萨赫勒地区（撒哈拉南部的半热带地区）独立后，他们将政府移交给一小部分受过教育、不再是奴隶的中产阶级，现在这

从20世纪70年代以来，非洲就被贴上了饥荒土地的标签。专家撰文称：非洲的饥荒"气候干旱是自然原因，国家治理是人为原因，粮价上涨是国际原因"。实际上，非洲的粮食危机是"天灾"，更是"人祸"，而很多祸根深埋于西方殖民非洲时期。

些人掌握着图阿雷格人的生存。第二次严重的失误是10年前，当西方救济工作者带着牛痘和良好的接生设备来到萨赫勒地区。图阿雷格人看到这个可以极大地增加他们畜群规模的机会，忽视了轮流放牧的古老传统，使激增的畜群过度啃食脆弱的草场。旱灾使草场干旱枯死，于是图阿雷格人砍倒所有的树和灌木丛以使饥饿的牲畜能吃到树叶。随着干旱的持续，他们不仅失去了牲畜，也失去了树木。因为他们太粗率了，没有东西保护表层土壤，沙漠大风使水土流失，沙丘变平。

现在，图阿雷格人一贫如洗。萨利玛是去年一年住在廷巴克图难民营里的一个年老的妇女。她的丈夫去世了，她同女儿们和最小的孩子们住在一起。她说5年前她家十分富有，那时有大量的家畜。但在旱灾中他们失去了一切。"起初我们试着住在灌木丛里，"她说，"没有任何东西可吃。我们在沙漠腹地，所以加入了一个商队到廷巴克图来。"她不喜欢难民营，之所以留下来是因为有吃的。她12个儿子里有几个不堪忍受这儿的生活，出走了。

"那些高大健壮的人回到灌木丛里去了，"她说，"他们打算做他们唯一值得做的事，照看牲畜。他们在沙漠上艰苦跋涉寻找牲畜以便培养新的畜群。"救济官员们认为，即使那些人能找到新的牲畜，萨赫勒地区国家政府也不可能允许他们再回到传统的放牧方式上去。为了保护所剩余的土地，他们需要管理、控制畜群。那将意味着图阿雷格人以传统方式利用的土地会被围起来，也不再会有上百英里长的畜群商队，游牧民也不会再像现今这样自由漫游。"就我们所谈论的牧场范围，""援助非洲"的代表佩恩·卢卡斯说（"援助非洲"是在萨赫勒地区做长期救济研究工作的一个美国团体），"游牧民仍将会有一定意义上的漫游生活。"

牧民们可以跟他们的牲畜一起漂泊各地，他说，但是那是在相当小的距离范围之内，并在围栏里。由于土地的条件，他说他认为牧民为这些变化已做了准备。"对所有变化可以接受，"他说，"我的上帝，并不是第一次发生这种事。看看我们自己在西部草原的经历，当把草场围起来以后，放牛的牧民、牧羊人和农民发生争斗。"这也意味着并不是所有这100万从毛里塔尼亚到乍得的人都能养家畜。没有足够的地方让他们放牧。

一群瘦弱的骆驼围坐在附近一口干涸的水井前；一只只皮包骨头的野牛横尸在尘土飞扬的平原上；数以万计的人们拖着疲惫的步伐步行数天寻找食物，眼神中充满着无助，其中有些人觉得等待他们的可能只有死亡。

萨赫勒地区国家政府鼓励游牧民从事农业或商业以结束他们的游牧生活方式。有时能鼓动固执的图阿雷格人的唯一方法是不发给他们食物，直到他们拿起锄头或铲子去耕地。图阿雷格人在这场灾变中并没有进行自救。他们始终对出身于他们的奴隶阶层的政府公务员傲慢无礼，十分轻蔑。"他们很难让国际救济人员同情他们，他们不愿举起一根该死的指头来帮我们一下。"一位今年曾花3个月时间把紧急食品运到图阿雷格难民营的比利时伞兵抱怨说。"我们陷在一条河里，他们会哈哈大笑，我们到难民营里要自己卸下沾有血汗的10吨东西。因为他们只是坐在那儿笑我们所做的一切。"

在马里，1967年图阿雷格人曾短暂地武装反叛过政府。有迹象显示，马里政府正试图使图阿雷格人离开这个国家。马里政府否认此事。但是马里的图阿雷格人，大部分是男子，一直充斥着距离他们通常居住地几百英里以外的上沃尔特和尼日尔难民营。他们抱怨马里拒

和自然一起呼吸

绝给他们提供给养。在马里的廷巴克图难民营有5216名图阿雷格妇女和儿童，只有511人是男子，他们中大多数人年迈或多病。

一位政府官员解释说，男人在难民营较受欢迎，但他们宁愿呆在沙漠里。他否认拒绝帮助他们。"我不知道他们是否是到南边去寻找牲畜或什么，"他说，"我不知道他们在哪儿。"上个月在尼日尔首都尼亚美，一个年轻的图阿雷格人迈进国家博物馆，他看到一个玻璃橱窗，里面的假人模特儿穿着一件与他身上一模一样的图阿雷格人服装。他满怀困惑地注视着这个模特儿，过了好一会儿，他脸上闪过一丝微笑。因为他被眼前的这个景象逗乐了。他发现他的样子在一个博物馆橱窗里得到了复制。

肥沃河谷的灾难

从某种意义上讲，西非的沃尔特河谷盆地就像古希腊传说中极度富有而神秘的禁地一样。对于非洲萨赫勒地区饥饿的农民来说，6年的旱灾侵蚀，毁坏了他们的土地和生活。在此过程中，10万人丧失了生命。河谷盆地潜在的财富是惊人的。巨大的中部平原土地肥沃，3条水量很大的河流使供水水源充足。它同英伦三岛面积的1/5一样大，但是很少有人敢冒险进入谷地定居。在此生存的代价是失明、麻风、疟疾、昏睡病、发疯和自杀。

韦思是一个30年前出现在沃尔特河边的小村子，有250个农民。这个村子就是一个典型的例证。村子里1/3的成年人失明，其余的大部分成年人可能面临同样的命运。希格亚是一个种小米的45岁农民。他再也看不见自己的田地了。每天必须由他的一个孩子领着才能到庄稼地去。虽然失明，但他不能让这个事实阻止他到田里劳动。每天他拿着一把短把儿的锄头，蹲着在田里摸索。他的左手摸过土地，直到摸到一根小麦秆，然后他用拿着锄头的右手在麦秆周围铲除杂草。这可不是什么好过的日子。但这是唯一可使希格亚能继续供养他的两个妻子和5个孩子的办法。在这一点上，他比同样45岁的邻居特干达要强得多。特干达也失明了，但他不能再做任何工作。因为在麻风病中他也失掉了手指和脚趾。大部分时间他在小泥棚里因患病而簌簌发抖。他的妻子也帮不上什么忙，因为她也失明了，而且在去年发了疯。她无所事事地整日躺在棚屋里，对周围一无所见。这个家赖以生存的食物是3个幼小的儿子在炎热的地里努力耕作种出来的东西。每天孩子们在田里劳动，冒着失明的危险。这种失明起因于一种盘尾丝虫病，用外行人的话叫"河水失明症"。

这种病是由一种小黑苍蝇所携带。它们利用了从盆地飞速奔涌而出的3条黑、白、红色河流。黑苍蝇携带一种寄生虫，它们叮咬盆地的农民时便将这种寄生虫转移到人体组织里。寄生虫在人体内产生上万个卵。这些卵孵化的幼虫寄生在人体内，通过血液循环最终导致人失明。11月份，世界卫生组织计划掀起一场历时20年、花费1.2亿美元的运动来根治盆地里的这种疾病。如果计划成功，世界卫生组织的官员希望这块肥沃之地将对农民定居者有更大吸引力，并生产成百上千吨谷物运往饥饿的地区。

世界卫生组织的科学家已经花了十几年来设计此项目企图根治这种疾病。如果不是灾难性的大干旱，他们可能还吸收不到足够的钱来开展这项昂贵的计划。雌蝇叮咬人后，一群小成虫进入人体，疾病开始发展。寄生虫在人体皮肤里可生活近16年，产生上百万的幼虫进入血液循环。幼虫只存活两年，当幼虫死亡时在人体组织内产生毒素。"皮肤产生小疙瘩，并失去弹性。"世界卫生组织的一位英国昆虫学家弗兰克·沃尔什说他花了14年时间研究这种疾病。"这种病发作时奇痒。人们难以入睡，不断抓挠。这种疾病本身并不致命，许多受害者最终自杀是为了逃避这种痒的感觉。一些参与到血液循环中的幼虫最终到达人体眼球，引起失明。幼虫死时，"沃尔什说，"中毒反应引起组织损害。当死亡幼虫足够多时，眼睛就坏掉了。为了根治这种病，世界卫生组织的科学家们决定清除携带这种寄生虫的黑蝇。世界卫生组织现在正准备轻型飞机和直升机机群，要在11月1日开始轰炸哺育了尼日尔、上沃尔特、马里、象牙海岸、加纳、多哥和达荷美等地带被黑蝇所利用的河流。"

沃尔什相信，5年内人们将可以开始移居盆地从事农耕。由于萨赫勒地区大干旱所引起的破坏，官员们期望着有一块河谷土地。如果计划成功，仍将有其他的一些危险威胁新的定居者。他们将遭受疟疾、霍乱、昏睡病和麻风病的困扰。所有这些疾病在河谷盆地都滋长蔓延。"但是治疗'河流失明症'计划至少有一个开端，并更让我们渴望了。"一位韦恩村的长者解释道，"我们中的许多人不能再工作，只能依靠孩子们，我们也担心他们会失明，那样就再没有任何人可以留下来照顾我们了。"

就让它们长成树吧①

◎ 凯里·布莱顿

对于那些在童年时代给我们留下深刻印象的事，我想我们每个人都能清楚地记得。至少，我知道我能。尤其是10岁那年发生的那件在我的脑海里留下了很深很深印象的事，我至今仍旧记忆犹新，就好像是发生在昨天似的，尽管它已经过去了40年。

那时候，德国的V-1飞弹正日夜不停地对伦敦及其周围诸郡进行狂轰滥炸。为了安全，父亲决定把我和妈妈送到乡下去暂时躲避。可巧的是，就在这时，有一枚偏离了目标的飞弹落在了距离我们很近的地方，剧烈的爆炸把我们家所有的玻璃都震碎了，整个屋顶也完全被掀掉了。这下，我们家无论如何也不能再住下去了。于是，我和妈妈就来到了萨默塞特乡下，住在教区长的住宅里。

对我来说，这意味着一种全新而又激动人心的生活开始了。你想一想，一个城市男孩来到了这么偏僻、这么陌生的农村，那里的一切

---

① 选自《文苑·经典美文》2008年第5期。

对他来说该是多么新鲜、多么神秘啊!

教区长的住宅已经有些年头了,虽然破旧,但是面积却很大,在我们小孩子看来,简直就是大得出奇。整个院落有三面墙围着,由于年代久远的缘故,围墙已经破落不堪,几乎就要坍塌了,院落的另一面是一条潺潺流淌的小河。而这对于痴迷钓鱼的我来说真是再好不过了。

那时,这整座庞大的院落全是由一个叫萨姆的老头负责管理。他是附近村子里的村民。年纪已经很大了,但是,却没有人知道他究竟有多老。

由于所有的年轻人都去参军抵抗德军的侵略了,因此,教区长只有随便找一个可以找得到的人来料理这座院落,使它不至于陷入混乱不堪的状态。就这样,他找到了老萨姆。尽管他的外貌和神态掩盖了他的实际年龄,但是,人们还是总叫他老萨姆。

他工作起来即便比不上那些比他年轻20岁的人,也和他们不相上下。他的工作主要是清除路两边的杂草、修剪草坪以及管理菜园。"这就是我的战时任务!"对他所做的这些工作,他总喜欢这样说。

生活中我们常常会遇到这样的情况:老年人和年轻人之间比较容易结成忘年交。因此,老萨姆和我就成了最好的朋友。

对于有关农村的事情,老萨姆可以说是了如指掌,他就像一部关于农村的百科全书,无论我问什么,他都能对答如流,从来没有回答不上来的时候。他还带我到河边,告诉我这条河钓鱼的最佳位置所在;还指给我看院子里树上的鸟巢以及灌木丛中的小动物;并且,他还为我这个对农村一无所知的城里孩子揭开了自然界中万物那神秘的面纱。不仅如此,和我在一起的时候,他还充满了耐心。

几个月之后,在这个大院里,我俩就成了铁哥儿们。在那段时间里,我从来没有看见他对任何人或任何事表露过不耐烦。有一次,我好奇地向教区长问起这个问题。

"我从小就认识老萨姆了,到现在都快一辈子了,我从来都没见他发过一次脾气,也从来没见他为什么事情生过气。但愿在目前这样的生活和困难面前,我们都能够像老萨姆一样泰然处之。"教区长答道。

那时,我还不知道什么叫"泰然处之",但是,我听得出它有一种让人肃然起敬的意思。于是,我认为老萨姆是一位了不起的老人。

转眼,夏天过去了,秋天也在不知不觉中为冬天让出了道儿。老萨姆仍旧像往常一样,每星期来这儿两到三天。只要他愿意让我帮忙,我就会帮他做些力所能及的活儿,像打扫落叶啦,铲除杂草啦,还有把冬天生火用的木柴堆放整齐啦,等等。就这样,不知不觉,漫长的冬天过去了,春天又早早地来到了,而我帮助老萨姆干活的热情却没有一丝一毫的降低,尽管妈妈总说我是"三天的新鲜劲儿"。

然而,就在4月里一个春光明媚的早晨,我看到了老萨姆的另一面,而那一面是我以前从来都没有发现过的。

那天,老萨姆和我正在清除从船艇库到教区长住宅后面的小路上的杂草。那条小路很长,工作量相当繁重。我像往常一样帮他干活,但却是边干边玩,一会儿跑到河边看看,一会儿又跑到路边的灌木丛里瞅瞅,一会儿帮他除除草,就这样,很快就帮他干了将近一个小时。然后,我坐在一片草地上看他干活。他虽然干得很慢,但却有条不紊,井然有序,没有任何多余的动作。他一边除草,一边不时地把除掉的草拾进手推车,这样,他每清除大约20英尺就得返回去推车。当我正漫不经心地去拔那些在春天的时候才由橡树上落下的橡子萌出的橡树幼苗的时候,他正好又返回来推车,恰好看见了我正在做的事。

"哎!住手!住手!你听见了吗?不要拔它们,就让它们长成树吧!"我正要拔起其中的一株幼苗的时候,老萨姆突然冲着我吼道。

我不明白究竟是怎么了，只是茫然地注视着他。而他呢，却正以一种跟他的年龄明显不相称的惊人速度穿过草地，急匆匆地向我奔来。

"别拔它们，孩子，我不介意你帮不帮我的忙，但是，你这样做等于是在帮倒忙。"

我仍旧不解地注视着他。我从来都没有见他这么激动过。他的脸因为快速奔跑而涨得通红，因为用力和气愤而有些扭曲。

"但是……但是……"我辩解道。

"你不要再'但是'了，你要做的就是'住手'! 我并没有说你可以去碰它们。"他像一尊铁塔站在我的面前，急促地喘着粗气，怒气冲冲地居高临下地瞪着我。

看着他愤怒的样子，我感到莫名其妙，也很委屈，立刻回敬道："我真的搞不明白，我究竟做错什么了? 今天，我是来帮您清除这路上的杂草的，况且，我只不过是把它们从草丛中拔除而已。难道您不想把它们拔掉吗?"我有些激动，竟说得上气不接下气。

听我这么一说，他立刻停止了对我怒目而视，转而用一种平静的口吻对我说："是的，孩子，我也想把它们拔掉，但不是今天。还有一个多月，我就不再负责管理这座院子了，就把它们留到那时再说吧。"

虽然看到他不像刚才那样怒气冲冲的样子令我感到有些高兴，但是，对他的言行我却感到更加莫名其妙。于是。我接着问道："我还是不明白。既然您以后也要把它们全都拔掉，为什么现在不让我拔呢?"

老萨姆张开嘴想说什么，却欲言又止。然后，他在我身边的草地上坐了下来，一声不响地卷着一根细长的、不成形的烟卷。

"呃，孩子，这很难向你解释，"良久，他才开始说道，"其实，我们每一个人时不时地都需要得到一点小小的帮助。"

我仍旧满腹狐疑地注视着他,默默地听着他的解释。我想他可能是疯了。帮助? 他究竟在说些什么啊?

　　"呃,孩子,我知道这对你来说很难理解,"他看着我那迷惘的眼睛,一边将散落的烟叶塞进烟卷一边说道,"就像我刚才跟你说的'我们每一个人时不时地都需要得到一点小小的帮助'那样,橡树上落下的每一粒橡子都要渡过一段艰难的时光。即使它没有被小虫子或者松鼠吃掉,也可能会被鸟儿吃掉。要知道,真正能够留下来生根发芽并长成参天大树的橡子并没有多少啊,而我们也帮不了它们什么忙。所以,我们更不应该过多地去干涉自然,去破坏它们的生活。也许,在这一两个月内,哪天我来树下清除杂草的时候,还得把这些小东西拔掉,不过……我也有可能不会再到这儿来拔它们了。因为,我已经90岁了。所以,如果到那时我还没把它们拔掉,那么这些小东西就可以在这儿继续成长下去了。你知道,世间的万事万物都是有自己的时光和季节的。"说到这儿,他停了下来,开始在身上摸火柴。直到今天,我还清楚地记得,那火柴盒上印着一艘帆船。

　　看着他苍老的面容,很长一段时间,我都不知道该说些什么。良久,我才对他说道:"但是,您是这里的园丁啊!您不让我把这些小树苗拔掉是不符合您的工作的。我还是不明白您为什么不让我把它们拔掉——您这么做不就是在帮这些橡子的忙吗?"

　　他悠悠地微笑着,笑容里蕴涵着几分神秘。他掏出了火柴,擦燃了一根来点烟,但没点着。于是,又擦燃了一根,这次,烟终于被点着了。然后,他深吸了一口,并吐出了一团白色的烟云,为清晨那静谧清凉的空气增添了些许温暖与芳香。

　　"孩子,说实在的,我真的很难向你解释清楚。你说得很对,作为一个园丁,我不该阻止你拔掉这些小树苗,那的确不符合我的工作。正如你所说的那样,我的确是在帮这些橡子的忙。但是,你知道吗,帮助和帮助还有所不同呢。只有那些不计较个人利益的帮助才是真正的帮助。而这,是最难做到的,孩子。"

那时,我确实没有真正理解他的意思,但是,随着我一天天地长大,我越来越深刻地领悟到他说的那些话的涵义。就在那年春天,老萨姆去世了。而从那以后,也没有人再要去拔那些橡树苗了。就在老萨姆的葬礼过后不久,教区长也搬走了。于是,那所住宅就被废弃了,一直空在那里,好多年无人问津——因为没有谁能够付得起那高昂的维护费用。

几年前,我有幸到萨默塞特附近度假,便抽空回到了那座杂草丛生、荒芜凄凉的教区长住宅,在那宽大的院子里,沿着那条潺潺流淌的小河,我徜徉在那条曾经是那么熟悉而今却只依稀可辨的小路上,看着路边那片茂盛的橡树林,不禁会心地笑了起来。就在这时,阵阵微风吹过这片橡树林,发出阵阵"沙沙沙"的声音,于是,我仿佛又听到了那个熟悉的声音在我耳边说:"就让它们长成树吧!"

我的呼吁①

◎ 阿尔贝特·史怀哲

阿尔贝特·史怀哲（1875—1965），法国神学家、哲学家、医生，一生致力于非洲国家的医疗事业。爱因斯坦称之为20世纪西方世界唯一能与甘地相比的具有国际性道德影响的人物。

这是史怀哲1954年接受诺贝尔和平奖时的发言。他呼吁"全人类，重视尊重生命的伦理"，这种伦理包涵了生命的自然性和社会性，并且是"对生命的全然肯定"，即尊重一切具有生存意志的生命。因为尊重生命，所以才能怀善去恶，防治疫病，帮助所有需要帮助的人，才能远离暴行，消弭战争，谋求和平……

我要呼吁全人类，重视尊重生命的伦理。这种伦理，反对将所有的生物分为有价值的与没有价值的、高等的与低等的。这种伦理否定这些分别，因为评断生物当中何者较有普遍妥当性所根据的标准，是人类对于生物亲疏远近的观感为出发点的。这标准是纯主观的，我们谁能确知这种生物本身有什么意义？对全世界又有何意义？

---

① 选自《20世纪巨人随笔：生命之舞·人文科学家卷》，贺学君、汤学智编，光明日报出版社1995年版。

这种分别必然产生一种见解，以为世上真有无价值的生物存在，我们可以随意破坏或者伤害它们。由于环境的关系，昆虫或原生动物往往被认为没有价值。但事实上，我们的直觉意识到自己是有生存意志的生命，环绕我们周围的，也是有生存意志的生命。这种对生命的全然肯定是一种精神工作，有了这种认识，我们才能一改以往的生活态度，而开始尊重自己的生命，使其得到真正的价值。同时，获得这种想法的人会觉得需要对一切具有生存意志的生命采取尊重的态度，就像对自己一样。这时候，我们便进入另一种迥然不同的人生境界。

这时候，善就是：爱护并促进生命，把具有发展能力的生命提升到最有价值的地位。恶就是：伤害并破坏生命，阻碍生命的发展。这是道德上绝对需要考虑的原则。由于尊重生命的伦理，我们将和全世界产生精神上的关联。平时我都尽力保持清新的思考和感觉，而怀着善的信念，时时依据事实和我的经验去从事真理的研究。

今日，隐藏在欺瞒之后的暴行，正威胁着全世界，造成空前烦闷的气氛。虽然如此，我仍然确信真理、友好、仁爱、和气与善良是超越一切暴行的力量。只要有人始终充分地思考，并实践仁爱和真理，世界将属于他。现世的一切暴力都有其自然的限制，早晚会产生和它同等或者超越它的对抗性暴力。可是良善所发挥的作用却是单纯而继续不断的。它不会产生使它自己停顿的危机，却能解除现有的危机。它能消除猜疑和误解。因此良善将建立无可动摇的基础，而追求良善是最有效的努力。一个人在世是不肯认真去冒险为善，我们常常不使用能帮助我们千百倍力量的杠杆，却想移动重物。耶稣曾经说过一句发人深思的至理名言：温和的人有福了，因为他们必承受土地。

尊重生命的信念要求我们去帮助所有需要帮助的人，防治大众疫病的奋斗是永远比不上这种帮助的。我们对旧日殖民地的民众所给予的善良帮助，并不是什么慈善事业而是赎罪，因为从我们最初发现航线，到达他们的海岸以来，我们已经在他们身上犯下了许多罪恶。所以白人和有色人种必须以伦理的精神相处，才能达到真正的和解。为了实践这种精神，我们应该推行富有将来性的政策：凡受人帮助，从艰难或重病中得救的人，必须互助，并帮助正在受难的人们。这是受难的人们之间的同胞爱。我们对所有的民族都有义务以人道行为及医疗服务来帮助他们。从事这些工作时应带着感谢和奉献的心情。我相信必定有不少人挺身出来，怀着牺牲的精神替这些受难的人服务。

可是，今天我们还深陷在战争的危机里。我们正面临着两种冒险之间的选择。一种是继续毫无意义的原子弹武器竞赛，以及继之而来的原子战争；另一种是放弃原子武器，并寄望美国和苏联以及其他盟邦，能在互相信任的基础上，和平共存。前者不可能为将来带来繁荣，但是后者可以给人类带来繁荣与幸福。我们必须选择后者。也许有人会以为他们可以利用原子装备来吓退对方，可是在战争危机如此高升的时刻，这种假设毫不值得重视。

今后，我们的目标是使国家与国家之间的问题，不再以战争的方法来解决。我们必须寻求和平的方法来解决问题。我敢表白我的信心，当我们能从伦理的观点来拒绝战争的时候，我们必定能以谈判的方法来解决问题。战争到底是非人道的。我确信，现代人必能创造出伦理的观点，因此今天我将这个真理向世人宣布，希望它不会只被当做虚假的文字看待，以致被置于一旁。

希望掌握国家命运的领袖们，能致力避免一切会使现况恶化、危险化的事情。希望他们铭记使徒保罗的名言：若是能够，总要尽力与众人和睦。这不但是对个人之间的关系而言，也是对民族之间的关系而言。希望他们能互相勉励，尽一切可能维持和平，使人道主义和尊重生命的理想，有充分的时间发展，并且发挥作用。

我感到愉快的事 ①

◎ 海伦·凯勒

海伦·凯勒（1880—1968），美国盲聋女作家、教育家、社会活动家。著有《假如给我三天光明》、《我的生活》等。

我被带进了树木和花朵的秘密之中，直到我以爱的耳朵"听"到了栎树中树汁的流动，"看"到阳光在片片树叶上闪动。这证明了看不见的事物的存在。

我感到，似乎我们每一个人身上都有一种能力，能够领会从人类诞生以来所经历的一切事情和感情。每一个个人对绿色的大地和汩汩的流水都有着潜意识的记忆。失明和失聪不能剥夺世世代代赋予他的这一才能。这一继承得来的能力是一种第六感——一种灵感，能够将看、听、感合为一体。

在这里，我特别要写的是过去的那个夏天。考试一结束，我就马上到一个绿色的僻静去处——伦萨姆的三个著名的湖，我们在其中的一个湖边有一所小木屋。在这里，长长的、充满阳光的日子是属于我的，一切关于学习、校园和喧嚣的城市的思想都被抛到了脑后。世

---

① 选自《我的人生故事》，(美)凯勒著，王家湘译，北京十月文艺出版社2005年版。

界上发生的事情，在伦萨姆我们得到的只是回声。我们知道，在我们这个伊甸园之外，人们在用辛勤的劳动创造历史，而他们本可以休假的。但是我们很少注意这些事情，这些事情会过去。这里是湖泊、树林、广阔的布满雏菊的田野和气息芬芳的牧场，它们将永远留存。

认为一切感觉通过眼睛和耳朵及于我们的人，认为我在城乡道路上行走时也许会注意到路面有没有铺过，对于我注意到的除此之外的任何其他不同都表示出了惊奇。他们忘记了我的整个身体对于周围的情况是十分敏感的。城市里的隆隆轰鸣撞击我脸上的神经，我感觉到看不见的人群不停顿的脚步，这些不协调的骚动使我烦躁不安。如果眼睛看得见的人的注意力没有被嘈杂的街道上不断变化的景象所转移的话，沉重的运货马车在坚硬的路面上的碾磨以及机械单调的铿锵声对他们神经的折磨会更严重。

在乡间，人只看到大自然的美丽，你的灵魂不因拥挤的城市中仅仅为了生存而进行的残酷斗争而悲伤。我去过好几次穷人生活的狭窄、肮脏的街道，一想到善良的人居然会安于居住在漂亮的房子里，成长得强壮漂亮，而其他的人则被迫居住在可怕的、没有阳光的出租房里，变得丑陋、憔悴、畏畏缩缩，我就感到激动和气愤。我摸过他们粗糙的手，意识到他们的生存必定是一场永无休止的斗争——不过是一连串的东奔西跑，想努力做点什么又不断受挫。他们似乎生活在努力和机遇的巨大落差之中。我们说阳光和空气是上帝给一切人的无偿赠予，情况真是这样的吗？

我又一次感受到脚下松软而有弹性的土地，沿着长满草的小路走向丛生着蕨类植物的小河，我可以把手指浸泡在一串串潺潺流动的音符之中，或攀爬过一堵石墙进入绵延起伏、快乐奔放的绿色田野，这是多么快乐的事啊！

和自然一起呼吸 ①

◎ 刘丹栋

刘丹栋，资深媒体人，曾任多家杂志主编。

他坐在小木屋门前，眼前是烟波浩渺的湖水。

屋里只有一桌一椅，吃的只是一块面包，几颗土豆。

1845年春天，亨利·戴维·梭罗在瓦尔登湖畔森林里建了一间木屋，开始过一种与大自然融为一体的自种自食的生活。他在那里生活了两年零两个月，发现只需要几样工具就可以生存下去：一把刀、一把斧、一把铁锹、一辆手推车，已经足够了。这是他作为大地漫游者的漂泊生涯中的一段。

在那里，他自制家具、种豆、渔猎、阅读、沉思、写作，为自己营造了一个自然、平和、远离城市喧嚣的田园。他想以此来证明，人可以生活得更简朴、更从容，不必为追求物质文明的发达而放弃人作为万物之灵的崇高地位。梭罗在湖边完成了他对自身深度的探索和求知，并写下《瓦尔登湖》这本"简朴生活"的"圣经"，一百六十多年后的今

---

① 选自《祝你幸福·午后版》2008年第12期。

天，梭罗简朴生活的思想依旧闪亮。

"等我挣够了钱""等我退休了""等我做完眼前这些事"等等——其实对于开始简朴生活来说，如果一定要给它个时间，那就是"现在"，从现在开始，从一粥一饭开始。节省下买书报和影碟的钱，去公共图书馆阅读；减少在外就餐的机会，在家吃五谷杂粮更健康；有车族出行学会"拼车"，学会在必要的时候利用自行车或公交车出行，有时步行也别有滋味；可以的话自己做清洁，自己清洁的效果和专业清洁也没什么区别，更重要的是锻炼了自己；随手关掉不用的电源；选用纯棉、纯麻面料的服装等等。当我们的生活简朴下来，就有了更多的空间去关注心灵和自然。

"我生活在瓦尔登湖，再没有比这里更接近上帝和天堂的地方。我是他的石岸，是掠过湖心的一阵清风。在我的手心里，是它的碧水，是它的白沙，而它最深隐的泉眼，高悬在我的哲思之上。"梭罗这样写道。这样一个心静知足的人，诗意地栖居在瓦尔登湖畔，在那里生活得宛若在皇宫一样。

今天的我们，同样可以以自由的心态蜗居在嘈杂尘世而超然物外。

梭罗说："我已确信，有了信仰和经验，一个人若想在人世间生活得较为简单而又精明，那并非是一件苦差事，倒是一种休闲活动。一个人若要维持生计，并没必要大汗淋漓，除非他比我更容易出汗。"

或许我们不需要有他那样的思考。但是学会与自然一起呼吸，是开始美好生活的第一步。从现在开始，遵照智慧的指引去过一种简朴、独立、洒脱和虔诚的生活吧。

墨尔本的诗生活①

◎ 雨萌

20世纪80年代的中国大学校园里, 诗歌文化灿烂。校园诗人如同行走在T型舞台上的明星, 耀眼夺目。如果某个诗人和女友并肩而行, 就会成为校园里的一道风景。每天的午餐和晚餐时间, 随着校园广播站《致爱丽丝》的音乐响起, 便有一首首醉人的配乐诗朗诵飘散在林间小径、落日彩云间, 如此这般, 让我对四年的大学生活充满了留恋。

在你的胸前／我已变成会唱歌的鸢尾花／你呼吸的轻风吹动我／在一片叮当响的月光下

这首舒婷的诗至今我仍能随口诵出。大学毕业十年后, 我来到了墨尔本, 没想到这座城市又让我重温了十年前大学校园的诗情画意。经常, 我坐在墨尔本的海边, 会想起海子的诗:

---

① 选自《做人与处世》2008年第3期。

从明天起，做一个幸福的人/喂马，劈柴，周游世界/从明天起，关心粮食和蔬菜/我有一所房子，面朝大海，春暖花开……

只要你愿意，在墨尔本，你就可以实现海子的愿望——平平淡淡的生活中不乏诗意的浪漫。

墨尔本人对艺术的态度，简直就像家常便饭，仿佛他们人人都是天生的艺术家，谁都可以画上几幅画，朗诵几句诗。墨尔本的艺术中心比比皆是，从第二流的到第十流的，活动层出不穷，尤其是诗歌和绘画。

我第一次收到诗歌朗诵会的邀请是我到墨尔本后的第三个月，一切都那样新奇，对于久违了的诗歌，更是兴致盎然。诗歌朗诵会在查普街的一个著名的艺术中心举办。走在这条街上经常会看到加长凯迪拉克，里面坐着数个美艳女郎；一间连一间的酒吧里人潮涌动……我第一次接触墨尔本的夜生活，才知道原来这个城市也有这么多人，也才知道这个城市里的人不仅周末喝酒、看球，还朗诵诗歌。

澳大利亚著名诗人的头像被印在了10澳元面值的纸币上，他叫班爵·帕特森，最著名的诗歌是《雪上来客》，写于1890年。

不过你千万别以为他们崇拜艺术。在墨尔本，普通老百姓没有人在意什么大商人，什么高官，更不祈望什么伟人，他们从骨子里就认为所有人都是一样的，你很难从他们的衣着和谈吐判断他们的社会地位，不经意时，你旁边就会站着个大老板，但他宁愿挽起袖子显得和大家一样。那么对于艺术，他们也不愿追求什么世界标准，自然也不想去争什么世界一流，他们享受艺术，就像享受一顿美餐，吃完后发表几句议论，然后就忘了。

在墨尔本，我没有听说过像在中国那么多的专业作家、诗人、画家、歌唱家。我去听一场歌剧演唱会，演员是牙医、大客车司机、钢琴老师，还有一个是学生，业余在餐馆打工。我没有见到他们不断地抱怨，或者感觉怀才不遇，因为他们从小就明白，艺术是一种爱好而不是职业。当然，如果你愿意一门心思走职业之路也可以。其实政府每年也有很多资助经费花在艺术方面，只是从没有规定说，政府应该养着艺术家。在这里，连奥运冠军都是业余的，有人找你拍广告或者当教练，那都得靠你的运气。

这也就难怪，虽然墨尔本人出版的诗歌集的总数，和有些人口大国的人口数差不多，但真正称得上优秀诗人的却只有那么十几个。

但这碍不着什么，墨尔本人照样热爱艺术、热爱诗歌。墨尔本的普通人的确不算很功利，从未因没有成为世界一流的人而沮丧过。最近，墨尔本地铁公司发出号召，征集诗歌，任何人都可以将自己的诗通过E-mail投到他们的邮箱内，选中的诗将在地铁（实际上墨尔本人叫火车，因为它不在地下）车厢内展示，并且作者将获得一年的免费车票，应征者非常踊跃。

其实，墨尔本给大众提供在公共场所发表个人艺术作品的机会非常多，比如墨尔本很著名的弗林德火车站的一个地下通道的墙上橱窗内，经常有不同类型的艺术品展览，甚至几块蛋糕的拼图、自拍的录像等。不但电视台经常去拍摄，而且也成了一种街景。还有很多人就在街头的地上画画，和街头拉提琴的一样，你可以给些零钱。很多小镇的墙上的画，逼真如同真实的街景，经常让你上一大当，据说，这些创作者是当年的筑路工人。

这更让我倍加喜欢墨尔本——随意、自然、真诚。最近，我去墨尔本的一家TAFE学校（类似中国的技校），走廊的墙上贴着多种语言的诗歌，是他们的语言课程进行的一次诗歌比赛。老实说我没有读懂几首，但心情是很愉悦的。

墨尔本的城市是有灵魂的,它鲜活且充满舒适,忙碌却不失惬意,那种诗意的感觉就像田园上吹来的微风一样,自由、恬静。

在这里,我没有更多提绘画、歌剧、表演,而偏重写诗歌方面,主要是感言如今中国诗歌的没落。我总是想,诗歌的没落在某种程度上是否说明了一个城市的浮躁与功利?就像许多人的口头语:"那有什么用呀?"大众性的艺术,到底有多大用处,我不去论述,但就我个人感受而言,在墨尔本,这些触目可及的艺术氛围,让我总是心生感激和感动,也让我温暖,让我平和,让我快乐,更让我热爱这块土地、这个城市。

也许,也许下次我回到北京,在北京地铁的车厢内看到的不仅仅是广告,还有我周围的普通人写的,也许不成熟但让我愉快的诗歌。

寂寞 ①

◎ 亨利·戴维·梭罗

亨利·戴维·梭罗（1817—1862），美国作家、哲学家。著有散文集《瓦尔登湖》和论文《论公民不服从的权利》等。

这是一个愉快的傍晚，全身只有一个感觉，每一个毛孔中都浸润着喜悦。我在大自然里以奇异的自由姿态来去，成了她自己的一部分。我只穿衬衫，沿着硬石的湖岸走，天气虽然寒冷，多云又多风，也没有特别分心的事，那时天气对我异常地合适。牛蛙鸣叫，邀来黑夜，夜莺的乐音乘着吹起涟漪的风从湖上传来。摇曳的赤杨和白杨，激起我的情感，使我几乎不能呼吸了；然而像湖水一样，我的宁静只有涟漪而没有激荡。和如镜的湖面一样，晚风吹起来的微波是谈不上什么风暴的。虽然天色黑了，风还在森林中吹着，咆哮着，波浪还在拍岸，某一些动物还在用它们的乐音催眠着另外的那些，宁静不可能是绝对的。最凶狠的野兽并没有宁静，现在正找寻它们的牺牲品；狐狸，臭鼬，兔子，也正漫游在原野上，在森林中，它们却没有恐惧，它们是大自然的看守者，——是连接一个个生机勃勃的白昼的链环。等我回到

① 选自《瓦尔登湖》，（美）亨利·戴维·梭罗著，徐迟译，上海译文出版社2006年版。

家里，发现已有访客来过，他们还留下了名片呢，不是一束花，便是一个常春树的花环，或用铅笔写在黄色的胡桃叶或者木片上的一个名字。不常进入森林的人常把森林中的小玩意儿一路上拿在手里玩，有时故意，有时偶然，把它们留下了。有一位剥下了柳树皮，做成一个戒指，丢在我桌上。在我出门时有没有客人来过，我总能知道，不是树枝或青草弯倒，便是有了鞋印，一般说，从他们留下的微小痕迹里我还可以猜出他们的年龄、性别和性格；有的掉下了花朵，有的抓来一把草，又扔掉，甚至还有一直带到半英里外的铁路边才扔下的呢；有时，雪茄烟或烟斗味道还残留不散。常常我还能从烟斗的香味注意到60杆之外公路上行经的一个旅行者。

我们周围的空间该说是很大的了。我们不能一探手就触及地平线。蓊郁的森林或湖沼并不就在我的门口，中间总还有着一块我们熟悉而且由我们使用的空地，多少整理过了，还围了点篱笆，它仿佛是从大自然的手里被夺取得来的。为了什么理由，我要有这么大的范围和规模，好多平方英里的没有人迹的森林，遭人类遗弃而为我所私有了呢？最接近我的邻居在一英里外，看不到什么房子，除非登上那半里之外的小山山顶去瞭望，才能望见一点儿房屋。我的地平线全给森林包围起来，专供我自个儿享受，极目远望只能望见那在湖的一端经过的铁路和在湖的另一端沿着山林的公路边上的篱笆。大体说来，我居住的地方，寂寞得跟生活在大草原上一样。在这里离新英格兰也像离亚洲和非洲一样遥远。可以说，我有我自己的太阳、月亮和星星，我有一个完全属于我自己的小世界。从没有一个人在晚上经过我的屋子，或叩我的门，我仿佛是人类中的第一个人或最后一个人，除非在春天里，隔了很长久的时候，有人从村里来钓鳘鱼，——在瓦尔登湖中，很显然他们能钓到的只是他们自己的多种多样的性格，而钩子只能钩到黑夜而已——他们立刻都撤走了，常常是鱼篓很轻地撤退的，又把"世界留给黑夜和我",而黑夜的核心是从没有被任何人类的邻舍污染过的。我相信,人们通常还都有点儿害怕黑暗,虽然妖巫都给吊死了,基督教和蜡烛火也都已经介绍过来。

然而我有时经历到,在任何大自然的事物中,都能找出最甜蜜温柔,最天真和鼓舞人的伴侣,即使是对于愤世嫉俗的可怜人和最最忧慢的人也一样。只要生活在大自然之间而还有五官的话,便不可能有很阴郁的忧虑。对于健全而无邪的耳朵,暴风雨还真是伊奥勒斯①的音乐呢。什么也不能正当地迫使单纯而勇敢的人产生庸俗的伤感。当我享受着四季的友爱时,我相信,任什么也不能使生活成为我沉重的负担。今天佳雨洒在我的豆子上,使我在屋里待了整天,这雨既不使我沮丧,也不使我抑郁,对于我可是好得很呢。虽然它使我不能够锄地,但比我锄地更有价值。如果雨下得太久,使地里的种子,低地的土豆烂掉,它对高地的草还是有好处的,既然它对高地的草很好,它对我也是很好的了。有时,我把自己和别人做比较,好像我比别人更得诸神的宠爱,比我应得的似乎还多呢;好像我有一张证书和保单在他们手上,别人却没有,因此我受到了特别的引导和保护。我并没有自称自赞,可是如果可能的话,倒是他们称赞了我。我从不觉得寂寞,也一点不受寂寞之感的压迫,只有一次,在我进了森林数星期后,我怀疑了一个小时,不知宁静而健康的生活是否应当有些近邻,独处似乎不很愉快。同时,我却觉得我的情绪有些失常了,但我似乎也预知我会恢复到正常的。当这些思想占据我的时候,温和的雨丝飘洒下来,我突然感觉到能跟大自然做伴是如此甜蜜如此受惠,就在这滴答滴答的雨声中,我屋子周围的每一个声音和景象都有着无穷尽无边际的友爱,一下子这个支持我的气氛把我想象中的有邻居方便一点的思潮压下去了,从此之后,我就没有再想到过邻居这回事。每一枝

---

① 伊奥勒斯:希腊神话中的风神。

小小松针都富于同情心地胀大起来，成了我的朋友。我明显地感到这里存在着我的同类，虽然我是在一般所谓凄惨荒凉的处境中，然则那最接近于我的血统，并最富于人性的却并不是一个人或一个村民，从今后再也不会有什么地方会使我觉得陌生的了。

　　"不合宜的哀恸消蚀悲哀；

　　　在生者的大地上，他们的日子很短，

　　　托斯卡尔的美丽的女儿啊。"

　　我的最愉快的若干时光在于春秋两季的长时间暴风雨当中，这弄得我上午下午都被禁闭在室内，只有不停止的大雨和咆哮安慰着我；我从微明的早起就进入了漫长的黄昏，其间有许多思想扎下了根，并发展了它们自己。在那种来自东北的倾盆大雨中，村中那些房屋都受到了考验，女佣人都已经拎了水桶和拖把，在大门口阻止洪水侵入，我坐在我小屋子的门后，只有这一道门，却很欣赏它给予我的保护。在一次雷阵雨中，曾有一道闪电击中湖对岸的一株苍松，从上到下，划出一个一英寸，或者不止一英寸深，四五英寸宽，很明显的螺旋形的深槽，就好像你在一根手杖上刻的槽一样。那天我又经过了它，一抬头看到这一个痕迹，真是惊叹不已，那是8年以前，一个可怕的、不可抗拒的雷霆留下的痕迹，现在却比以前更为清晰。人们常常对我说："我想你在那儿住着，一定很寂寞，总是想要跟人们接近一下的吧，特别在下雨下雪的日子和夜晚。"我喉咙痒痒的直想这样回答，——我们居住的整个地球，在宇宙之中不过是一个小点。那边一颗星星，我们的天文仪器还无法测量出它有多么大呢，你想想它上面的两个相距最远的居民又能有多远的距离呢？我怎会觉得寂寞？我们的地球难道不在银河之中？在我看来，你提出的似乎是最不重要的问题。怎样一种空间才能把人和人群隔开而使人感到寂寞呢？我已经发现了，无论两条腿怎样努力也不能使两颗心灵更加接近。我们最愿意和谁紧邻而居呢？人并不是都喜欢车站哪、邮局哪、酒吧间哪、会场哪、学校哪、杂货店哪、烽火山哪、五点区哪，虽然在那里人们常常相聚，人们倒是更愿意接近那生命的不竭之源泉的大自然，在我们的经验中，我们时常感到有这么个需要，好像水边的杨柳，一定向了有水的方向伸展它的根。人的性格不同，所以需要也很不相同，可是一个聪明人必需在不竭之源泉的大自然那里挖掘他的地窖……有一个晚上在走向瓦尔登湖的路上，我赶上了一个市民同胞，他已经积蓄了所谓的"一笔很可观的产业"，虽然我从没有好好地看到过它，那晚上他赶着一对牛上市场去，他问我，我是怎么想出来的，宁肯抛弃这么多人生的乐趣？我口答说，我确信我很喜欢我这样的生活；我不是开玩笑。便这样，我回家，上床睡了，让他在黑夜泥泞之中走路走到布赖顿去——或者说，走到光亮城里去——大概要到天亮的时候才能走到那里。

对一个死者说来，任何觉醒的，或者复活的景象，都使一切时间与地点变得无足轻重。可能发生这种情形的地方都是一样的，对我们的感官是有不可言喻的欢乐的。可是我们大部分人只让外表上的、很短暂的事情成为我们所从事的工作。事实上，这些是使我们分心的原因。最接近万物的乃是创造一切的一股力量。其次靠近我们的宇宙法则在不停地发生作用。再其次靠近我们的，不是我们雇用的匠人，虽然我们欢喜和他们谈谈说说，而是那个大匠，我们自己就是他创造的作品。

"神鬼之为德，其盛矣乎。"

"视之而弗见，听之而弗闻，体物而不可遗。"

"使天下之人，斋明盛服，以承祭祀，洋洋乎，如在其上，

如在其左右。"①

我们是一个实验的材料，但我对这个实验很感兴趣。在这样的情况下，难道我们不能够有一会儿离开我们的充满了是非的社会——只让我们自己的思想来鼓舞我们？孔子说得好，"德不孤，必有邻。"

有了思想，我们可以在清醒的状态下，欢喜若狂。只要我们的心灵有意识地努力，我们就可以高高地超乎任何行为及其后果之上；一切好事坏事，就像奔流一样，从我们身边经过。我们并不是完全都给纠缠在大自然之内的。我可以是急流中一片浮木，也可以是从空中望着尘寰的因陀罗。看戏很可能感动了我；而另一方面，和我生命更加攸关的事件却可能不感动我。我只知道我自己是作为一个人而存在的；可以说我是反映我思想感情的一个舞台面，我多少有着双重人格，因此我能够远远地看自己犹如看别人一样。不论我有如何强烈的经验，我总能意识到我的一部分在从旁批评我，好像它不是我的一部分，只是一个旁观者，并不分担我的经验，而是注意到它：正如他并不是你，他也不能是我。等到人生的戏演完，很可能是出悲剧，观众就自己走了。关于这第二重人格，这自然是虚构的，只是想象力的创造。但有时这双重人格很容易使别人难于和我们做邻居，交朋友了。

大部分时间内，我觉得寂寞是有益于健康的。有了伴儿，即使是最好的伴儿，不久也要厌倦，弄得很糟糕。我爱孤独。我没有碰到比寂寞更好的同伴了。到国外去厕身于人群之中，大概比独处室内，格外寂寞。一个在思想着在工作着的人总是单独的，让他爱在哪儿就在哪儿吧，寂寞不能以一个人离开他的同伴的里数来计算。真正勤学

---

① 选自《中庸》。

的学生,在剑桥学院最拥挤的蜂房内,寂寞得像沙漠上的一个托钵僧一样。农夫可以一整天,独个儿地在田地上,在森林中工作,耕地或砍伐,却不觉得寂寞,因为他有工作;可是到晚上,他回到家里,却不能独自在室内沉思,而必须到"看得见他那里的人"的地方去消遣一下,用他的想法,是用以补偿他一天的寂寞;因此他很奇怪,为什么学生们能整日整夜坐在室内不觉得无聊与"忧郁";可是他不明白虽然学生在室内,却在他的田地上工作,在他的森林中采伐,像农夫在田地或森林中一样,过后学生也要找消遣,也要社交,尽管那形式可能更加凝炼些。

社交往往廉价。相聚的时间之短促,来不及使彼此获得任何新的有价值的东西。我们在每日三餐的时间里相见,大家重新尝尝我们这种陈腐乳酪的味道。我们都必须同意若干条规则,那就是所谓的礼节和礼貌,使得这种经常的聚首能相安无事,避免公开争吵,以至面红耳赤。我们相会于邮局,于社交场所,每晚在炉火边;我们生活得太拥挤,互相干扰,彼此牵绊,因此我想,彼此已缺乏敬意了。当然,所有重要而热忱的聚会,次数少一点也够了。试想工厂中的女工,——永远不能独自生活,甚至做梦也难于孤独。如果一英里只住一个人,像我这儿,那要好得多。人的价值并不在他的皮肤上,所以我们不必要去碰皮肤。

我曾听说过,有人迷路在森林里,倒在一棵树下,饿得慌,又累得要命,由于体力不济,病态的想象力让他看到了周围有许多奇怪的幻象,他以为它们都是真的。同样,在身体和灵魂都很健康有力的时候,我们可以不断地从类似的,但更正常、更自然的社会得到鼓舞,从而发现我们是不寂寞的。

我在我的房屋中有许多伴侣;特别在早上还没有人来访问我的时候。让我来举几个比喻,或能传达出我的某些状况。我并不比湖中高声大笑的潜水鸟更孤独，我并不比瓦尔登湖更寂寞。我倒要问问这孤独的湖有谁作伴？然而在它的蔚蓝的水波上，却有着不是蓝色的魔鬼，而是蓝色的天使呢。太阳是寂寞的，除非乌云满天，有时候就好像有两个太阳，但那一个是假的。上帝是孤独的，——可是魔鬼就决不孤独；他看到许多伙伴；他是要结成帮的。我并不比一朵毛蕊花或牧场上的一朵蒲公英寂寞，我不比一张豆叶，一枝酢酱草，或一只马蝇，或一只大黄蜂更孤独。我不比密尔溪，或一只风信鸡，或北极星，或南风更寂寞，我不比四月的雨或正月的溶雪，或新屋中的第一只蜘蛛更孤独。

在冬天的长夜里，雪狂飘，风在森林中号叫的时候，一个老年的移民，原先的主人，不时来拜访我，据说瓦尔登湖还是他挖了出来，铺了石子，沿湖种了松树的；他告诉我旧时的和新近的永恒的故事；我们俩这样过了一个愉快的夜晚，充满了交际的喜悦，交换了对事物的惬意的意见，虽然没有苹果或苹果酒，——这个最聪明而幽默的朋友啊，我真喜欢他，他比谷菲或华莱知道更多的秘密；虽然人家说他已经死了，却没有人指出过他的坟墓在哪里。还有一个老太太，也住在我的附近，大部分人根本看不见她，我却有时候很高兴到她的芳香的百草园中去散步，采集药草，又倾听她的寓言；因为她有无比丰富的创造力，她的记忆一直追溯到神话以前的时代，她可以把每一个寓言的起源告诉我，哪一个寓言是根据了哪一个事实而来的，因为这些事都发生在她年轻的时候。一个红润的、精壮的老太太，不论什么天气什么季节她都兴致勃勃，看样子要比她的孩子活得还长久。

太阳，风雨，夏天，冬天，——大自然的不可描写的纯洁和恩惠，他们永远提供这么多的康健，这么多的欢乐！对我们人类这样地同情，如果有人为了正当的原因悲痛，那大自然也会受到感动，太阳黯淡了，风像活人一样悲叹，云端里落下泪雨，树木到仲夏脱下叶子，披上丧服。难道我不该与土地息息相通吗？我自己不也是一部分绿叶与青菜的泥土吗？

是什么药使我们健全、宁静、满足的呢？不是你我的曾祖父的，而是我们的大自然曾祖母的，全宇宙的蔬菜和植物的补品，她自己也靠它而永远年轻，活得比汤麦斯·派尔还更长久，用他们的衰败的脂肪更增添了她的康健。不是那种江湖医生配方的用冥河水和死海海水混合的药水，装在有时我们看到过装瓶子用的那种浅长形黑色船状车子上的药瓶子里，那不是我的万灵妙药；还是让我来喝一口纯净的黎明空气。黎明的空气啊！如果人们不愿意在每日之源喝这泉水，那么，啊，我们必须把它们装在瓶子内；放在店里，卖给世上那些失去黎明预订券的人们。可是记着，它能冷藏在地窖下，一直保持到正午，但要在那以前很久就打开瓶塞，跟随曙光的脚步西行。我并不崇拜那司健康之女神，她是爱斯库拉彼斯这古老的草药医师的女儿，在纪念碑上，她一手拿了一条蛇，另一只手拿了一个杯子，而蛇时常喝杯中的水；我宁可崇拜朱庇特①的执杯者希勃，这青春的女神，为诸神司酒行觞，她是朱诺和野生莴苣的女儿，能使神仙和人返老还童。她也许是地球上出现过的最健康、最强壮、身体最好的少女，无论她到哪里，那里便成了春天。

---

① 朱庇特：罗马神话中的神，罗马统治希腊之后，将宙斯改为朱庇特，掌管天界。

简单的生活①

◎ 何怀宏

何怀宏(1954—),当代学者、哲学博士,著有《生命的沉思》等。

世界上有一些生活得很复杂、很精致、很豪华的人,他们的生活常常让人羡慕;世界上也还有一些生活得很简单、很朴素、很清贫的人,他们自有他们自己的快乐。

坐在一间陈设优雅、侍者恭候的餐厅里,细细地品味一盘烹调精美的大虾,然后心满意足地用香喷喷的餐巾纸擦擦嘴,再来一杯清茶,对许多人来说是很快活的;但是,坐在田野的一道土坎上,粗犷地剥吃一瓦罐刚刚烧熟的毛豆,然后跑到旁边的湖里掬一大口冷水"咕咚咕咚"地喝下去,对有些人来说,也是很快活的。

美国19世纪的作家梭罗就是后一种人中的一个,他从哈佛大学毕业以后,不想为任何狭窄的技艺或职业而放弃他在学问与生活上的志趣。他并不懒惰或是任性,但他需要钱的时候,情愿做些与他性情相近的体力劳动来赚钱——譬如造一只小船或是一道篱笆,种植、

① 选自《画说哲学·珍重生命》,何怀宏著,广东教育出版社1996年版。

接枝、测量，或是别的短期工作，却不愿意长期地受雇。

他有吃苦耐劳的习惯，生活上的需要又很少，当他在餐桌前有人问他爱吃哪一样菜时，他回答说："离我最近的一碗。"他精通森林里的知识，算术也非常好，在世界上任何地方都可以谋生。由于他可以比别人费少得多的工夫来供给他的需要，所以能保证自己有充足的闲暇和自由，做自己想做的事情，或者有时什么也不做。

他没有致富的才能和欲望，但他知道怎样贫穷地生活而绝对不污秽或粗鄙。

在他看来，他自己的生活越简单，宇宙的规律也就越显得简单，寂寞将不成其为寂寞，贫困将不成其为贫困，软弱将不成其为软弱。

他说要认真考虑一下大多数人的忧虑和烦恼是些什么，其中有多少是必须忧虑的，有多少其实是根本不必担心的；说人们常常用比问题本身更复杂的方式来解决简单的生活问题，就像一个人用弹簧来布置一个陷阱，想由此捕捉到安逸，结果当他正要拔脚走开时，自己的一只脚却落到陷阱里去了。

我们是得好好想一想，有哪些东西，本来是我们买来伺候我们，让我们生活得方便的，结果后来却变成要由我们来伺候它们，让我们经常感到忧心忡忡了。我们变得越来越离不开它们了，没有它们的时候渴望得到它们，得到它们的时候又怕损坏或失去它们。我们有时仅仅为拥有它们费了多少精力和心血啊。

世界上很多复杂的东西究其原意本来都是非常简单的：饮食就是吃能维持我们生命的东西，衣着就是穿能给我们温暖的东西，居室就是住能给我们遮蔽风雨的地方，旅行就是迈动双脚从这里走到那里，美术就是得意时在岩壁上刻刻画画，音乐就是高兴了在旷野里拖长嗓子吼叫……今天这一切都变得非常非常的复杂和精致起来，这就是文明的发展。

我们今天享受着高度发展的文明给予我们的许多快乐，但是，让我们不要忘记那许多复杂事物的本意，并且，当有些复杂和精致的东西有时对我们变得过于昂贵的时候，我们也不妨试一试比较简单的生活。也许，在比较简单的生活里，我们还更能发现生命的原味。另外，我们也能增长一些即便在最简陋的条件下也能生存下去的本领，在这方面，我们已经比原始人退步多了。

人类的文明 ①

◎ 乔德

乔德，英国学者、科学家。

在历史著作中，被人们提到最多的、形象最为光彩的往往是那些伟大的征服者、将军和士兵，而真正推动文明发展的人却绝少被提及。我们不知道是谁第一个接好了断腿或造出了海船，是谁第一个计算出了一年的长度或为一块田地施肥，但我们对那些杀人者和破坏狂的一切却了如指掌。人们是如此赞赏他们，以至于在世界各大城市最高的纪念碑柱顶端都可以发现这些征服者、将军和士兵矗立着的塑像。我想，多数人都会这样认为：最伟大的国家就是那些在战争中击败了其他的国家。这样的国家或许伟大，但决不是最文明的。野兽争斗，野蛮人也同样争斗，从某种意义上讲，善于争斗的野兽和野蛮人就是好的野兽和好的野蛮人，但这并不是文明。即使善于让别人去为你而争斗，并告诉他们怎样争斗才最有成效——这是征服者和将军们经常干的——也同样算不上文明。人们用战争来平息他们的争端，

---

① 选自《最后一幅素描》，朱虹主编，百花文艺出版社1999年版。

战争就意味着杀戮。文明人应当能找到其他途径来解决他们的争端，而不是仅仅看哪一边杀的人更多些，就判定哪一边是胜利者，而且不光是胜利，还因为他们胜利了而承认他们有理。像这样动不动就诉诸战争，那就等于说强权即公理。

可我们整个人类的故事就是这样，甚至在当今的时候，人们又经历了两场历史上规模最大的战争。在这两场战争中，数以百万计的人被杀戮遭伤残。的确，人们已不在街头互相残杀了，这似乎可以说我们在日常生活中已能保持秩序和调节相互间的行为，民族和国家却还没能学会这一点，她们的行为仍然与野蛮人完全一样。

但是，我们千万不能期望过高，说到底，人类的历程才刚刚开始。从进化的观点来看，人类只不过是一个幼小的孩子，事实上，只是几个月大的婴儿。据科学家们估算，地球上出现某种生命形式，比如水母或水母一类的生物，距今已有12亿年，而人类的历史不过100万年。至于文明人的历史，那至多只有8000年。这些数字或许大得有些不好把握，让我们把它们缩小了来比较。假设地球全部生物史为100年，那么，整个人类历史大约是一个月，而在这一个月中，文明人的历史只相当于七八个小时。你看，人类文明发展的历史竟如此短暂，但他们还将有大量的时间去求得长进。如果说人类过去的文明史只相当于七八个小时，我们据此可以估计人类未来的时日，这就是说，从现在起一直到太阳变冷以至于使地球上的生命无法再维持时止，大约还将有10万年的光景。人类仅仅处于文明发展史的黎明时期，所以，我说千万不能期望过高。过去人们干过的一切野蛮的事儿，像争斗、欺压、饕餮、掠夺、残杀，不要指望文明人从此就不再干了。我们所能指望的只是，他们有时会干点儿其他的事情。

与所有生命建立关系 ①

◎ 克里希那穆提

克里希那穆提（1895—1986），20世纪最卓越、最伟大的灵性导师，被印度佛教徒定为"中观"与"禅"的导师。

河边有一棵树，数周以来，每当日出时分，我们就会凝望着它。当太阳缓缓从地面升起，慢慢爬过树梢，一瞬间，这棵树就会变得通体金黄，每片叶子都亮闪闪的，充满了生机。就在凝望之中，你忘记了时光流逝，忘记了弄清楚它是什么树。因为这并不重要，重要的是从它那美丽的身躯上散发出一股奇妙的韵味，慢慢荡漾开来，笼罩了山野，笼罩了河流。当太阳再升高一些，树叶就会微微颤动，跳舞一般。每一秒钟，这棵树都呈现出不同的风姿。日出之前，它朦胧暗淡、悄无声息，远远地矗立着，很是矜持。曙光渐放，叶片就沾满了光辉，开始舞动起来。此时，你会觉得它是那么美丽，赞许之情油然而生。正午时分，它洒下浓浓凉荫，你可以端坐其下，躲避阳光的曝晒，有它做伴，你决然不会感到孤独。坐在那里，你会感受到它对你深深的呵护和一种只有树木才能理解的自由与安详。

---

① 选自《最后的日记》，(印)克里希那穆提著，张婕译，中国长安出版社2009年版。

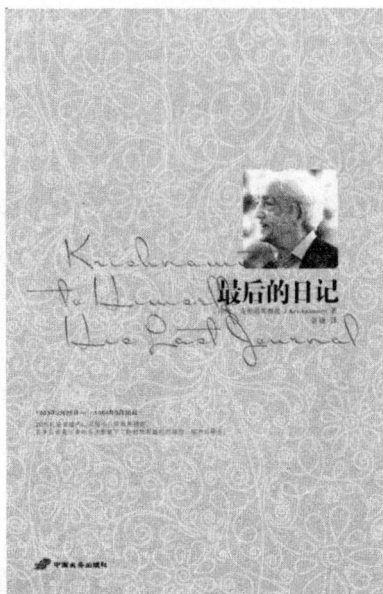

临近傍晚，西下的夕阳用余晖照亮西部天际，这棵树就慢慢模糊起来，融入黑暗，它在收拢着自己准备过夜。晚霞映衬的天空五彩斑斓，绽放出最后的光辉，但是那棵树还是那么安静、矜持，悄悄地准备入睡。

如果你能和它建立关系，你就一定能和人好好相处。然后，你会对这棵树负起责任，也一定会对整个世界的树负起责任。但是，如果你不能和这个世界上有生命的东西建立起关系，那么你就有可能失去你的人际关系。我们从来不会认真地去考虑一棵树的生活质量，我们从来不会真正地去接触它，去感受它的真实，感受它粗糙的树皮和它的声音。我们要感受的不是风穿过树叶的声音，也不是早晨的微风轻轻拨动树叶的声音，而是树本身发出的声音，是它的树干和树根发出的静默之声。要听到它的声音，你必须十分敏感。它不是世界上嘈嘈杂杂的声音，不是风儿的窃窃私语，不是人们争吵之时所用的粗鄙之言和战争的喧闹，而是作为整个宇宙的一个组成部分的声音。

奇怪的是，我们对自然界了解得很少，比如我们不了解昆虫，不了解青蛙以及在群山之中呼唤同伴的猫头鹰，我们似乎从来不去感受地球上所有的其他生物。如果我们与自然界建立联系，我们就不会为满足食欲而去屠杀任何动物，我们就永远不会为了私利而去伤害、肢解一只猴子、一条狗或一只豚鼠。但是，人类这种心理疾病的治愈与了解自然界相比，完全是两码事。心灵上的缺失会慢慢纠正过来，但是为了达到这一目的你必须去亲近自然，亲近橘子树上的橘子，亲近从泥地破土而出的小草的叶片和笼罩在山脉上空的云朵。

这绝不是什么过分的矫情，也不是过于浪漫的幻想，而是一种实实在在与地球上有生命、能运动的万事万物建立关系的希望。人类已经屠杀了无数的鲸，并且还在继续屠杀。其实，我们屠杀生灵所获得的所有东西，完全可以通过其他手段获取。但是，显然人类已经嗜杀成性，他们屠杀飞奔的鹿群、美丽的瞪羚，甚至庞大的大象。更有甚者，他们还喜欢相互屠杀。在人类的整个发展史中，他们之间的相互屠杀就从来没有停止过。如果我们能够，而且我们也必须与自然界中实实在在的树木、花草乃至飞奔的云朵，建立起一种长期的、深厚的、真挚的关系，那么我们就绝对不会以任何借口去屠杀人类。战争是有组织的屠杀，虽然我们可能反对一场具体的战争，其中包括核战争，但是我们从来也没有从根本上反对战争。我们从来没有说过，屠杀一个人是世界上最大的罪孽。

徒步到美国①

◎ 罗曼·文森特·皮尔

罗曼·文森特·皮尔（1898—1993），美国著名作家、演讲家。被誉为"思考的救星"和"奠定当代企业价值观的商业思想家"。

当你内心的那个巨人疾步奔跑，并爆发出他的力量时，你将不会再被消极和自卑的思想所妨碍。你对自己怀有充分的信心，就能够去做你决定要做的任何事情。你建立起一种"一心一意"的态度，并且全面发挥积极原则的效力之后，你就能够从事令人难以置信的伟大事业。奇怪的是，某些怀疑论者往往容易轻视这样的说法："你所有决定要做的事情，你几乎都可以做到。"事实上，我倒很想把"几乎"这两个字去掉，尤其当我想起黎格逊·凯伊拉的惊人故事之时。

凯伊拉是非洲一个小村落十几岁的青年，他徒步横越非洲大陆，最后前往美国西海岸。我们还是让他自己来诉说他的故事吧，"徒步到美国"——他这样称呼他这个令人难以置信的故事。

我母亲并不知道美国在哪里。我对她说："妈妈，我想到美国去

---

① 选自《你认为你行你就行》，（美）罗曼·文森特·皮尔著，胥见平译，世界知识出版社2003年版。

上大学。你答应我去吗？"

"很好，"她说，"你可以去，什么时候动身呢？"

我不希望让她有时间去发现美国在很远的地方，因为我害怕她会因此改变主意。于是我说明天就出发。

她说："我准备一些玉米让你在路上吃。"

第二天，我便离开了非洲尼亚沙兰北部的老家。

我知道，要到达我的目的地，必须经过一个大陆和一个大洋，但我并不怀疑我无法到达。我记不清当时是几岁，像这类事情在时间永不变动的一块土地上，是没有多大意义的。我想，当时的我大概是16岁或18岁吧。

从传教士那儿，我懂得了我并不是环境的牺牲品，而是环境的主人。我明白我有义务尽我的能力去改变自己，还有他人的生活。要达到这个目标，我需要接受教育。我阅读了林肯的生平故事。对他产生了深深的敬意，他忍受着那么多的痛苦，去解救他的国家受奴役的人们。我也阅读了黑人教育家布克·华盛顿的自传，他出生于一个美国奴隶家庭，后来获得了了不起的荣誉和成就，为他的国家和同胞造福。

我渐渐了解到，我也应该争取学习和成长的机会，使我自己具备同我家乡那些杰出的人竞争的能力，并且跟他们一样，成为一名领袖，甚至可以成为我们国家的总统。

我想我首先得到达开罗，我希望从那儿搭船前往美国。开罗远在3000英里之外，我无法了解这个距离究竟有多远，我傻傻地认为我可以在四五天内走到。但在四五天之内，在距离我的家乡大约只有70多英里的地方，食物吃光了。我身无分文，我不知道该怎么办，只知道我必须继续向前走。

我创造出一种旅行方式，这种方式成为了我一年多的生活方式。村落与村落之间的距离通常是五六里，而且走的是森林中的小路。我会在下午到达一个村落，向村里人请求我是否可以通过劳动来获取食物、饮水和睡觉的地方。如果有这种机会，我就留下来过夜，然后在第二天早上向第二个村落出发。路上总有各种各样的困难阻碍我的进程。丛林中有许多我害怕的野兽，而且事实上，我手无寸铁，对它们没有任何防卫力量。虽然我在夜间会听见它们的叫声，但它们从没有向我逼近。

一年后，我已步行了1000多英里，来到了乌干达。在那儿，有个家庭收留了我，我还找到了一个制砖的工作。我在那儿待了6个月，把我所赚的大部分钱寄给了我的母亲。

在乌干达首都坎帕拉，我无意中看到一本美国大学指南。我随意翻了翻，看到了"史卡吉特谷学院"的校名，这个大学位于华盛顿的维农山。我曾听说美国大学有时会给优秀青年提供奖学金。于是我写了一份申请书。我明白我也许会遭到拒绝，但我绝不会气馁。我将按照列在指南上的学校，一家家写信去申请，直到找到一家愿意帮助我的学校为止。

3个星期之后，我得到了奖学金，并且得到保证说，学校一定会帮助我找到一份工作。我大喜过望，立刻前往当地美国的办事机构，但他们告诉我这还不够。我需要一份护照和来回的旅行费用，这样才能申请签证。

我写信向我国家政府申请护照，但被拒绝了，因为我无法告诉他们我的出生年月。于是我写信给曾在我童年教导过我的传教士们，经过他们的努力，我终于得到了出国护照。但我仍然得不到签证，因为我无法筹措到那笔费用。

我依旧意志坚定，又重新开始我的旅程。我用我最后的一笔钱买了我生平的第一双鞋子。我知道我不能光着脚走进大学。我把鞋子放在自己的包里，以免它们被磨损。

我穿过乌干达，进入苏丹。村落之间的距离彼此更为遥远，而且村民也不如以前那些人友善。有时候，我必须在一天之中步行20或30英里，才能找到一个睡觉的地方或是得到工作来换取食物。最后，我来到了喀土穆，有人告诉我，那儿有个美国领事馆。

我再一次听到美国入境所需的规定，不过这一次，这位领事对我大感兴趣，并且写了一封信把我的困难告诉了学校，很快回电就来了。

经过许许多多个月之后，我穿着我的第一套学生装，终于到达了史卡吉特谷学院。我向学生团体发表谈话，表达我的感激，并且透露了我希望成为我的国家总理或总统的愿望，我注意到有某些人露出微笑。我怀疑我的话他们听起来是否觉得过于天真，但我自己并不这样认为。

当上帝把一个不可能的梦想放在你心中时，他是真心要帮助你完成的。我相信这是千真万确的，我这个非洲丛林中的男孩，渴望从美国的大学毕业，并且梦想成为尼亚沙兰（马拉维）的总统，这种梦想也会实现。

至于故事后来的发展，凯伊拉先生现在仍然十分坚强地走着，在他内心巨人的陪伴下，继续向前进。他凭借从不放弃的积极心态，成为英国剑桥大学的政治学教授，并成为了他祖国的总统候选人。他写过一本小说《隐约可见的阴影》，以及一本探讨非洲生活的著作。

你无法做成任何事情，这是什么意思?!这是你没有或根本就不知道你心中的巨人。当你拥有激情、兴奋和动机，不断向前进，永远向前进，任何事情都可能会发生。你要牢牢记住：没有任何事能让你气馁。如果你认为你气馁了，那么告诉自己——千万不要气馁，立刻振作起来。激励你内心中的那个巨人，保持前进——不断向前迈进。永远依照积极的原则生活，这就是成功的秘诀。

一个音符无法表达出优美的旋律，一种颜色难以描绘出多彩的画卷。世界是一座丰富多彩的艺术殿堂，各国人民创造的独特文化都是这座殿堂里的瑰宝。人类历史发展的过程，就是各种文明不断交流、融合、创新的过程。文明多样性是人类社会的客观现实，是当今世界的基本特征，也是人类进步的重要动力。历史经验表明，在人类文明交流的过程中，不仅需要克服自然的屏障和隔阂，而且需要超越思想的障碍和束缚，更需要克服形形色色的偏见和误解。意识形态、社会制度、发展模式的差异不应成为人类文明交流的障碍，更不能成为相互对抗的理由。我们应该积极维护世界多样性，推动不同文明的对话和交融，相互借鉴而不是相互排斥，使人类更加和睦幸福，让世界更加丰富多彩。

——胡锦涛

宽容与理解

回旋舞 ①

◎ 保尔·福尔

保尔·福尔（1872—1960），法国诗人，被称为"象征派诗王"。他的诗集共有 32 卷之多，有名的《法兰西短歌集》便是包含了他全部作品的总集。

假如全世界的少女都肯携起手来，

她们可以在大海周围跳一个回旋舞。

假如全世界的男孩都肯做水手，

他们可以用他们的船在水上造成一座美丽的桥。

那时人们便可以绕着全世界跳一个回旋舞，

假如全世界的男孩和女孩都肯携起手来。

---

① 选自《戴望舒译诗集》，戴望舒译，湖南人民出版社1983年版。

庄园与下午茶[①]

◎ 李孟苏

李孟苏，当代学者，《三联生活周刊》特派海外记者。

真正的英国人怎么生活呢？精致小巧的砖砌楼房，四季鲜花绽放的宅院，绿茵茵的草地，黄灿灿的麦穗，油画一般美丽的英国乡村。英国是最早爆发工业革命的国家，然而，这个国家的人们却惧怕、痛恨大工业对他们生活的改变，他们只想从大工业和商业中最大限度地获取财富，以便享受乡村的乐趣。

真正的英国人怎么生活？答案是，住在乡下，一杯接一杯喝茶。比如2002年访问中国引起很大轰动的音乐剧之王安德鲁·劳艾德·韦伯爵士。

因为在艺术上的卓越成就而被女王封为爵士的韦伯，在伦敦附近的西伯克郡有一座占地4000英亩的庄园。庄园里有一幢建于16世纪的华丽宅子和一派田园牧歌景象。虽然A339公路穿过庄园，好在

① 选自《庄园和下午茶》，李孟苏著，生活·读书·新知三联书店2006年版。

离那宅子够远，往来车辆的声音不至于打扰爵士"采菊东篱下，悠然见南山"的乡居生活。

2002年2月，歌剧之王的田园牧歌遭遇到不和谐噪音。韦伯的庄园紧邻名为"格林汉姆公地"的村庄。英国超市巨头之一的Sainsbury's集团将在村中空地上斥资1亿英镑修一座600米长、20米高的巨型仓库。如果仓库按计划修好，每天就会有700辆大货车24小时不停地奔驰在A339公路上。

英国的下午茶是一种既定的习俗文化方式，其来源有一种流行的传说：1840年，一位英国上流社会的女士——贝德芙公爵夫人在下午时分因百无聊赖，让女仆准备了少量的烤面包片、奶油和红茶，以此来消磨时光。这种简便的饮食方式很快就在英国贵族间流行起来。下午茶也就由此而来。

在"格林汉姆公地"村，保护土地的斗争一直没有间断过。在20世纪80年代，格林汉姆公地保护组织的妇女们就抗议美国在当地修建导弹基地，她们组成人墙包围了基地。在几个入口处搭起帐篷住在里面，直到1992年基地被拆除。自从美军导弹基地关闭后，这一片公地上除零星建了些小工厂外，一直没有发展大工业。

今天，格林汉姆的居民们又要和"邪恶的帝国"Sainsbury's开战。居民们与当年反美军导弹基地的妇女组织联络，并寻求各方支持。他们向地区自治会递交了60条反对意见。意见书上写道，汽车24小时不停地奔跑，会带来噪音和污染，破坏生态，"会让这英格兰乡村如画的风景枯萎、凋谢"。Sainsbury's则强调一旦仓库建成，将会给该地区提供750个就业机会。居民们反驳说，本地就业机会已经充分，新就业机会势必带来外地招募人员，为这些新居民修建住宅，环境会变得更加脆弱。

地区自治会将在5月份对此做出裁决。虽然没有人要求韦伯爵士站出来加人抗议者行列，但他们表态说，如果韦伯加入，他们热烈欢迎。韦伯庄园的经理说："韦伯爵士和我都不希望看到这条公路的车流量过大，对这个地区来说，Sainsbury's的计划过于庞大了，这会让这条路充满危险。"

住在乡下，是英国人最理想的生活方式，每个人都愿意为此奋斗终生。英国著名记者杰里米·帕克斯曼说："英国人坚持认为他们不属于自己实际居住的城市，而是属于自己并不居住的乡村，他们仍然觉得真正的英国人是个乡下人。"因此，人们无法容忍他们梦想的或现实的生活被破坏。早在1926年，就成立了"英格兰农村保护理事会"，抗议在乡村铺设沥青马路。但到20世纪90年代，据该理事会统计，英国公路还是已经覆盖了相当于两个莱斯特郡的面积，停车场占用的面积有两个伯明翰大。

整个不列颠早就以城市为主体，但帕克斯曼说："在英国人脑子里，英国的灵魂在乡村。"这种乡村情结大概要追溯到19世纪帝国时代，那些远征殖民地的英国人思念故乡时，凭空把英国想象成带有浪漫色彩的乡村。"一战"时，战场上士兵们收到印有教堂、田野和花园，尤其是村庄的明信片，所受的鼓舞远大于无数次地挥动国旗。

自然，英国人生活的典型场所就是村庄。这一点，数不清的英国作家都描绘过，尤以住在英格兰汉普郡的简·奥斯汀为最，她把绅士淑女的乡间生活描写得入木三分。而推理小说更喜欢把凶案现场安排在宁静乡村的教堂、庄园、酒馆、客栈里。2002年英国周周名列票房前三名之一的电影《高斯福德庄园》就选择了乡间庄园作背景。活跃在乡间的侦探有阿加莎·克里斯蒂的马普尔小姐、G.K.切斯特顿的布朗神父、热门系列剧里的牛津警探莫斯……这一类侦探小说甚至有了专有名称，叫"梅厄姆·帕克"流派。

帕克斯曼说："英国人唯一的生活方式是拥有自己的一小块世外桃源。穷人和富人有不同的期望，但他们怀着同样的追求目标。"事业有成的人，如韦伯爵士，挣到第一个1000万英镑后，首先想到的是买一座庄园。

"英国就是乡村，乡村就是英国。"这是保守党领袖斯坦利·鲍德温的名言。乡村生活情结使园艺、DIY、乡间漫游、徒步旅行、相关出版业等发展成巨大的产业。那本创刊于1897年的杂志《乡村生活》，现在仍然畅销。园艺类杂志多达数十种，商店里有面积不小的园艺区。人人都自己动手修建或改造房子，每年英国人都要在DIY上花掉近90亿英镑。每座房子都有一个名字，商场里有房屋铭牌专卖店，出版商专门出书教你给房子取个响亮名字。

乡村生活，是英国人很自傲的一点。一个住在赫特福德郡某富裕小镇的公司高级行政人员去美国东部的波士顿出差，美国人那缺乏照料的大院子在他看来简直就是一块杂草丛生的荒地。他很感慨地对我说，"瞧瞧，这还是在新英格兰。"

20年前，英国人心中的乡村生活还只局限在英格兰部分地区，现在，乡间生活地域已经扩展到地广人稀的苏格兰。据欧盟调查，2001年，在东苏格兰，每1000户居民中有37户是从英国其他地区迁来的，是欧洲人口迁入率最高的地区。

53岁的伦敦人杰奎塔·麦卡瑞曾经做过大学老师，9年前他们全家从伦敦搬到格拉斯哥。4年前，她家定居在距格拉斯哥100公里的古老村庄邓布兰。杰奎塔实现了她作为地道英国人，尤其是英格兰人的理想：有一座带私家道路的宅子，院子里花木修剪整齐，坐在屋前游弋着天鹅的小池塘边，可以看到远处高地上积雪的山顶。她还是个徒步旅行发烧友，热衷开发各种步行线路，于是办了间小出版公司，在家办公，出版自己编写的旅行路线手册。

这个最早爆发工业革命的国家的人们却惧怕、痛恨大工业对他们生活的改变。G.K.切斯特顿在著作《布朗神父探案集》中借布朗神父之口发泄牢骚："英国正在堕落，朝着商业化的沼泽直线滑去。而拉格列（书中因反对奸商坑害村民利益而被杀的乡绅）这些人像是路旁被人忽略、嘲弄的路标，孤零零地站在黑暗中，但他们指出了解脱的方向。"

今天，格林汉姆公地村的居民不知是路标，还是挡车的螳臂。

实际情况可能是牧师卡农·唐纳德·格雷说的那样。牧师在接受帕克斯曼采访时批判说，"英国人只想从大工业和商业中最大限度地获取财富，以便享受乡村的乐趣。"

爱丁堡附近有很多古老的村镇，它们建于中世纪，没有经受过两次世界大战的炮火，基本上保留了原有风貌。苏格兰南部的一条主要公路A91从一个叫阿洛的村子中央穿过，在村子中央、公路边上，有一座大型的厂房式商场，商场上悬挂着大广告牌：平价服装，厂家直销。这个商场还上了爱丁堡周边旅游地指南手册。

就算布朗神父活到今天，他也得妥协，因为他必须去Sainsbury's的连锁店买日常生活用品。古村子艾伦桥是苏格兰传统的矿泉水生产地，现在已不生产矿泉水了，但还保留着手工玻璃作坊，吹出的玻璃制品价格非常昂贵，属艺术品范畴。在这村子里还开着一家传统的小杂货店，出售很多当地妇女在家中自制的蜂蜜、果酱、蛋糕、饼干，朴素的标签上手写着那些奶奶、妈妈的名字和地址、电话，让人一看心头就一阵阵温暖。

这家小店主人见缝插针摆放商品，灯也舍不得多点一盏，店里拥挤不堪，光线昏暗；还雇了个印度店员，见人没个笑脸，并不谈价钱，这样的购物环境是无论如何没有竞争力的。距小店几百米，村子里有一家宽敞明亮、总有东西打折的中型超市，是另一超市集团Somerfield的连锁店。

不仅如此，就连英国人每日必喝的茶叶也变了模样。多数英国成年人在被问及"你要喝什么饮料"时，回答都是"Tea forever（永远都是茶）"。英国人平均每人每天要喝5杯茶，每年喝掉的茶叶占世界茶叶出口市场总销量的1/3。

英国人对世界饮食的两大贡献是，发明了下午茶和炸鱼薯条。街头仍然到处都是卖炸鱼薯条的快餐店，但想喝到"真正"的茶就难了。英国的旅游指南上写着，想喝"真正"的茶只能去迎接富裕游客的高档宾馆，或去还没有使用袋泡茶的英国本地家庭。所谓喝"真正"的茶，要先把茶壶放进热水里加热，所谓的"稳一稳"，然后放进产自印度大吉岭或阿萨姆邦、肯尼亚、斯里兰卡的茶叶，加开水，泡好后，倒进茶杯，加牛奶，最后放糖。

想在Sainsbury's或其他超市、商场买到茶叶可不容易。Twinings、Jackson、Whittard等著名牌子的茶叶被放在货架最下方，顾客视线最先触及的地方摆着各种经济实惠的大包装茶叶包。这些茶叶包经济到每个小茶包都没有那根拴着标签的线绳。想买漂亮的金属盒装茶叶，只能去机场的免税店。

不用茶叶包的英国家庭越来越少了。英国人现在这样喝茶：把茶包直接扔进马克杯，沏上开水，泡一会儿，用勺或一把不锈钢夹子把茶包取出扔掉。对了，那把金属架子在Sainsbury's可以买到，2英镑50便士。

柏林墙的碎片 ①

◎ 刘小枫

　　刘小枫（1956—），当代学者。主要从事文艺美学、宗教哲学、政治学等领域的研究。著有《诗化哲学》、《拯救与逍遥》、《沉重的肉身》、《这一代人的怕和爱》等。

　　柏林墙上曾有过一种文化，如今这种文化变成了碎片。

　　自从民主德国的一些公民在柏林墙东侧掘开了几个大口。让东西柏林人自由往来，柏林墙开始变成历史的废墟。柏林人纷纷涌到柏林墙，用铁锤和铁砧在墙上敲下几块碎片，作为历史遗物的纪念品珍藏起来。

　　在柏林墙的西侧，存在着一种文化。上面有用油料涂满的图画和语言，一些地方甚至层层重叠，不断更新创作。但在柏林墙的东侧，却只有空白。

　　如今，柏林墙西侧的图画和语言被人们用铁锤敲成碎片。谁知道这些带有各色油料的碎片在几十年或几百年以后会值多少钱呢？如今，巴掌大的一块碎片售价已高达10个西德马克，谁知道以后会升值多少？除此而外，用小小的碎片做成的精致耳环和胸针，已在柏林墙

① 选自《这一代人的怕和爱》，刘小枫著，生活·读书·新知三联书店1996年版。

柏林墙倒了，柏林墙两边的人们迎来了自由和和平。

前出售。不难想见，以柏林墙的碎片做成的艺术品种类会日益繁多。

人们带着欢庆的心情涌到柏林墙，在这里漫步或敲击碎片。对柏林人来说，这似乎是今年最佳的圣诞礼品。然而，我在著名的布兰登堡门的柏林墙西侧，见到一篇写在大木板上的优美散文。上面的文字告诫人们"柏林墙被掘开了，但是，这并没有伴随着胜利的凯歌，只有沉重的记忆带来的苦涩思索"，为什么在这个世界上总有人要筑起高墙把人隔绝开？为什么人们要用种种政治意识形态把人类敲成碎片？难道只是在政治领域才有一座座柏林墙？

令人深思的是，把人在地理上、生理上、心理上隔绝开的柏林墙，是由主张整个人类拥有解放和幸福的政治理想筑起来的。这一现象决不仅有讽刺的意味。值得庆幸的是，如今神话在其帷幕之内已变成了碎片，这些碎片不知与多少活生生的人的肉体和精神碎片掺和在一起。柏林墙文化是人类之耻辱的符号，柏林墙的碎片亦是人类之耻辱的记忆符号。作为一种艺术品，柏林墙的碎片是非常独特的，它意指的或蕴藏着的决不是人类的欢悦，而是人类永远洗刷不净的污秽和永远消退不了的悲哀。

柏林墙决不是一种仅在德国出现的现象，它不过是在世界之中处处存在着的各种隔绝人身、诋毁人身的有形和无形的凝聚。柏林墙是用钢筋和水泥铸成的，这意味着现代技术可以构筑隔绝人身、诋毁人身的墙的原材料。墙在这个世界的任何一个地方都无处不在、无处不有。柏林墙作为一个普通的象征决不仅有政治意味。

唯一能穿透那隔绝、诋毁人身的墙的是爱。然而，令人悲哀的是，如今爱本身也成了碎片，甚至也经常成为一种墙。人的爱不是神的爱。一旦人的爱与那自我牺牲的上帝之爱相分离，就必然变成碎片。这难道不是我们的现实？

我也来到柏林墙前，用铁锤敲下了几块碎片，把它们收藏起来。对我来说，我收藏的不仅是柏林墙本身，更是这个世界本身，这个时代本身，以至我自己。不管是这个世界还是我自己，都是碎片——涂有各色油料的碎片。当我敲下几块碎片收藏起来时，我觉得是收藏了我自己。

我们永远是朋友 [1]

◎ 王发财

王发财，职业撰稿人，京都报道工作室负责人。

那是个阳光明媚的上午，刚刚在清新的晨露中沐浴完的几只小鸟欢快地在湛蓝的天空中起舞，不时地把幸福的鸣叫带给大地。萨卢克瓦泽和帕杰林娜两位射击运动员，却开心不起来，因为她们的祖国苏联在这一天解体了，而两个形同姐妹的知己，也将面临离别。因为她们各自的国家间存在着积怨，她们以后可能再也见不到对方了。

想着平时在一起训练、学习，彼此照顾和帮助，在宿舍里讲悄悄话，一起描绘自己心中的白马王子……两个姑娘的泪水瞬间就涌上了脸颊。但再多的眼泪也阻止不了匆匆到来的离别脚步。

"这一别，你说我们还能见面吗？"临别时，萨卢克瓦泽忧伤地问。

"能，一定能的，只要我们继续努力训练，我们就能有资格代表国家参加国际比赛，在赛场上我们就能够再见面！"帕杰林娜坚定地说。

---

[1] 选自《读者》2008年第22期。

两人就这样分开了。萨卢克瓦泽回到了祖国格鲁吉亚后，开始加大训练强度，除了努力提升自己外，她的心里还有一个目标，那就是去参加国际比赛，与好友帕杰林娜相遇，并一起站在奥运会的领奖台上。而帕杰林娜也以同样的目标激励自己。

　　很快，两人都成为本国优秀的射击运动员，并且都代表自己的国家出征2008年北京奥运会，参加女子10米气手枪比赛。两个分别了十多年的姐妹即将重逢，她们满怀信心期待那一刻。

　　就在北京奥运会开幕式刚刚开始的时候，俄罗斯和格鲁吉亚发生了激烈的军事冲突。萨卢克瓦泽开始紧张，一方面担心自己国家的命运，另一方面则担心她和祖国的代表团会一起离开北京，那样她就无缘再遇自己的好姐妹了。直到她得知自己将继续留在北京参加奥运会后，她的心才安稳下来。

　　在比赛中，萨卢克瓦泽和帕杰林娜用尽了全力，她们顺利地晋级了决赛。最终萨卢克瓦泽获得了比赛的铜牌，帕杰林娜获得银牌。在射出比赛的最后一枪后，早已经泪流满面的她们，擦拭着眼角的泪水，随后久久地拥抱在一起，相互亲吻对方的脸颊。

　　帕杰林娜在赛后动情地说：“我们姐妹在一起训练过很长时间。我们一直是真正的朋友，但我们被政治分开了。我期待今天这个拥抱已经有十多年，什么都不会横亘在我们的友谊之间！”

公民典范曼德拉 [1]

◎ 胡尧熙

曼德拉2009年7月18日度过了91岁生日，南非人用参加社会公益活动的方式来表达对他的敬意。

2009年7月18日，曼德拉在自己位于约翰内斯堡的家里收到了一张贺卡，这是一个8岁的英国男孩寄给他的，上面写着：世界上的人都爱您，我也爱您，我知道的第一个伟人就是您。我和小朋友们祝您生日快乐!这一天是曼德拉91岁生日，在他的住宅门前，已经摆满了各种鲜花和礼物。没有人去敲门打扰他，大家都知道，身体虚弱的曼德拉想平静地度过生日。南非政府也呼吁人们不要去打乱曼德拉的生活，用另一种方式表达对他的敬意——在"曼德拉日"这一天至少花67分钟参加社会公益活动，以纪念曼德拉自1942年以来致力于南非人权运动67年。

关于曼德拉的各种著作和影视作品陆续问世，曼德拉本人很少评价它们，但德国《明镜》周刊透露，电影《再见巴伐纳》是曼德拉比较

---

① 选自《领导文萃》2010年第3期。

认可的作品。这部电影讲述的是曼德拉1964年被判处终身监禁后在狱中的生活。一名被派来监视他的狱警格雷戈里本来对他抱有敌对之心，但他在狱中目睹了曼德拉的坚强和不屈，于是情不自禁地想了解这个人，相处日久，他最终接受了曼德拉的政见，两人成了挚友。1989年，德克勒克当选总统，这位白人总统深知反种族歧视的星星之火已然燎原，迫于内外压力，他同意释放曼德拉。1990年2月11日下午，曼德拉走出了罗宾岛的监狱大门。很久之后，曼德拉回忆当天的心情："当我走出囚室，走出通往自由的监狱大门时，我已经清楚，如果不能把悲痛与怨恨留在身后，那么我其实仍在狱中。"

这部电影绝大部分段落都真实地反映了史实，曼德拉出狱后曾公开感谢格雷戈里，认为是他让自己的精神世界发生了凤凰涅槃般的巨变，让激进的心渐渐变得温和。在回忆录中，曼德拉写道："即使是在监狱那些最冷酷无情的日子里，我也能从狱警身上看到若隐若现的人性，它足以使我恢复信心并坚持下去。"曼德拉认为，压迫者和被压迫者一样需要获得解放，种族主义者同样是囚徒，他们"被偏见和短视的铁栅囚禁着"。监狱中的曼德拉失去了人身自由，却获得了精神的解放。这种伟大的转变在后来的岁月里塑造了一个新南非，也使曼德拉成为举世公认的伟人。每逢他生日，人们会说：宽容者长寿。

曼德拉总结自己的思想，认为"既受到了西方的影响，也受到了东方的影响"。受东西方双重影响在东方民族独立运动的领导人（如甘地）中间也是普遍的现象。相对于部分黑人"把白人赶下海去"那种偏激的民族主义，曼德拉的民族主义从来都是温和而充满人性的。所以，人们在他的总统就职典礼上，看到他亲自邀请3名曾看管他的狱警上台，并向他们致敬。

91岁的曼德拉疾病缠身，已经非常虚弱，但他的梦想仍在延续，尽管很少过问政治，他在抗击艾滋病方面却做出了卓越贡献。在他生日的前一天，联合国秘书长潘基文在致辞中说，曼德拉是"联合国最高价值的生动体现"，他致力于实现民主、多种族共存的南非，坚定追求正义，甘愿与那些曾迫害他的人和解。直至今日，他仍然在为世界和平和人类尊严而不懈努力，并积极参与抗击艾滋病的慈善活动。简而言之，曼德拉不是政治偶像，而是世界公民的典范。

清苦的日本①

◎ 韩少功

> 韩少功（1953—），当代作家，他是倡导"寻根文学"的主将，发表《文学的根》，提出"寻根"的口号，并以自己的创作实践这一主张。代表作有《爸爸爸》、《女女女》等。

　　和古代中国的钟鼎玉食、富丽堂皇相比，传统的日本简直是清贫甚至清苦，颇让国人不以为然。然而20世纪70年代，日本却成为全球第二经济大国，个中原因，引人深思。

　　用中国人的标准来看，日本传统的饮食虽有精致形式，但大多数有清淡底蕴。生鱼、大酱汤、米饭团子，即使再加上荷兰人或者葡萄牙人传来的油炸什锦（天福罗），也依然形不成什么菜系，不足以满足富豪们的饕餮味觉。这大概也就是日本菜不能像中国菜和法国菜那样风行世界的原因。

　　同样是用中国人的标准来看，日本传统的服饰也相当简朴。在博物馆的图片资料里，女人们足下的木屐，不过是两横一竖的三块木板，还缺乏鞋子的成熟概念。男人们身上的裤子，常常就是相扑选手

---

① 选自《时文选萃系列丛书》，王玉强主编，南方出版社2009年版。

们挂着的那两条布带，也缺乏裤子的成熟形态。被称做和服或者吴服的长袍当然是服饰经典，但在18世纪的设计师们将其改造之前，这种长袍既无衣扣也无衽带，只能靠腰带一束而就，多少有一些临时和草率的意味。

日本传统的家居陈设仍然简朴。法国历史学家费尔南·布罗代尔曾经指出，家具的高位化和低位化是文明成熟与否的标志，这一标准使日本的榻榻米只能低就，无法与中国民间多见的太师椅、八仙桌以及明式龙凤雕花床比肩。也许是地域仄逼的原因，日本传统民宅里似乎不能陈设太多的家具，人们习惯于席地而坐、席地而卧，也习惯于四壁之内的空空如也。门窗栋梁也多为木质原色，透出一种似有似无的山林清香，少见浓色重彩花俏富丽的油漆覆盖。

我们还可以谈到简朴的神教，简朴的歌舞伎，简朴的宫廷仪规，简朴的充满泥土气息的各种日本姓氏……由此不难理解，在日本大阪泉北丘陵一次史无前例的大规模遗址发掘中，覆盖数平方公里的搜寻，只发现了一些相当原始的石器和陶器，未能找到什么有艺术色彩的加工品或者稍稍精细巧妙一些的器具。对比意大利的庞贝遗址，对比中国的汉墓、秦坑以及殷墟，一片白茫茫的干净大地不能不让人扫兴，也不能不让人心惊。正是在这一个个暴露出历史荒芜的遗址面前，一个多次往地下偷偷埋设假文物的日本教授最近被揭露，成为轰动媒体的奇闻。其实从某种意义上来说，这位考古家也许是对日本的过去于心不甘，荒唐中杂有一种殊可理解的隐痛。

从西汉之雄钟巨鼎旁走来的中国人，从盛唐之金宫玉殿下走来的中国人，从南宋之画舫笙歌花影粉雾中走来的中国人，遥望九州岛往日的简朴岁月，难免有一种面对化外之地的不以为然。这当然是一种轻薄。成熟常常通向腐烂，粗朴可能更具有强大生命力，历史的辩证法就是如此。在人类漫长的历史上，山姆挫败英伦，蛮族征服罗马，满洲亡了大明，都是所谓成熟不敌粗朴和中心不敌边缘的例证。在这里，我不知道是日本的清苦逼出了日本的崛起，还是日本的崛起反过来要求国民们节衣缩食习惯清苦。但日本在20世纪成为全球经济巨人，原因方方面面，我们面前一件件传统器物至少能提供一部分可供侦破的最初密码。这一个岛国昔日确实没有大唐的繁荣乃至奢靡，古代的日本很可能清贫乃至清苦，但苦能生忍耐之力，苦能生奋发之志，苦能生尚智勤学之风，苦能生守纪抱团之习，大和民族在世界的东方最先强大起来，如果不是发端于一个粗朴的、边缘的、清苦的过去，倒会成了一件不合常理的事情。明治维新之后，日本内有粮荒外有敌患之际，教育法规已严厉推行，孩子不读书，父母必须入狱服刑。如此严刑峻法显然透出了一个民族卧薪尝胆的决绝之心。直到今天，日本这一教育的神圣传统仍在惯性延续，由此不难理解东京的早晨：各路地铁万头攒动，很多车站不得不雇一些短工大汉把乘客往车门里硬塞，使每个车厢都像沙丁鱼罐头一样挤得密不透风，西装革履的上班族鼻子对鼻子地几乎都压成了人干。但无论怎样挤，密密的人海居然可以一声不响，静得连绣针落地好像都能听见，完全是一支令行禁止的经济十字军，这就是日本。

由此也不难理解北京的早晨：这是老人的世界，扭大秧歌的，唱京戏的，跳国际舞的，打太极拳的，下棋打牌的，无所不有。这些自娱自乐的活动均无日本及其他发达国家的商业化的收费，更不产生什么GDP，但让很多老人活得舒筋活络，心安体泰，鹤发童颜，当年繁华金陵或者火热长安里市民们的尽兴逍遥想必也不过如此。这就是中国。

这样，我既喜欢日本，也留恋中国——虽然我知道难以兼得。

无知山谷的传说 ① ——《宽容》序言

◎ 亨德里克·威廉·房龙

　　亨德里克·威廉·房龙（1882—1946），荷裔美国作家和历史学家，其著作主要是历史和传记，包括《人的故事》（即《宽容》）、《文明的开端》、《奇迹与人》、《圣经的故事》、《发明的故事》、《人类的家园》及《伦勃朗的人生苦旅》等。

　　在"无知山谷"中，"创新"与"守旧"两种思想和行为一直进行着殊死斗争，这个山谷，没有年代，也不知处于何地，昭示着其普遍的存在，预示了人类历史的艰难演进。作者勇敢地倡导和呼唤人类对待异见的"宽容"精神，并预言"这样的事情发生在过去，也发生在现在，不过将来（我们希望）这样的事不再发生了"。

　　在宁静的无知山谷里，人们过着幸福的生活。

　　永恒的山脉向东西南北各个方向蜿蜒绵亘。

　　知识的小溪沿着深邃破败的溪谷缓缓地流着。

　　它发源于昔日的荒山。

---

① 选自《宽容》，（美）房龙著，秦立彦、冯士新译，广西师范大学出版社2008年版。题目为编者所加。

它消失在未来的沼泽。

这条小溪并不像江河那样波澜滚滚，但对于需求浅薄的村民来说，已经绰有余裕。

晚上，村民们饮毕牲口，灌满木桶，便心满意足地坐下来，尽享天伦之乐。

守旧的老人们被搀扶出来，他们在荫凉角落里度过了整个白天。对着一本神秘莫测的古书苦思冥想。

他们向儿孙们叨唠着古怪的字眼，可是孩子们却惦记着玩耍从远方捎来的漂亮石子。

这些字眼的含意往往模糊不清。

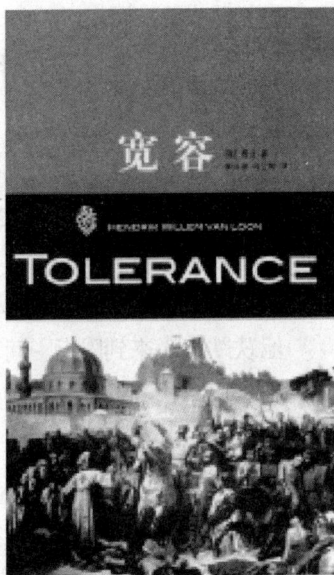

这是一部宗教的历史，一部宽容与不宽容的历史，也是一部人性血腥与进步的历史……这部饱满着人类沧桑经历的历史就是——《宽容》。

不过，它们是1000年前由一个已不为人所知的部族写下的，因此神圣而不可亵渎。

在无知山谷里，古老的东西总是受到尊敬。

谁否认祖先的智慧，谁就会遭到正人君子的冷落。

所以，大家都和睦相处。

恐惧总是陪伴着人们。谁要是得不到园中果实中应得的份额，又该怎么办呢？

深夜，在小镇的狭窄街巷里，人们低声讲述着情节模糊的往事，讲述那些敢于提出问题的男男女女。

这些男男女女后来走了，再也没有回来。

另一些人曾试图攀登挡住太阳的岩石高墙。

但他们陈尸石崖脚下，白骨累累。

日月流逝，年复一年。

在宁静的无知山谷里，人们过着幸福的生活。

外面是一片漆黑，一个人正在爬行。

他手上的指甲已经磨破。

他的脚上缠着破布，布上浸透着长途跋涉留下的鲜血。

他跌跌撞撞来到附近一间草房，敲了敲门。

接着他昏了过去。借着颤动的烛光，他被抬上一张吊床。

到了早晨，全村都已知道："他回来了。"

邻居们站在他的周围，摇着头。他们明白，这样的结局是注定的。

对于敢于离开山谷的人，等待他的是屈服和失败。

在村子的一角，守旧老人们摇着头，低声倾吐着恶狠狠的词句。

他们并不是天性残忍，但律法毕竟是律法。他违背了守旧老人的意愿，犯了弥天大罪。

他的伤一旦治愈，就必须接受审判。

守旧老人本想宽大为怀。

他们没有忘记他母亲的那双奇异闪亮的眸子，也回忆起他父亲30年前在沙漠里失踪的悲剧。

不过，律法毕竟是律法，必须遵守。

守旧老人是它的执行者。

守旧老人把漫游者抬到集市区，人们毕恭毕敬地站在周围，鸦雀无声。

漫游者由于饥渴，身体还很衰弱，老者让他坐下。

他拒绝了。

他们命令他闭嘴。

但他偏要说话。

他把脊背转向老者，两眼搜寻着不久以前还与他志同道合的人。

"听我说吧，"他恳求道，"听我说，大家都高兴起来吧！我刚从山的那边来，我的脚踏上了新鲜的土地，我的手感觉到了其他民族的抚摸，我的眼睛看到了奇妙的景象。

"小时候，我的世界只是父亲的花园。

"早在创世的时候，花园东面、南面、西面和北面的疆界就定下来了。

"只要我问疆界那边藏着什么，大家就不住地摇头，一片嘘声。可我偏要刨根问底，于是他们把我带到这块岩石上，让我看那些敢于蔑视上帝的人的嶙嶙白骨。

"'骗人！上帝喜欢勇敢的人！'我喊道。于是，守旧老人走过来，对我读起他们的圣书。他们说，上帝的旨意已经决定了天上人间万物的命运。山谷是我们的，由我们掌管，野兽和花朵，果实和鱼虾，都是我们的，按我们的旨意行事。但山是上帝的，对山那边的事物我们应该一无所知，直到世界的末日。

"他们是在撒谎。他们欺骗了我，就像欺骗了你们一样。

"那边的山上有牧场，牧草同样肥沃，男男女女有同样的血肉，城市是经过1000年能工巧匠细心雕琢的，光采夺目。

"我已经找到一条通往更美好的家园的大道，我已经看到幸福生活的曙光。跟我来吧，我带领你们奔向那里。上帝的笑容不只是在这儿，也在其他地方。"

他停住了，人群里发出一声恐怖的吼叫。

"亵渎，这是对神圣的亵渎。"守旧老人叫喊着。"给他的罪行以应有的惩罚吧！他已经丧失理智，胆敢嘲弄1000年前定下的律法。他死有余辜!"

人们举起了沉重的石块。

人们杀死了这个漫游者。

人们把他的尸体扔到山崖脚下,借以警告敢于怀疑祖先智慧的人,杀一儆百。

没过多久,爆发了一场特大干旱。潺潺的知识小溪枯竭了,牲畜因干渴而死去,粮食在田野里枯萎,无知山谷里饥声遍野。

不过,守旧老人们并没有灰心。他们预言说,一切都会转危为安,至少那些最神圣的篇章是这样写的。

况且,他们已经很老了,只要一点食物就足够了。

冬天降临了。

村庄里空荡荡的,人稀烟少。

半数以上的人由于饥寒交迫已经离开人世。活着的人把唯一希望寄托在山脉那边。

但是律法却说,"不行!"

律法必须遵守。

一天夜里爆发了叛乱。

失望把勇气赋予那些由于恐惧而逆来顺受的人们。

守旧老人们无力地抗争着。

他们被推到一旁,嘴里还抱怨自己的命运不济,诅咒孩子们忘恩负义。不过,最后一辆马车驶出村子时,他们叫住了车夫,强迫他把他们带走。

这样,投奔陌生世界的旅程开始了。

离那个漫游者回来的时间,已经过了很多年,所以要找到他开辟的道路并非易事。

成千上万人死了,人们踏着他们的尸骨,才找到第一座用石子堆起的路标。

此后，旅程中的磨难少了一些。

那个细心的先驱者已经在丛林和无际的荒野乱石中用火烧出了一条宽敞大道。

它一步一步把人们引到新世界的绿色牧场。

大家相视无言。

"归根结底他是对了，"人们说道，"他对了，守旧老人错了。"

"他讲的是实话，守旧老人撒了谎……

"他的尸首还在山崖下腐烂，可是守旧老人却坐在我们的车里，唱那些老掉牙的歌子。

"他救了我们，我们反倒杀死了他。"

"对这件事我们的确很内疚，不过，假如当时我们知道的话，当然就……"

随后，人们解下马和牛的套具，把牛羊赶进牧场，建造起自己的房屋，规划自己的土地。从这以后很长时间，人们又过着幸福的生活。

几年以后，人们建起了一座新大厦，作为智慧老人的住宅，并准备把勇敢先驱者的遗骨埋在里面。

一支肃穆的队伍回到了早已荒无人烟的山谷。但是，山脚下空空如也，先驱者的尸首荡然无存。

一只饥饿的豺狗早已把尸首拖入自己的洞穴。

人们把一块小石头放在先驱者足迹的尽头（现在那已是一条大道），石头上刻着先驱者的名字，一个首先向未知世界的黑暗和恐怖挑战的人的名字，他把人们引向了新的自由。

石上还写明，它是由前来感恩朝礼的后代所建。

这样的事情发生在过去，也发生在现在，不过将来（我们希望）这样的事不再发生了。

珍贵的礼物①

◎ USDARK

我曾经在联军办公室值勤，看到过很多伊拉克家庭自发地去那里登记死亡亲人的名字，并告诉长官他们的亲人分别死于伊拉克战争前的哪个时期。

在伊拉克，我有时也试图和伊拉克人说话，交流。你想象一下这样的场景：我在值勤，在某个建筑下面站着，一站就是很长时间，附近还有美国兵站着。我们叼着香烟，四处张望，在离我20码（18米左右）的地方有个伊拉克小孩，他在兜售些零碎的东西。我看了看他，他也看了看我，他继续兜售，我继续站着。对讲机里有人说："还得继续站着，那队人还没经过，你们在那里站到他们经过就回来。"那孩子一开始就是在兜售东西，神态自然，我主动去接触他，感觉那孩子就是个普通小贩。

于是我开始有意无意地往那个小孩子身边靠拢。我移动几步，他

---

① 选自《我 是一名华裔美国士兵》，（美）USDARK著，时事出版社2005年版。

就退几步，我再移动，他再退，我们一直保持着20码的距离。不过，我看清楚了，他在兜售香烟，有三五牌，有万宝路牌。我又向那个男孩的方向移动，他紧张地看着我，想分析我靠拢他想干什么。

我用英文问："你懂英文吗？"

他摇头，但又突然点头。他拿起烟对着我，说了一些我不懂的阿拉伯语，我猜意思是问我是否需要香烟。我翻了自己的口袋，拿出我母亲邮寄给我的芙蓉王香烟。这个我一直没抽，因为我在部队学会了抽烟，而且只抽万宝路牌香烟，但老妈还是给我邮寄了这些国产香烟。我对那个小孩说我有这个，但他还是用手举着烟。

我说，我买吧，我要两包，我说的是英文。这下他懂了，他有点脸红地走到我面前，把烟给我，伸出了4个手指，我问是4美元吗？他点头，我点钱给他，末了，他还指着我手上那包香烟——芙蓉王，而且说了一大串阿拉伯语。明白了，明白了，4美元加我这包烟，成交。这个小老弟，真够精的。我比划着手势问他，你要这个干什么？他听了半天，明白了，又比划着自己手中木板上的烟，对我说，no you, no you（没有你，没有你）我明白了，他没有我这种牌子的香烟，他想要这个。

不一会儿，车队来了，是联合国的什么人，我们开始警戒四周，我对那个孩子说："you here, around me（过来，到我这儿来）。"并指向我身后。他明白了，于是很老实地站在我身后。这个时候是最乱的，经过这种集市，谁知道会发生什么，我不希望他乱跑遇到什么倒霉事情。车队迅速地通过了，我们立刻被呼叫马上上车，事先隐蔽在附近的悍马风驰电掣地开了过来。我爬到车上，车立即启动尾随先头车队而去，我舒了口气，爽！今天活着回去了，我一哥们儿戳戳我，我看看后视镜，那孩子跟着车一路小跑着追我，脸上露出那种最质朴的灿烂的笑容。

后来值勤，又是到那里，这次集市简直是人山人海，听说有人要在那里闹事，好像是有人在那里贩卖美军的装备。我们一下车，就警戒四周，一个头发散乱，脸上有点脏又有点红扑扑的小女孩看见我就立即往集市人堆里跑。我莫名其妙，她跑到人群里，又突然停住，回头看我、端详我，我也看着她，内心惶恐不安。头儿呼叫我过去，说，你看着这个路口，有车来了，100码（约91.4米）叫停，他顺手给了我一个牌子，上面写着100码停车的阿拉伯语和英文。于是，我就到路口去，花了几分钟把牌子插在地上，完成这个任务后，我一抬头就看见那个小女孩牵着那个卖香烟的小男孩站在我面前。

那小男孩指着我，回头对那女孩说了一些我听不懂的阿拉伯语。小女孩怯生生地看着我这个比她高两倍的大个头士兵，一边听一边点头。男孩子把一个用纸包着的东西（伊拉克的地下报纸）交给我，又跳起来拍了拍我的胸脯，我估计他是想拍我的肩膀，但没有够到。他说：you, you friend（你，你朋友），大体就是这样。我说，你的香烟呢？我顺手做了个抽烟的姿势，他又那样笑起来，很好看。他把穿的小大衣掀开，里面挂满了手表、香烟，还有一枚破片式手雷。

我把他们领到了路边，呼叫一个哥们儿过来帮我看一下牌子。我蹲下去，打算认真处理这桩大买卖。我取下我的手表，拿出一把小刀和100美元，还有一个精美的钥匙扣（我母亲送给我的），跟他换了4包香烟和一块伊拉克手表（苏联货）。最后，我小心翼翼地提出了要换那枚手雷。他拼命摇头，后来又和那个小女孩商量了一会儿，可能是决定了。犹豫了一下，他果断地把那枚手雷取下给了我，我把手雷放到背包里，之后一把抱住他，对着那个小女孩说，me me, his friend（我我，他的朋友）！我看见那孩子又那样笑了。回家的路上，我掏出那报纸，翻开——原来是另一枚同样的手雷。

晚上，我在上铺睡不着，翻身下来，摸黑把老黑哥们儿叫醒，趴在他铺上跟他说这件事情，并把两枚手雷拿给他看。老黑问我有烟没有,我点了两支,把一支插到他嘴巴上,他狠狠地抽了一口,之后露出进入天堂的表情。我看着他,知道他要发表高论了。

"你知道,在伊拉克黑市,这玩意儿可以卖到500美元。"老黑说,"AK-47可能还没这个玩意儿贵,前段时间,有几个退役的兵打算做这个买卖呢,还没开始就被逮住了。这孩子可是把掏心的玩意儿给你了,你就花了100美元,看他还送你一枚呢,那天咱们不就是去搜查这个吗?"

后来我躺在床上,吧嗒吧嗒地抽烟。想了很远很远,对,是敌人,我们需要冒着危险去搜查;是朋友,他居然送给了我,还做赔本买卖。我忘不了那笑容,也忘不了那手雷。

邮差去天堂 ①

◎ 罗强

美国人托马斯出生在一个贫民窟里，自幼具有发现财富的眼光。他把一辆从街上拾来的玩具车修好，让同学们玩，每人收取0.5美分，在一个星期内，赚回一辆崭新的玩具车。中学毕业后，他成了一名小商贩，卖过电池、小五金、柠檬水，每一样都经营得得心应手。他人生的第一笔大生意来自一批因雨水浸染而颜色错乱的布料。他低价购进以后，做成迷彩服，变废为宝，一夜之间拥有了巨额的财富。

77岁那年，他被诊断为癌症晚期，医生说他只有60天的时间了。托马斯决定好好利用剩余的时间享受赚钱的过程，思索几天后，他想出了一个惊世骇俗的生意——帮人们带信给天堂的亲人。

朋友们听说托马斯的想法后，都认为他疯了，劝告他不要异想天开，好好享受人生最后的时光。但他不为所动，依旧坚持自己的想法，认为那是他一生中最奇妙的主意。病痛之中，他仔细构思，一点一点

① 选自《知识窗》2012年第1期。

写下计划。根据思考出来的方案,他请人建立了一个网站,公布了收费的标准及相应的服务,每人收费50美元。

做好准备工作,他在美国的各大报纸上发布广告,广告的标题是"你有什么话对天堂的亲人说吗?"下面是活动的详细情况和联系方式。这一看似荒唐的消息引起了无数人的好奇心,人们相互询问,都觉得这是疯子的举动,一时之间,质疑的声音到处都是。面对各种各样的声音,托马斯的家人有些坐不住了,一致要求他停止这种疯狂的行为,并且都认为这个创意糟透了。

尽管每个心存善意的人都愿意相信天堂的存在,也相信自己去世的亲人一定在天堂里生活,但是,又怎么能够让人相信托马斯就可以上天堂呢?毕竟,谁也不了解他,就有人质疑:万一他下地狱,我们的信怎么办?更何况,即使他死后可以上天堂,又怎么把人们的思念、祝福带给自己在天堂的亲人?

面对人们的这两个质疑,托马斯又在报纸上刊登声明,回答大家的问题:第一,我爱这个世界,从没有害过谁。死后,我决定把所有的存款捐给非洲救助战争中儿童的福利机构,这是我30年来与别人建立的一个福利组织,30年的爱,相信上帝舍不得让我下地狱。第二,关于如何保证把信带到您的亲人手上,经过深思熟虑及网友的建议,我决定在火化的时候,把各位的明信片与我的身体放在一起,无论我到什么地方,它们都跟我的身体在一起。

声明一出,质疑的声音便小了下去,不过还是没有人来办理。一个月快过去了,网站只办理了一项业务:一个6岁的小女孩想带信给逝去的小狗,说自己每天晚上都会想它。

当全世界的大人们都在怀疑的时候,一个6岁的孩子却相信了托马斯,经报纸报道后,人们为自己的多疑而自责——相信善良才可以把祝福带到天堂,相信爱的存在,才会有天堂啊。

人们开始给逝去的亲人写信。有人带信给妻子: 天堂的裙子漂亮吗? 有人捎信给老公: 请在天堂等着我。有人祝福父母: 没有我在身边, 请记得好好照顾自己。有人写给因车祸离世的亲人: 希望天堂没有车来车往。有人问候历经病痛的朋友: 在上面一定要健康。有人写给因地震死亡的所有人: 愿天堂的房屋牢固。也有人写给逝去的明星: 希望他在天堂还有歌声。还有人请求上帝: 请不要让人间再有战争。

好莱坞的当红明星卡梅隆·迪亚兹在非洲做慈善的时候, 面对一个即将离世的艾滋病孤儿对生命的渴望, 却束手无策, 眼睁睁看着她离去, 多年之后仍耿耿于怀。这一次, 她写信给那个孩子: 对不起。

活动在持续, 人们的热情越来越高涨, 经美国TNT电视台报道以后, 业务更是拓展到了整个世界。

活动截止的时间到了, 托马斯的病情也愈发严重, 他交代后事: 把31784张明信片跟他一起火化, 将骨灰送到教堂, 那里离天堂最近。然后他让家人把此次活动赚到的钱捐给福利机构。接下来的几天, 他终日待在床上, 听助手读那些来自天南海北的话语。

他离开的那一天, 来自世界各地的上万人参加了他的葬礼, 人们诵读着《圣经》, 祈祷他能够上天堂, 也祝福着自己在天堂的亲人。

善良那根弦①

◎ 方冠晴

　　印度北部有个村庄，叫格依玛村。这里土地贫瘠，人们生活穷困，连填饱肚子都成了问题。村民们也想改变现状，却苦于找不到生财之道。

　　离格依玛村不远有一条公路，属于那种简易公路，路况不好，经过那里的车辆经常发生事故。有一次，一辆装载着食用罐头的货车在那里翻进了沟里，一车罐头滚落一地。司机受了伤，拦了一辆车去了医院，那些货物无人看管。格依玛村的村民见了，就将那些罐头偷偷地运回家。一连几天，家家户户都有罐头吃。

　　这件事给了格依玛村民启发。俗话说，靠山吃山，靠水吃水。他们完全可以靠路吃路了。所以，他们经常到那条公路上转悠，希望再有运载食物的车辆在那里出事故，他们好乘机有所收获。

　　但车祸毕竟不会经常发生，眼瞧着一些运载食物的车辆来了又

---

① 选自《优秀作文选评（高中版）》2007年第8期。

去，他们一无所获，这让他们很不甘心。后来，他们想到一个主意：晚上趁公路上没人的时候，他们就拿上工具，将公路的路面挖得坑坑洼洼。这样一来，车子在那里出事故的情况就多起来。即使车子在那里不出事故，但路况太差，所有经过那里的车子行进速度都非常缓慢，这给格依玛村民以可乘之机，他们跟在车后，趁司机不注意，偷偷地从车斗里拿走一些他们需要的东西。

这件事在渐渐演变，起初，他们只是偷拿一些食物；后来，其他货物他们也拿，好拿到市场上去卖一些钱；发展到最后，他们就不是偷偷地拿，而是明目张胆地抢了。一时间，格依玛村旁边的那条简易公路成了最不安全的路段，警察局每个月都会接到好几起关于车上货物被抢的报案。

警方出动警力破案，他们在现场抓住了两个正在抢货的格依玛村民，并将这两个村民绳之以法。但这样做并没有震慑住其他村民。反而让村民们学会了作案时更加隐蔽更加机警，他们的作案开始有组织起来，有专门的人负责望风，抢到货物后就拿回家藏起来，或者更换货物的包装，让前来搜查的警察找不到物证。一时间，警察束手无策。

当地政府也想了很多办法，想让格依玛村民放弃哄抢货物这种不道德和非法的行为，引导他们走上正途。无奈，格依玛村民已经从哄抢货物中尝到了甜头，他们习惯了这种不劳而获的生活方式。

哄抢货物的事在格依玛村附近屡屡发生。那年冬天，由于从格依玛村经过经常丢失货物，司机们选择了绕道行驶的方式。这样一来，格依玛村民好几天没有收获。这一天，终于有一辆货车从那里经过，车上装的是一袋袋磷酸脂淀粉，一种工业用淀粉。格依玛村人都没有什么文化，在他们看来，淀粉就是粮食，可以做成各种各样好吃的食物。当下，大家就一拥而上，抢走了二十多袋磷酸脂淀粉。

司机是个小伙子，见有人抢了他的货，便停下车，跟在抢货人的身后往格依玛村追。这样一来，反而给了其他格依玛村人机会，他们不慌不忙地将无人看管的车上的淀粉搬了个空。

小伙子追进村子，就请求村民将他的货还给他，格依玛村人哪会将到手的"粮食"轻易地交出来，他们都不承认拿了他的东西，并采取了应对措施。

小伙子百般恳求都没有作用，他只得告诉村民们，那些磷酸脂淀粉不是普通的食用淀粉，而是工业淀粉，有毒，吃了会死人，他们拿去了也没有用。

小伙子说的是实话。

但格依玛村人都不相信，因为这种磷酸脂淀粉无论是从色泽还是手感上，都与他们平时吃的食用淀粉毫无区别，更何况，在他们看来，淀粉是用来做食物的，怎么会有毒？

小伙子见村民们不信，吓得不知所措。他本来想去警局报案，但是，他又担心，他一离开，真有人将那些淀粉做成食品吃了，那时候会闹出人命。虽说闹出人命他也没有责任，但他不能眼睁睁地看着这些人去送死呀！他只得一家家地登门去说明情况，甚至向村民们下跪，请求他们："那些淀粉你们不交给我无所谓，大不了我受一点损失，但我求求你们，千万别吃那些淀粉，会死人的。"

小伙子的执著，让村民们对他的话由不相信到将信将疑。有人就将那种淀粉拿来喂鸡，以检验小伙子所说的话是真是假，结果，吃了这种淀粉的鸡不一会儿就死掉了。

这一下，村民们惊骇了，继而是深深的感动。他们抢了小伙子的货，小伙子理应怨恨他们，即使他们吃了那种淀粉被毒死，也是罪有应得。而小伙子不惜以下跪的方式来请求他们别吃这些工业淀粉，拯救了他们的生命。这样的爱心，这样的善良，这样的胸襟，让他们羞愧难当，感动不已。

村民们自发地将那些工业淀粉都交了出来，重新送到了小伙子的车上。自此之后，格依玛村人再没有哄抢过货物，即使有人想打过往车辆的主意，立即就有人站出来说话了："想想那个好心人吧，我们伤害了他，他却救了我们全村人的命。想想他，我们还有脸继续干这种伤害别人的勾当吗？难道我们真的是魔鬼？"

格依玛村附近的公路太平了，在警察的治理、政府的引导都未产生效果之后，一个年轻司机的善良之跪、爱心之举，却改变了一切。

人的习惯是可以改变的。就看你怎么去改变；人的善念是可以唤醒的，就看你怎么去唤醒。任何人心里，其实都有一根善良的弦，这根弦，只有爱心才能拨动它。想要人善良，首先付出你的爱。再恶的人，你用你的爱，也能唤醒他的善良，让他摒除恶念。

哲学家阿多尔诺说"奥斯维辛以后诗已不复存在",奥斯维辛是邪恶、苦难与耻辱的代名词,文明被践踏,生命被杀戮,心灵被摧残,它承载了人类历史上太多的苦难记忆,所有活着的人,你如何翻得过奥斯维辛这一页?历史,可以被宽恕,但不能被忘却,人类需要记忆,即使是苦难,即使是罪恶。因为记忆能使我们背负一种责任,能唤醒负罪和忏悔的心灵……

苦难记忆

刽子手……①

◎ P. 鲍罗杜林

P. 鲍罗杜林，前苏联诗人。

这是二战中最震撼人心的一句话……

刽子手……

充满了绝望神情的眼睛。

孩子在坑里恳求怜悯。

"叔叔啊，

别埋得太深，

要不妈妈会找不到我们。"

---

① 选自《苏联抒情诗选》，王守仁译，湖北人民出版社1984年版。

集中营里的孩子们[①]

埃利·威塞尔（1928—），美国当代思想家和作家，1986年诺贝尔和平奖得主。本文是1974年作者在关于二战中法西斯大屠杀的国际讨论会上的发言，总题为"大屠杀之后的艺术和文化"。

这是穿越岁月而来的，来自黑暗中的孩子的歌唱。他们本应该生活在童话般灿烂的阳光里，幸福的童年却被突然打断。孩子们可能最后也不知道自己的生命中究竟做过什么，使得上帝要如此早地召回他们的灵魂。对二战的许多幸存者来说，他们只是为了替死者生存，为了替死者讲述他们的故事，为了这些故事代代传扬，为了永不忘却那些苦难记忆，为了有那么一天，人类再也不会有死亡、疾病和战争的纷扰……

让我们来讲故事，那是我们的首要责任。

如此聪明又如此苍老的孩子们的故事。

黑夜吞食生命、希望和永恒的故事。

---

① 选自《一个犹太人的一天》，（美）埃利·威塞尔著，陈东飚译，作家出版社1998年版。标题是编者所加，略有改动。

让我们讲故事来记忆人类在面对凶猛的邪恶之时是多么脆弱。

大战后，死者向每个幸存者提出了同一个问题：你是否将能讲述我们的故事？

最好的描述是由普通人或儿童提供的。他们找到了正确的词语，正确的语调，坦白、质朴，这些是真理以及艺术的印记。他们面临的不是艺术技巧的问题。他们的目的只有一个，只有一个是他们执著的顽念：担负见证，传达一星火焰，一段故事的残片，一个真相的反映。

最纯粹的写作是那些献给了我们子孙的苦难、苦恼与死亡的写作——由那些孩子自己写下的作品。他们的词句比其他人的更使我们接近那段经历——他们的词句就成了经历。

伊茨哈克·卡曾尼尔森，在他的《我惨遭杀戮的族人之歌》里，给了我们如下的描述：

> 不要哭……在这个车站我看见另一个大约5岁的小姑娘。她在给她的弟弟喂食，而他哭了。他哭了，那个小东西，他在生病。往些许冲淡了的果酱里她撒进了面包的碎屑，熟练地把它们塞进他的嘴里。这一切我的眼睛有福看见，看见这母亲，一个5岁的母亲，在哺育她的孩子，听见她抚慰的词语。我自己的母亲，全世界最好的一个，也不曾发明这样的计策。但这一个却带着微笑擦擦他的嘴，把欢乐注入他的心里，这以色列的小姑娘。舒莱姆·阿莱赫姆①也不能比她做得更好。他们，以色列的孩子们，要最先接受末日与灾祸，其中大多数都没有父母。他们被霜冻、饥饿、蛆虫所吞噬。神圣的弥赛亚②们，在痛苦中达

---

① 舒莱姆·阿莱赫姆（1819—1890），俄国犹太人，用犹太意第绪语进行创作的作家。

② 弥赛亚，语出《圣经》，意为"救世主"。

到了圣洁。说吧，那么，这些羔羊犯了什么罪？为什么在劫数到来的日子里是他们最先成为残忍的牺牲品，邪恶陷阱的第一个猎物，最先被留给了死亡，最先被抛入屠宰的货车？他们被扔进了货车，庞大的货车，就像一堆堆弃物，像大地上的尘土。而他们运输他们，杀死他们，灭绝他们，不留一点残余或记忆。我的孩子们中最好的都已被消灭，让苦难降临我吧，还有灾祸与荒芜。

每当我读到对孩子的杀戮，我知道我将需要用我的一切力量来摆脱——而非绝望。这变得更为真切是在我读到这些孩子们在他们进入火焰前所写下的作品之时。

一个叫做玛莎的小孩在死前不久这样写道：

这些天里我一定要节省。
我没有钱可节省；
我一定要节省健康和力量，
足够支持我很长时间。
我一定要节省我的神经和我的思想和我的心灵，
和我的精神的火。
我一定要节省流下的泪水，
我需要它们很长，很长的时间。
我一定要节省忍耐，在这些风暴肆虐的日子。
在我的生命里我有那么多需要的：
情感的温暖和一颗善良的心。
这些东西我都缺少。
这些我一定要节省。

这一切，上帝的礼物，我希望保存。

我将多么悲伤

倘若我很快就失去了它们。

一个叫莫泰尔的小男孩写下了一首极短的诗：

一个小花园，

有一个小男孩走在它旁边。

当花朵开放，

小男孩将再也不在。

另一个小女孩，阿莱娜，写道：

我想独自离开

到有别的、更好的人的地方。

进入遥远未知的某处，

那里，没有人杀害别人的地方。

也许我们更多人，一千个强者

会到达这目的地，

在不久以后。

巴维尔·弗雷德曼写下了"蝴蝶"：

最后的，最最后的，

黄得如此斑斓，明亮，耀眼。

也许如果太阳的眼泪会对着白石头歌唱，

这样一种黄色就会被轻轻带起

远走高飞。

我肯定它走了

因为它希望向世界吻别。

七个星期我一直住在这里

关在这贱民区里。

但我在这里找到了我的族人，

而蝴蝶召唤着我。

而白色的栗子在庭院里点亮。

只是我再没看见一只蝴蝶。

那只蝴蝶是最后一只。

蝴蝶不住在这儿，

在贱民区里。

最后一首，是由一个叫做莫泰利的小男孩写下的。我不知道他是
谁，也不知道多大：

从明天开始，我将悲伤。

从明天开始，

今天我将快乐。

悲伤有什么用？

告诉我吧。

就因为开始吹起了这些邪恶的风？

我为什么要为明天悲痛，在今天？

明天也许还这么好，

这么阳光明媚。

明天太阳也许会再一次为我们照耀。

我们再也不用悲伤。

从明天开始，我将悲伤。

从明天开始，不是今天。不是。

今天我将愉快。

而每一天，

无论它多么痛苦，

我都会说：从明天开始，

我将悲伤，

不是今天。

是的，让我们来讲故事，诗篇中的故事和文件中的故事。别的一切都可以等，必须等。别的一切都不存在。

让我们来讲故事：恐惧的故事和黑夜的故事，发疯的老人的故事，他们在升上天堂时与他们的儿孙共舞。

让我们讲述发了疯的时代的故事，人类最深的苦难的故事。我说的是在奥斯维辛被杀害的犹太人。但在奥斯维辛死去的是人性。当人性杀害犹太人，人性就杀害了自己。

让我们来讲故事：孩子们的故事，他们在死去之前的一刻还在歌唱着生活。让我们讲述睿智的老人的故事，他们爱孩子并继续爱着他们直到死去。

让我们来讲故事：因为孩子们爱听故事。但有一个故事决不会被讲述，很快我们甚至也不会知道它的名字——还有它的秘密。

奥斯维辛遗诗①

◎ 柴子文

柴子文，原《南方周末》编辑，现任香港《亚洲周刊》编辑。

　　奥斯维辛之后，写诗是残酷的。这句名言，反思人性之恶到了极致。人们面对20世纪大屠杀的灾难，不忍地侧过脸，羞愧难当。可人们要花很长时间才相信，即使在集中营里，绘画依然美丽，诗歌依然承载着生命的快乐与哀愁、希望与绝望。

　　《像自由一样美丽：犹太人集中营遗存的儿童画作》里面的小作者们，大多走进奥斯维辛的毒气室，十二三岁的年龄就悲惨地死去。但是，他们侥幸留存下来的诗作、画作，甚至偷偷办的报纸，让我们看到人类历史的珍贵一幕。作者林达尽力搜寻他们的名字、他们的故事，展示了那一幅幅美丽动人的画作、一首首明快有力的诗，让现在的人们明白，即使在集中营，也并非只有死亡的气味。面对绝望，人类依然可以保持尊严，而自由，从来都在人们心里，任何人强夺不走。

① 选自《读者》2008年第19期。奥斯维辛集中营是纳粹德国在第二次世界大战期间修建的最大的一座集中营，有上百万犹太人在这里被杀害，又被称为"死亡工厂"。

每一个对痛苦有感觉的人,都应该读一读这里面的诗。"希望你一直保存着这本书,哪怕你在一年年地长大,哪怕它在书架上放了很久,落满灰尘。只要你再次打开,你一定会庆幸,你并没有把它丢失。"作者被孩子们的作品深深打动了。让我们静一静心,来读一读小作者们的诗:

特莱津

沉沉的轮子碾过我们的前额
把它深深地埋入我们的记忆深处。

我们遭受的已经太多,
在哀恸和羞辱凝合的此处
需要一个盲人的标记
以给未来我们自己的孩子,一个证明。

等待了第四个年头,
像是站在一个沼泽地的上方
任何一刻,那里都有可能喷涌出泉水。

同时,河流奔向
另一个方向,另一个方向,
不让你死,也不让你活。

炮弹没有呼啸,枪声没有响起
在这里,你也没有看到鲜血流淌。
没有这些,只有默默的饥饿。

孩子们在这里偷面包，

并且一遍遍地提出同样的问题

而所有的人希望能够入睡，沉默

然后再一次入睡……

沉沉的轮子碾过我们的前额

把它深深地埋入我们的记忆深处。

小诗人的小名叫米夫。"沉沉的轮子碾过我们的前额"，多么形象地描摹了内心的恐惧与疼痛。入睡，也许再也不会醒来。沉默，是因为不能开口。他们生活在一种禁绝的状态。但这一切，并不是因为他们做了什么或者不做什么，只是因为，他们有一个相同的身份——犹太人。

我是一个犹太人

我是一个犹太人，永远不会改变，

纵然我要死于饥饿，

我也不会屈服。

我要永远为自己的人民战斗

以我的荣誉。

我永远不会因身为犹太人而羞耻

我向你起誓

我为我的人民骄傲，

他们是多么自尊。

不论我承受怎样的压力，

我将一定，恢复我正常的生活。

这位13岁就被杀死在奥斯维辛的男孩弗兰塔·巴斯,用他的诗回答了他从那些教他写诗、画画的犹太民族最杰出的人那里学到了什么。他们是最不幸中最幸运的一群小孩,在最饥饿、最肮脏、最无助的环境里,暗地里接受了最初也是最后的教育。艺术教师弗利德是这样教他们画画的:你要用光明来定义黑暗,用黑暗来定义光明。同时,在这首诗里,我们隐隐看到了诗歌的伟大起源,那是对苍茫的宇宙和自然的深深的敬畏,以及起誓。诗的庄严在于,它的目光望向灵魂最隐秘的深处,依然坚定。

一个日落余晖的傍晚

在紫色的、日落余晖的傍晚,
在一片开着大朵栗子花的树林下
门槛上落满花粉。
昨天、今天,天天都这样。

树上的花在散发着美
又是那么可爱,树干苍老
我都有些害怕去抬头偷窥
它们绿色和金色的冠冕
太阳制作了一顶金色的面纱
如此可爱,让我的身体战栗起来。
在上苍,蓝色的天空发出尖利的声音
也许是我微笑得不是时候。
我想飞翔,可是能去哪儿,又能飞多高?
假如我也挂在枝头,既然树能开花

为什么我就不能？我不想就这样凋谢!

这位小诗人也没留下自己的名字。即使在空间有限的集中营，小诗人也看到了令他战栗的美景。在他们被扭曲的世界里，树能开花，太阳有金色的面纱，天空可以是紫色的，这些再普通不过的景色，在孩子的眼中，既因为大自然的造化而美丽，也因为孩子们危险的处境而珍贵。

思绪

我站在一个角落，望着窗户
看着这个让我心碎的地方
在床上是海德跛行的影子，
一个失常的孩子突然举起手，
哭叫着："妈妈!……
让我们亲吻，我们一起说说话!"
可怜的人们，
失去常态的人们，悲惨的形象，
被冬天包裹，他们走着冻得发抖，想要大叫一声
在他们的末日之前
"妈妈，抱着我，
我是一片快要凋落的树叶。
看看我是多么枯萎，我觉得好冷哦!"
当这可怕的合唱在老兵营的房子间回荡，
我——也推开窗户——
和他们一起嘶唱。

小诗人哈努什在特莱津集中营很有名气，他的有些诗作在那里广为流传。他的笔调老练诙谐，激情洋溢而富有穿透力。我们再来读他的另一首诗：

我的乡村

我在心里装着我的乡村，
那是为我的，就为我自己！
美丽的纤维在编织起来
它保存了一个永恒的梦。

我亲吻拥抱我的土地，
在它面前，多少岁月流过。
这土地不仅在地球上
不论在哪里，它也在我们心中。

它在蓝色天空中，在星星里，
只要是有鸟儿生活的地方。
今天我在我的灵魂里看到它，
我的心立刻沉沉地盛满了眼泪。

终有一天，我要高高地飞翔。
从我身体的重负中解脱，
自由地在广阔中飞翔，
自由地飞出很远很远，
和我在一起的，是我自由的村庄。
今天那是一个小小的、捧在手心里的梦

围绕着它的却是遥远的地平线

在这些沉甸甸的梦里

还微微闪着战争暴怒的反光。

有一天，我要走进我的村庄，

我要享受我的家乡，

那是我的乡村！那是你的家乡！

那里没有"我"和悲伤。

1943年，他和妈妈一起，从特莱津被送往奥斯维辛纳粹宣称的"家庭营"。其实是大规模的毒气室，死亡的熔炉。战后，幸存的伙伴们尽一切努力寻找他的下落。然而，他再也没能回到他的村庄。但是，我们至少相信，闭上眼睛的一刹那，骄傲的小诗人，已经回到了自己的故乡。他已经告诉我们，"不论在哪里，它也在我们心中"。

透过这些稚嫩但深刻的诗作，我们读到的，不再是这首诗好不好。相反，我们会更容易地闭上眼睛，想想，在绝望的环境里，是什么让小作者们敢于去写，是什么点燃了枯竭疲惫的身体里神奇的蜡烛。这才是艺术的本质。

美和人生，在艺术的世界里，都是独特的。因为，地球上的每一个人、每一样东西都有自己的世界。不论各自拥有怎样不同的身份，也都拥有自己独立的空间，有权利坚守自己的世界。

像自由一样美丽（节选）①

◎ 林达

一

　　故事发生在一个叫做特莱津的捷克小镇。可是，故事的源头，却是在德国。

　　1933年，希特勒在德国上台了，一上来就咄咄逼人，势不可当。

　　希特勒很早宣称："要对法国来一次最后的总算账……目的是在将来能为我国人民在其他地方进行扩张。""德国必须在东方进行扩张——主要牺牲俄国。""不能用和平方式取得的东西，就用拳头来取。"

　　为了给侵略铺路，他试图让德国人相信，世界上只有德国的白人、日耳曼人，才是强者，而"强者必须统治弱者，不能与弱者混杂，从而影响了自己的伟大。……只有天生的弱种才会认为这是残酷

---

① 选自《像自由一样美丽》，林达著，生活·读书·新知三联书店2007年版。

的。"希特勒宣扬这样的说法：奴役和践踏他人，是维持自己"民族优越"的方式。

希特勒追求全世界对德国的服从，追求德国对"领袖"的服从，也就是对他的服从。所以，希特勒一向说，德国是不要"民主这样无聊的玩意儿的"。很快，德国街头到处都是纳粹的冲锋队员，横冲直撞。

希特勒利用了人的弱点。这就是大多数人会有自私的想法，会愿意相信自己比他人更优秀。在遇到经济困难这样的灾难时，人们会愿意找到一些替罪羊，会不由自主地相信，罪责都是他人的，而不是自己有什么责任。当自己属于一个"强大的多数"时，会忽略甚至欺负弱小的、无力反抗的少数。希特勒激励德国人民，使他们相信，善良、同情心只是弱者的感情，这种感情对改造国家不利，要让这个国家强大，德国人民需要的只是"钢铁一般的意志"。

德国有着优秀的文化传统，是伟大的音乐巨匠贝多芬的故乡。即便在希特勒的统治下，也有许多人良心未泯，他们知道这是错的。然而，希特勒在上台之后，立即控制了所有的报纸和杂志。并且非法地逮捕那些持有不同意见的德国人。他们只能在家里，悄悄地把不赞同的想法告诉自己的孩子。可是，希特勒最容易控制的就是青少年了。因为他们还没有成年，往往没有具备独立思考的能力。他们非常容易受到学校和老师教育的影响，也非常容易盲目相信和崇拜强权与领袖。

那些智慧和善良的父母，很快就不敢再对孩子说出自己的想法了。因为孩子还不懂事，他们对教师的尊敬，对学校的服从，对国家和领袖的热爱，都是可能被利用的。他们可能在学校揭发自己的父母，而学校和政府鼓励他们这样做。在一个排斥人性的法西斯国家，统治者会鼓励不懂事的孩子，为了"国家和人民的利益"，出卖自己的父母。当时德国的教育让孩子们相信，假如他们的父母反对国家元首,就是反对国家,就是德国人民的敌人。所以,孩子们以为,他们虽然背叛了父母,却是在忠于自己的国家和人民,是在做一件"好事"。在德国,一些有良知的父母,就在自己孩子天真的揭发下,被抓进监狱,受到严厉惩罚,一些人甚至因此而被杀害。

纳粹在其统治期间,始终严厉镇压少数的雅利安德国人中的反对者。例如,1943年,一些在纳粹上台时还是少男少女的中学生,在进入慕尼黑大学之后开始觉醒,试图表达自己对纳粹的反对。结果,他们和支持他们的教授,全部被慕尼黑的法院判处了死刑。

在如此严酷的镇压下,很快,德国社会就很难再找到什么人,敢于公开站出来反对希特勒。而报纸、广播和所有的宣传工具,都在宣传着同样的思想。希特勒又是一个非常善于煽动民众的政客。在德国居于少数地位的德国犹太人,很快就失去了大多数骄傲的雅利安德国人的同情。处于多数地位的雅利安民众,在希特勒的煽动下,把德国的一切困境,归于他们的"敌人"——犹太民族。在"善"离开之后,他们心中只剩下"恨",而"仇恨"很容易地就把"恶"塞满他们的胸膛。

在希特勒的统治下,最糟糕的事情发生了。法律不再是一个人向社会寻求保护的"自由保障",而是希特勒施加迫害的工具。法律失去了灵魂,失去了善的支撑,空余一个黑色恐吓的躯壳。在纳粹德国,希特勒的意志就是法律。

希特勒为了宣扬弱肉强食的理论,煽动仇视其他民族,甚至把一些科学领域正常的探索研究,引向了一条可怕的社会改造的道路。

在1890年左右,许多科学家进入了对人类自身的研究,研究人的进化和遗传疾病等等。这个研究在世界各地都有,在德国也做得非常深入和广泛。德国科学家们收集了大量不同的人种资料,出版了许多相关的书籍。他们还举行了展览会、讲座,张贴宣传广告,这些宣传也进入学校的教育。宣传的目的是为了从遗传的角度，达到"优生"。在当时，被称为是"德国优生运动"。可是，在这个宣传过程中，也使得人种差异、遗传差异等一些明确的知识和所谓"社会达尔文主义"的模糊说法，逐渐在德国深入人心。

希特勒是"聪明"的。他在利用人类认知上的一些弱点：利用人们对于"科学"二字的盲目追随，也利用了人们对于"绝对理性"的崇尚。他夸大和强调了人类思想中科学、理性的那一面，而有意抹去人类文化来自另一个方向的、同样重要的感情和思想资源，抹去人的善良、同情心和良知。

于是，在希特勒上台之后的德国，人开始变得冷酷。一些优秀的科学家们，开始接受排斥了人性的"科学、理性"的思路。有越来越多的人认为，既然那些精神不健全的人、残疾的人，对社会和我们的国家没有什么"好处"，我们就可以"合理"地"除掉"他们，这是"人种的卫生"。从逻辑推论上，似乎找不到这样的思路有什么问题，他们唯独忘记了：人之所以是人，要有"人性"，要有对弱者的爱和同情。而在扫除人性之后，"科学和理性"，有可能成为非常可怕的罪恶的借口。

今天，在我们回顾历史的时候，打开书本，我们会看到一些照片，惊讶地发现，照片上那些"文明的"、衣冠楚楚、受过良好教育的德国科学家们，自觉地参与了成批谋杀精神病人、残疾人的行动。在一些弱智儿童的保育院里，家长把孩子交给那里的医生和保育员，是相信自己的孩子因此能够得到更好的照顾和治疗。可是，他们万万不会想到，孩子在那里被医生有计划地集体毒杀。

在阅读这些资料的时候，我们的一个德国朋友卡琳来我们家。她最近在以自己的家族历史为蓝本，写一本小说，为此做了很多调查。谈到这些话题的时候，她打开总是随身携带的笔记本电脑，给我们看一张照片，那是一个普通的德国女子，穿着长裙。那是她的姨婆，因为忧郁症住院，在"人种卫生"运动中，被纳粹杀死在医院里。看到书本上的历史，就这样活生生地发生在自己朋友家里，我们真是感觉很不一样。

卡琳告诉我们，听到这个家族故事，还不是她感到最震惊的时刻，不久前她回德国，向她的姨母了解姨婆被杀害的情况，她表达了自己的愤怒心情。可是，她那个受着纳粹教育长大的姨母，完全不以为然。她对卡琳说，那有什么，这些人反正是"没有用"了。卡琳说，在那一刻，看到自己姨母的平静和冷峻，才是她真正感到可怕的时候。

在科学、理性的旗帜下，希特勒把"人种卫生"推向"种族理想主义"。希特勒告诉德国人，德国的大多数民众所属的"雅利安人种"，是一种最高贵的种族。他们的遗传基因最优秀，身体最健康，智力最高。而其他种族，都是相对低劣的种族。希特勒得到一些德国科学家的配合，使得当时大多数的德国人相信，从"人种学"的"科学角度"来看，犹太人是一种最低劣的，甚至是罪恶的种族，整个犹太民族是德国经济灾难、政治灾难的根源。

当时在德国的电影院，播放着这样的"科学教育片"。在影片中，一群肮脏的老鼠在乱蹿，一边有这样的旁白："这些老鼠在大自然里到处传播着病菌和疾病。"接下来，就是犹太人在街头行走的镜头，影片的旁白是："犹太人就像人类中的老鼠一样，也在污染着人类。"我们是最近才看到这段影片，这才开始理解，为什么大多数德国人民会逐渐开始相信，为了国家的利益，他们要有一个如此残酷的"雅利安种族的纯化运动"。

1933年以后，德国犹太人在自己的德国同胞面前，已经成了待宰的羔羊。

没有人敢反对，希特勒的纳粹德国，就变得疯狂而嚣张。犹太人已经事实上被划出德国公民的范围，因为他们不再享有公民权利。1935年的纽伦堡法律，干脆宣布剥夺所有犹太人的德国公民权利。在"法律"的外衣之下，他们失去工作，失去财产，孩子失去上学的机会，在街上被公开殴打和谋杀。他们得不到国际社会的帮助，因为希特勒宣称，这是他们的"内政"，德国人在他们自己的国家里，他们可以做自己想做的任何事情，他们可以殴打、杀害自己的国民，任何外人都不得干涉。

在迫害犹太人的过程中，最残忍的任务，往往是交给年轻人去做的。因为年轻人的激情最容易在调唆之下转为仇恨。德国的大多数孩子们相信了希特勒的话，把"人性"看做是"软弱"而扫除了，这些年轻人开始变得暴戾起来。

德国的孩子们，从6岁开始，就被要求加入"少先队"、"希特勒青年团"等纳粹儿童和青少年组织，那些阻挡他们加入的家长要被判刑，甚至国家有权夺走他们的孩子。这些雅利安种族的孩子们本来还来不及形成自己的独立思想，又渴望着被接纳为一个"光荣集体"的一员，所以，很容易失去自己独立思考的习惯。

希特勒一上台就先清洗教育，告诉孩子们，那些不赞同希特勒的作家，都是"人民的敌人"。1933年5月10日晚上，希特勒上台只有四个半月，就有成千上万的学生们举着火炬游行，最后，在柏林大学对面的广场上，他们的火炬扔在了一大堆各国著名作家、思想家写的书上。新上任的德国宣传部部长戈培尔博士对孩子们说，"在这火光下，不仅一个旧时代结束了，这火光还照亮了一个新时代。"在火光下，失去人道主义思想滋润的德国孩子们，很快就变成了领袖希望他们变成的样子。

希特勒挑选那些最忠诚于"领袖和国家"的青年，组成了冲锋队，他们把冲锋队的标志SS，经常画成两道闪电，他们如闪电般地袭击他们眼中的所谓"敌人"。希特勒激励这些年轻人的办法，首先是让他们有特别的优越感。

纳粹党规定，所有冲锋队成员，必须血统纯正。冲锋队员的雅利安人的纯血统，必须追溯到至少1800年，也就是至少130年以上，将近四五代人。由于德国一向有教堂、医院认真记载婚姻和出生的传统，所以，这样的"纯种雅利安人"的要求，在德国是不难做到的。在今天的德国，还保存了大量这样的冲锋队员的"纯种"记录卡片。冲锋队员和他们的领袖之间，就有了一种隐隐的感情上的亲密关系。是他们的领袖，使得他们在芸芸众生之中脱颖而出，变得"优秀而优越"，于是他们忠诚于希特勒，愿意为领袖赴汤蹈火，做任何他需要他们做的事情。

在德国之外的正常世界，人们当然看到，纳粹德国正在变成一个危险的国家。德国人民在希特勒的愚民政策之下，变得狂妄自大而充满侵略性。善良已经远远地离开了那里。全世界都在忧心而紧张地注视着德国的变化，尤其是它周围的那些欧洲国家。因为他们和德国是邻居。假如你有一个狂暴的邻居，成天在你门口操刀弄棒的，你不可能不心惊胆战。可是，面对这样一个由疯狂的希特勒控制的国家，你能够怎么办？

希特勒和他的冲锋队正在迫害的犹太人，是他们自己国家德国的国民，他们说这是"内政"。来自外国的反对不起作用，而希特勒的侵略性几乎是他疯狂本性的延伸，他又操纵了一个国家。所以，德国将向外侵略，几乎成了大家都能够预见到的未来。可是，和德国做邻居的那些国家，不论是国家领袖还是知识分子，都在呼吁"和平"。在一个正常的国家，希望和平是人的本能。只是，向希特勒这样的战争狂人发出"和平呼吁"，实在是文不对题。最终，欧洲的政治家们也终于看到了这一点，但这些政治家们没有联合起来采取主动进攻的勇气，却做了一件令他们以后永远会感到羞愧的事情。

1938年9月30日，德国、英国、法国和意大利，一起签署了"慕尼黑协定"。这个协定的意思，是把欧洲的一个小国家，捷克斯洛伐克的西部，送给希特勒。这就等于是对希特勒说，你不要攻击我们，你去占领捷克斯洛伐克。你去侵略他们的时候，我们不会干涉，我们不管。堂堂的欧洲大国，把自己弱小的邻居，当做兔子，送到了希特勒的鹰爪之下。一年以后的1939年8月，前苏联也以同样方式，出卖了波兰。他们希望，将祸水引向别家，自己就安全了。

他们纵容了希特勒，最后却并没有保住自己国家的和平，仅仅5个多月，希特勒不仅得到捷克斯洛伐克，还攻占了波兰，继而把战火几乎燃遍了整个欧洲。引发了一场世界大战，这都是后来的事情了。

就这样，小小的捷克斯洛伐克，成为希特勒侵略战争的第一个牺牲品。

二

捷克斯洛伐克，是由捷克、斯洛伐克两个部分组成的。在我们讲述这个故事的今天，它们已经分成两个国家。我们的故事发生的小镇——特莱津，位于今天的捷克共和国。

捷克斯洛伐克是个宁静美丽的小国家，却也是当时欧洲最富裕的国家之一。它位于东部欧洲，它的西部恰好和德国相邻。捷克斯洛伐克的国家财产、煤矿、铁矿等等，都是希特勒需要的战略物资。捷克斯洛伐克又是和平的，没有足以保护自己的武力。这也是希特勒选中它作为侵略世界的第一步的原因。

1938年9月30日，在慕尼黑协定中，捷克斯洛伐克被自己的欧洲大国邻居们出卖。1939年3月15日，纳粹的铁蹄踏入了这个国家。

对于德军的到来，在捷克斯洛伐克，最感惊恐的就是生活在那里的9万多名犹太人。因为德国犹太人的遭遇，早已经通过种种渠道传到这里。果然，在1939年的6月，纳粹在占领区宣布了一系列反犹太人的法律。犹太人的生活，被永远地改变了。

纳粹在一开始就规定，所有19岁到40岁的犹太男子，必须登记，准备为德国服劳役。规定犹太人不准一小群人聚在一起，不准参加任何社会团体，不准上剧场、电影院和公园。纳粹控制了捷克斯洛伐克的所有电台，播送他们的谎言和宣传。犹太人取得真实消息的唯一途径，是通过短波收音机，收听欧洲其他国家的新闻。纳粹又立即宣布，犹太人不准听短波收音机，拥有短波收音机的犹太人，将被判处死刑。他们就这样被切断了取得外部消息的来源。

在捷克斯洛伐克，起初规定犹太人家庭拥有的一切贵重物品，如首饰等等，都必须登记报告。接下来，他们的照相机、打字机和贵重物品，甚至包括溜冰鞋和羊毛外套，都必须无偿上交。纳粹还冻结了犹太人的全部存款，只准许他们在自己的账号里取出50美元。从1939年9月开始，规定犹太人在晚上8点之后不准上街。从1940年8月开始，犹太人只准在下午的两个小时里去特定的商店买东西。

他们买吃的需要特别的食品券。纳粹不准犹太人购买肥皂、苹果、橘子、香烟、蔬菜、鱼、糖、奶酪、酒、发酵粉等等日常用品。他们的家宅没有任何保障，纳粹可能随时来抄家，只要在搜查中发现拥有这些"违禁品"，比如，搜出一个苹果，就会被逮捕。

1942年2月，捷克斯洛伐克的犹太人已经不准上理发店和洗衣铺、不准拥有自行车和乐器。在那一年的8月，纳粹进一步规定，在捷克斯洛伐克的犹太人不得拥有鸡蛋、牛奶、肉、蛋糕和白面包等食品，犹太孩子吃一个鸡蛋，都是违法的。

犹太人被迫离开他们谋生的职业，失去生活来源。他们被迫关闭他们的教堂。街上贴出了一张张的布告，犹太人随之失去一项项的权利。终于有一天，在捷克斯洛伐克所有的学校门口，都贴出通知，犹太孩子不准上学。

一开始犹太人家庭的电话被切断，后来连公共电话也不准他们使用了。在禁止旅行的规定出来之后，他们更是无法逃离。对他们的限制越来越多，1941年的犹太人法规，已经列出了对犹太人的270条限制的条文。

对于孩子们来说，他们一开始最不能理解、不能接受的，是他们突然和别的孩子"不一样"了。他们变得孤立，失去了所有原来的小朋友们的友谊。甚至一些孩子开始欺负他们。他们不能明白，他们突然被唾弃，不是因为自己做错了什么事情，而是因为自己出生在一个犹太人的家庭，而这是他们无法选择的事情。孩子都是敏感的，他们变得自卑、胆怯，恐怖像影子一样，紧紧跟随在他们后面。

1941年9月，纳粹规定，凡是6岁以上的犹太人，在出门的时候，必须在外衣的胸前佩戴羞辱性的黄色六角星形的符号，中间有表示"犹太人"的字样。犹太民族是深色的眼睛和深色的头发，可是，由于他们长期在世界各个地区和其他民族生活在一起，也相互通婚，所以，一些有犹太血统的混血儿，在外表看来也是金发碧眼，在容貌上，种族特征并不明显。可是，这些混血儿微少的犹太人血统，假如自己不登记，也会被人们揭发出来。因而他们也必须戴着黄色六角星的符号出门。

胸前的黄色六角星，在捷克斯洛伐克，是一类人被划为"非人"的记号。在大街上，任何一个人都可以欺负、羞辱和殴打这些胸前有着黄色六角星的人。一开始，犹太孩子知道自己不能上学了，觉得很难受，可是，在这种时候他们都暗暗庆幸自己不必去上学。他们感觉，被迫佩戴黄色六角星行走在街上，是在展示屈辱，所有的人都知道，你不再是一个有尊严的孩子，不再是一个勇敢的孩子。你受到逼迫，你没有能维护自己的自尊，而是屈服了。有时候，这种模糊的、对自己感到失望的痛苦,甚至压倒了其他一切感受。

捷克斯洛伐克的犹太人,成了被抛弃的人群,而且是被双重抛弃了。作为捷克斯洛伐克人,他们的国家成为德国侵略者的牺牲品;同时,在德国人宣布犹太人为"劣等种族"的时候,他们的许多捷克斯洛伐克同胞们,也像大多数的德国民众一样,怀着相对的优越感,背弃了他们。这种背弃也隐含着很复杂的人的弱点。一些犹太人过去在事业上成功,比较富裕,就引出人们暗暗的忌妒心;宗教信仰的差别,使得一些信仰其他宗教的人不愿意宽容;在对纳粹的迫害感到恐惧的时候,一些捷克人暗暗地希望,能够另有一个突出的被打击目标,转移纳粹的注意力,这样,自己相对就能更安全;甚至一些欠了犹太人债务的人,庆幸因此可以不必还债;在犹太人被强迫遣送集中营的时候,他们的房子、家具、财产纷纷被邻居侵占;当然,也有一些人,本身就是有欺负和摧残别人的恶意。

平时,人的这些弱点会受到道德和法律的约束,在正常的情况下,社会也会引导人们向往善良,人们会试图努力地反省和克服自己的弱点,让自己成为一个善良的人。而一个变态的社会,会鼓励人们行恶,人的弱点就会在合理的借口之下爆发出来。这是非常奇怪而悲惨的现象,就是很多在纳粹铁蹄下的捷克斯洛伐克人,也充当了迫害犹太人的帮凶。还有一些人,只是出于对纳粹的恐惧,不敢为他们的犹太人同胞说话,也不敢帮助他们。很快,一群特定的人被排斥和迫害的情况,被大家习以为常地接受下来。人们看着一群带着黄色六角星的人被"划出"社会的法律保护,不能再享受"人"的待遇,却默不作声。

犹太人和他们的孩子们,在捷克斯洛伐克变得孤立无援。只有极少数的人冒着危险,向犹太人表示同情,甚至帮助他们。那一点点的温暖,成了犹太人永远不能忘记的记忆。

幸存的犹太孩子琼斯记得，在希特勒入侵的时候，"战争并没有打起来，因为捷克军队接到命令，不要抵抗。纳粹迅速占领了我的家乡。一些人在德军占领的第一天就被抓起来了。不让犹太孩子上学了。一天，我在家附近走着，独自一人。忽然看到我们三年级的老师穿过马路，向我这边走来。经过我的时候，他飞快地握了一下我的手，说："勇敢些"。他这样做冒了很大的风险。对纳粹来说：一个非犹太人和犹太人说话，就是犯罪了。"

如琼斯的回忆所说，他们只看到情况一天天地坏下去，却"没有人知道下面还会怎么样"。

在德军占领的最初几年里，对于捷克斯洛伐克的犹太人来说，最可怕的，就是琼斯说的，等待未知厄运的恐怖。他们不知道以后还有什么样的事情会发生。家是不安全的，他们甚至不能像野兽那样，有一个洞窟，一个藏身之处，让他们可以相信，只要钻进洞去，就是安全的。任何事情都可能随时发生。他们没有能力反抗，父母也没有能力保护自己的孩子。

终于，从1942年2月开始，纳粹开始勒令犹太人离开家，他们将被送往集中营。

这个被遣送的过程令人难以相信。大多数在捷克斯洛伐克的犹太人，不是被一群群德国兵抓走，而是一个个地接到通知，被勒令在某个时候，必须去某个地方报到和集中，然后被送走。也就是说，他们虽然知道，前面等待着他们的是集中营，他们却只能顺从地自投罗网。

纳粹堵死了他们逃跑的路。假如他们不服从，那么，在逃离之后，他们就无处去领食品券买吃的，没有人会收留他们住下，他们犹太人的身份可能很快就会被举报，逃跑几乎等于是立即自杀。

所以，在他们被送往集中营之前，他们已经是住在一个更大些的"监狱"里，是在纳粹严密的控制之下，只是这个"监狱"的围墙是无形的罢了。现在,遣送的通知来了,他们就像一群将被宰杀的牲口,一个一个自己向屠宰场的门走去。没有别的出路。

在通知上,规定每个被遣送的人,只能带上50公斤东西。在一个指定的日子、指定的时间,去某个地方报到。有很多人在离开家的时候是白天,后来幸存的孩子都记得,他们每个人狼狈地提着一个大箱子,在四邻的注视之下,穿过街道,就像被赶走的罪犯。在他们中途集中的地方,箱子被搜查,所有的现金、值钱的东西,都被收走。他们被勒令交出自己家的钥匙。他们的家,留在家里的一切,再也不属于他们。

在特莱津犹太人囚徒的身后,德国人理所当然地抢劫了他们的财物。有778000册珍贵书籍,603架钢琴,21000条贵重地毯等,被运往德国。其余的住宅、贵重家具和衣物衣料、银器等等,都被纳粹冲锋队员卖掉,中饱私囊。

许多犹太人家庭不是一家家离开的。11岁的捷克女孩汉娜·布兰迪和她14岁的哥哥乔治·布兰迪,就是自己去的集中营。这两个生长在捷克一个普通小镇的孩子,他们命运被改变的故事,就是千千万万个犹太人孩子命运的缩影。

20世纪30年代,汉娜一家生活在捷克斯洛伐克中部,一个叫诺弗·麦斯托的美丽小镇。汉娜和哥哥是镇上仅有的犹太孩子。可是,他们和其他孩子一起上学,有许多朋友,过得很快乐。他们的父母热爱艺术,为谋生,开着一家小商店。他们很忙,却尽量抽出时间和孩子在一起,那是一个非常温暖的家。

1938年,汉娜7岁那年,开始感觉周围的气氛变得不安。父母背着他们,在夜晚从收音机里收听来自德国的坏消息。在那里新上台的纳粹在迫害犹太人。接着,随着德国局部入侵捷克斯洛伐克,迫害犹太人的坏消息也在逼近。1939年3月15日,德军占领了捷克斯洛伐克的整个国土。汉娜一家的生活永远地被改变了。

　　汉娜一家，和所有的犹太人一样，先是必须申报所有的财产。后来，他们被禁止进入电影院，禁止进入任何运动或娱乐场所，接着，汉娜兄妹失去了所有的朋友。1941年，汉娜要开始读三年级的时候，犹太孩子被禁止上学。汉娜伤心的是：我永远也当不成教师了——那曾经是她最大的梦想。

　　汉娜的父母尽量宽慰孩子。可是，他们知道，事情要严重得多。那年3月，盖世太保命令汉娜的母亲去报到，她离开孩子，再也没有回来。汉娜生日的时候，妈妈从被关押的地方，寄来了特别的生日礼物，那是用省下的面包做成的心形项链。父亲独自照料他们。有一天，他带回几个黄色六角星的标记。他不得不告诉自己的孩子，只要他们出门，就必须带上这个羞辱的标记。汉娜兄妹更不愿意出门了。可是，家里也并不安全。秋天，外面传来一阵粗暴的砸门声，他们的父亲也被纳粹抓走了。留下10岁的汉娜和13岁的乔治。

　　他们被好心的姑夫领到自己家里。姑夫不是犹太人，可收养犹太孩子是件危险的事情。他给了这两个孩子最后一段家庭温暖。1942年5月，汉娜11岁，乔治14岁，纳粹一纸通知，限令他们去一个地方报到，等候遣送。他们还满心希望能够重新见到爸爸妈妈，可是，纳粹把他们送到了另外一个地方。

　　临走前，汉娜从床底下拖出一只褐色的手提箱。汉娜和哥哥提着各自的箱子，先坐火车，又吃力地步行几公里，从火车站走到特莱津集中营。就在门口登记的时候，纳粹士兵在这个箱盖上写下了汉娜的姓名和出生年月，因为他们没有父母随行，就冷冷地用德语加上一行注释："孤儿"。

　　那个地方，叫做特莱津。

三

来到这里的孩子们一开始并不知道，特莱津也囚禁着许多一流的艺术家、音乐家、学者和教授。他们和孩子们在特莱津相遇。

这些成年人开始想，应该如何帮助这些孩子度过非常岁月？他们也在想，在这样的时候，我们作为成年人，要对孩子说些什么？他们甚至想到，我们也许无法活过这场战争，他们却可能活下来，未来属于他们，在未来的生活中，我们今天怎么做，对孩子才是最好的帮助？

犹太人被关在特莱津，走不出去。可是，作为所谓"模范集中营"，在特莱津内部，他们有一定程度的自我管理。最先关注这些孩子的，是集中营的犹太人委员会。他们在最困难的条件下工作，必须在纳粹给出的最苛严的生存状态的缝隙中，给孩子们的生活一些改善。

在特莱津，当孩子们来到的时候，犹太人委员会有过一次非常困难的讨论。就是如何使得孩子们在集中营的生活变得容易一些。讨论之所以是艰难的，是因为整个特莱津集中营的资源不仅是有限，而是严重缺乏。假如你给孩子多一点居住空间，就意味着本来就已经非常拥挤的成人居住区，要变得更为拥挤。假如你要给孩子们多一口吃的，那么，原先已经处于饥饿状态的成人们，就要再被扣去一份口粮。许多成人由于年迈，由于疾病、营养不良，生命都已经变得十分脆弱，他们本来就挣扎在生与死的临界线上，对孩子们的照顾，很可能就意味着要以一部分成人囚徒的生命作为代价。他们除了生命，已经一无所有。

这样的情况也发生在其他一些以居住区的形式建立的集中营。在波兰的华沙集中营，他们的犹太人委员会主席是一个著名的儿童教育家，在战前出版过许多儿童著作。他尽了自己最大的努力，还是不能改变犹太儿童在华沙集中营的悲惨境遇，最后，他只能以自杀做出抗议。

在特莱津集中营的犹太人委员会担任第一任主席的，是一个30

多岁的年轻人,雅各布·爱德斯坦。他坚持要给孩子优惠的生活条件。他最终说服了那些一开始下不了决心这样做的委员们。爱德斯坦的优惠儿童的措施,最终在吃、住、活动等各个领域里,都落实了。

在特莱津,犹太人委员会先给孩子们争取更多的活动自由。成年和少年囚徒,白天都必须劳动,可是年幼儿童还不能劳动,也就缺少了户外活动的机会。一开始,许多年幼的孩子除了领三餐饭排队去食堂的时间,纳粹规定他们不准走出宿舍楼。特莱津的犹太人委员会对纳粹强调,让孩子有一定的活动,比一直憋在屋里更容易管理。他们利用纳粹也怕出乱子的心理,争取到了一些改善的条件:纳粹同意了犹太人委员会的安排,让一些年轻的犹太人囚徒,和孩子们住在一起,管理和照顾他们的日常生活。经过争取,也能够安排一些囚徒,以消磨时间为理由,带领孩子做游戏、唱歌。在将近一年以后,容许孩子们有一定时间的户外活动。同意男孩在户外游戏时间可以踢球。虽然,在生活上,孩子们相对得到了照顾,可是,雅各布·爱德斯坦知道,在囚禁中的孩子们的眼睛里,有时闪烁着一种异常的眼神,有许多没有问出来的"为什么",却没人能够回答他们。孩子在夜半醒来,他们在空洞的黑暗中睁大眼睛,在寂静中发出轻轻的啜泣声,却没有人能够安慰他们。他知道孩子们的心灵变得超越年龄地复杂起来,可是没有一本心理学的教科书,能够化解犹太孩子的心灵悲剧。

在竭力照顾孩子们生活的同时,他们几乎是本能地,开始考虑孩子们的教育。他们要把知识、艺术和良知,教给孩子,让他们的灵魂得到支撑。可是纳粹严禁对孩子进行任何教育。于是,他们只能利用一切可能的机会,甚至违反禁令。他们把一些教师安排为宿舍的管理员,这样,就可以在带领孩子做游戏的时间里,悄悄地给孩子上课。

幸存的孩子们至今对雅各布·爱德斯坦、对教师们、对关心他们的大人们怀着感恩的心情。是这些大人们,在把生的希望尽可能地留给他们,也在尽可能地保护他们年幼受伤的心。

虽然,爱德斯坦和犹太人委员会,并不能真正保护孩子们免受伤害,因为他们也无力保护自己免受伤害。

一开始,犹太人委员会竭力争取一个年龄的界限,保护12岁以下的儿童不被遣送去东方,可是在1944年,甚至连婴儿都不能免于被遣送的命运。雅各布·爱德斯坦自己,也在1944年被送往奥斯维辛,被杀死在那里。他自己也只是一个集中营的囚徒。可是,幸存的孩子们,在长久地怀念着他,记得他短短的、有点乱乱的头发微卷着,记得他圆圆的脸,戴着圆圆的玳瑁眼镜。他的眼睛很温和,却总是显得忧郁。

犹太人委员会和艺术家们,还利用向纳粹争取来的带领孩子唱歌的机会,不仅使歌唱平衡和安慰孩子的心灵,还把它变成音乐、艺术课和提升精神力量的教育。囚禁在特莱津的音乐家,甚至为孩子们排练了儿童歌剧。其中最著名的一个歌剧,叫做"布伦迪巴"。

歌剧《布伦迪巴》的作者汉斯·克拉萨,是著名的音乐家,他于1899年11月30日,出生在布拉格一个德国籍的犹太律师家庭。汉斯·克拉萨从小就表现出很强的音乐天赋,在幼年,他就能够模仿莫扎特的风格作曲。在11岁那年,他创作的管弦乐曲在当地演出。1927年,他创作的交响乐已经由捷克交响乐团在首都布拉格上演。

汉斯·克拉萨在布拉格参加了一个德国籍的知识分子团体。他们的宗旨是:持人道主义的立场,反对盲目的(对德国的)爱国主义,对他们居住的、看做是自己家乡的捷克斯洛伐克做出自己的一份贡献。他热忱地投入音乐创作,各种形式的作品不断上演。1933年,他的一个歌剧获得了捷克斯洛伐克国家奖。

在纳粹德国占领了部分捷克的时候,在布拉格的90万人口中,有5万名像汉斯·克拉萨这样的德国人。

作为被纳粹迫害的犹太人的一员,汉斯·克拉萨很自然地参加了一个组织，那是由反法西斯的艺术家和布拉格犹太人孤儿院联合组成的。就是在那时期，他为这个孤儿院写了一部儿童歌剧《布伦迪巴》。这个歌剧就是在布拉格犹太人孤儿院首演的。这也是汉斯·克拉萨在被纳粹逮捕之前写的最后一个作品。1942年8月10日，他被送进特莱津集中营成为一个囚徒，他和所有的囚徒一样，失去自己的名字，被编号为21855。

在恶劣的环境中，在死亡的阴影下，汉斯·克拉萨继续着自己的音乐创作。1942年，他用一个钢琴谱，重新为他的儿童歌剧《布伦迪巴》配器。他梦想着让集中营的孩子们也能走上舞台演出。

纳粹为了应付国际舆论和国际红十字会的检查，必须有一些"宽松"的假象。1944年还在特莱津拍摄了一个虚假的纪录片，把特莱津描绘成一个送给犹太人的"礼物"。犹太人委员会和艺术家们，利用这个机会，为孩子们争取到了《布伦迪巴》上演的许可。

带着孩子们演出的，是当年首演《布伦迪巴》的布拉格犹太人孤儿院院长的儿子鲁道夫·弗勒丹菲尔。他还清楚地记得歌剧在孤儿院上演时的盛况。在他和艺术家们的共同努力下，最终，《布伦迪巴》在特莱津集中营上演了。演员都是作为囚徒的儿童，一共演了55场。今天的人们发现，身为囚徒的作曲家，依然长着幻想的翅膀，汉斯·克拉萨新谱写的歌剧，甚至有着20世纪现代音乐的审美感觉。

《布伦迪巴》讲述的是善良战胜邪恶的故事：有两个孩子，进城去为生病的母亲寻找牛奶。他们很穷，没有钱买牛奶，就决定在大街上卖唱。他们动人的歌喉吸引了市民，可是，一个邪恶的手风琴手布伦迪巴，却不准他们唱歌。说那是他的地盘，只有他才能在这里卖艺。他驱赶着那两个孩子。他们害怕地躲在小巷子里。这时，一只小猫、一条小狗和一只麻雀来帮助他们，叫来了很多孩子。两个孩子鼓起勇气，再一次在广场上歌唱，市民们给他们钱，布伦迪巴无法阻挡他们，就试图偷走他们的钱，可是，他终于被抓住，被警察带走了。最后，孩子们一起唱起了战胜邪恶的布伦迪巴的歌。

就在这55场演出期间，向着东方死亡营的遣送还在进行。一些孩子演员演了一半，被送走了。新的孩子接上来演，他们不仅在歌唱，他们也在表达对善和美的坚持和追求。台下的孩子们也在心中一起唱着，那些小小的灵魂显得那么美丽，他们在告诉这个世界，有一些东西，是纳粹和一切邪恶势力都试图摧毁、却永远也无法摧毁的。

1944年10月16日晚上，汉斯·克拉萨从特莱津被送往奥斯维辛集中营，被谋杀在毒气室中。可是，汉斯·克拉萨和特莱津艺术家在孩子们心中点亮的烛火，却依然留在人间。

11岁的汉娜·布兰迪和她14岁的哥哥乔治·布兰迪，当时分别住在女孩的宿舍L410，以及男孩的宿舍L417。在那里，他们分别遇到了最杰出的艺术家和学者。

乔治·布兰迪所住的宿舍L417的一号房间，是由凡特·艾辛格教授管理的。犹太人委员会把他派到男孩宿舍做管理员，就是希望孩子们能够得到一个教师。事实上，艾辛格教授不仅担任教师，还以他特有的热情，在一个沉闷的环境中，激发了孩子们自己都没有意识到的想象力和创造力。

艾辛格教授平等地对待孩子，让他们觉得，自己已经开始长大，能够思考和承担起自己的命运了。幸存的孩子们回忆说，艾辛格教授是很有自己见解的人，可是，他从来不把自己的想法强加给孩子。一方面，他把他们"当做大人"，设法给孩子们带来一个个持有各种不同观点的教授和学者，让他们悄悄地给孩子们做讲座，就在集中营里，智慧的种子在孩子们的心里发芽和生长。另一方面，他总是对孩子们说，在你们这样的年龄，不要过早地形成一种固定的看法。在形成观点之前，你们先要做的，是吸取大量的知识。

14岁以上的孩子已经要干活儿了。可是，艾辛格教授总是安排出时间让他们上课。他带着教师们潜入孩子们的宿舍。后来，德国冲锋队开始突击检查孩子们的住处。他们把课堂移到了阁楼上。每堂课，总有望风的孩子守候在窗口，以防冲锋队的突然袭击。在L417宿舍的男孩们，上着数学、地理、历史，还有犹太民族的语言希伯来语的课程。在他们的教师中，有著名的捷克作家卡瑞尔·珀拉克，他在1944年10月19日被遣送往波兰的死亡营，再也没能回来。

艾辛格教授生于1913年，在被送到特莱津的时候，他只有29岁。他宽宽大大的额头，瘦瘦的，有神而快乐的眼睛。幸存的孩子回忆说，艾辛格教授自己就像一个顽皮的大孩子。他就像是"我们中间的一个"一样和孩子们一起踢球。他常常给孩子们讲一个孤儿院的故事，那个孤儿院是由孩子们自治的，他使得孩子们都对"自治"的生活入了迷。他们开始把自己的宿舍集体叫做一个"孩子共和国"，选出他们自己的"政府"，一个孩子成为政府的主席，开始了他们自己创造的"孩子共和国的故事"。其中，最令人难以相信的，就是一号房间的孩子们，还办了一份地下杂志：《先锋》。

这份杂志刊载孩子们自己的诗、文章，还有人物专栏"我们中间的一个"。杂志有孩子们自己设计的封面，和自己画的插图。当然，在纸张都是违禁品的集中营，他们只是小心地抄写、粘贴出这独一份的手工杂志。那是一份"周刊"，像模像样，他们还在封面上写上"定价"，就像是一本"真的"杂志。在完成之后，他们骄傲地在星期五的晚上，给孩子们朗读杂志的内容，他们小心地翻阅，然后宝贝似的珍藏起来，一期，又一期。

在《先锋》杂志上，还有"文化报告"。在一个"文化报告"中，小记者报道了一个犹太囚徒，奥地利盲人艺术家布瑟尔德·奥德纳来到孩子们的宿舍，给他们带来了几件艺术品，那是他在集中营用捡来的废铁丝，精心制作的动物和人物造型。小记者写道："那真是了不起，一个在25年前失去视力的人，能够顽强地记忆，记住动物和人的形体，还能如此精确和写实地用铁丝把他们塑造出来。"报告还记述了他给孩子们作的精彩艺术讲座。他的创造力，他顽强的生命力，都给孩子们留下了深刻的印象。

一个孩子在杂志上写道："当世界上别的孩子都有他们自己的房间，我们只有'30厘米×70厘米'的一个床位；别的孩子有自由，我们却生活得像是被锁链拴住的狗；当他们的衣柜里塞满了玩具的时候，我们在争取让自己的床头有一小块遮蔽的空间；你要知道，我们只是孩子，就像世界上其他地方的孩子一样。或许，我们更成熟一些（这要感谢特莱津），可是，我们也是一样的平常孩子。"

孩子们坚持一周一周地"出版"他们的杂志，因此留下了最宝贵的历史记录。从1942年12月18日，到1944年7月30日，《先锋》杂志"出版"了总共将近800页。杂志留下了孩子们的诗文，诗文留下了他们的感情和记忆，留下了他们特殊的童年。

这些孩子们的教师都有自己的故事。艾辛格教授有一个心爱的未婚妻。在他被遣送特莱津之后，她最后也被送到特莱津。在那里她也参加了照顾幼小孩子的工作。1944年，就在最后的日子里，特莱津将要面临大批遣送的消息传来。

由于担心遣送会把他们分开。他们决定在特莱津集中营结婚，期待婚姻关系使得他们在被遣送时，能够不分开。1944年6月11日，他们在集中营结婚。那是一个令人终身难忘的囚禁中的婚礼。他们不想惊动别人，就一直瞒着这个决定。可是，艾辛格教授的孩子们，还是知道了这个消息。他们也瞒着老师，偷偷准备礼物和庆祝。特莱津没有鲜花，孩子们请每天去大墙外面干活儿的农工，偷偷运进了一些花朵。他们又一起省下口粮，请食堂偷偷地做了一个象征性的"蛋糕"。

他们还想方设法找到一支钢笔，作为给老师的结婚礼物。艾辛格的妻子回忆说，他们经历了最感动的一刻。

婚后不久，大遣送就开始了。艾辛格的妻子坚决要求和丈夫一起被遣送。他们经历千辛万苦的旅途，抵达奥斯维辛集中营。到达的当天，那里的惨状就窒息了他们生存下去的希望。他们看到饿得骨瘦如柴的囚徒们，他们无力地做着手势，祈求新来的囚徒，扔给他们一点食物。有一个人看不下去，就扔了一点食物过去。一个年轻的女孩跑出来捡，被冲锋队员当场一枪击倒，只见鲜血从她的脸上流过。这就是奥斯维辛。

他们抵达的当天就被分开，艾辛格教授的妻子很快又被送到另一个集中营服劳役。

从此，她再也没有见到艾辛格。

四

乔治·布兰迪在集中营里最牵挂的，就是他的妹妹汉娜。因为父母被遣送走的时候，他答应过爸爸妈妈，他要照顾好妹妹的。可是，在他们被遣送到特莱津的时候，他发现自己能够为妹妹做的事情很有限。汉娜住在另一栋楼，那是女孩子的宿舍L410。汉娜·布兰迪只有11岁，她几乎无法从眼前一连串发生的事情中恢复过来。爸爸妈妈没有了，哥哥也很难见到。可是，她还算是幸运的，就像哥哥遇到了艾辛格教授一样，在L410宿舍，她遇到了一个同是囚徒的女艺术家，一个儿童教育家，她的名字是，弗利德·迪克-布朗德斯。

弗利德是特莱津集中营里的艺术家兼儿童教育家的一个典型。

弗利德住进了汉娜所在的L410楼，那是一栋女孩子的宿舍。汉娜和那里的孩子们，成了弗利德的学生。弗利德完全忘记了自己的遭遇，立即全身心地投入了对孩子的艺术教育。她拼命收集有可能用于

特莱津集中营中的犹太儿童画作。在成人的努力保护下，孩子们即使在恶劣的环境下，依旧拥有了想象的翅膀。

绘画的任何纸张，其中多数是被废弃的用过的旧纸。

弗利德爱孩子，也曾经从艺术教育的角度切入心理学，因此，面对这些被囚禁的、失去父母的孩子，她是最恰当的一个教师。她知道怎样把他们从悲伤的死胡同里引出来。弗利德也去男孩的宿舍，悄悄地给他们上课。有一次，从德国来的一些男孩来到她的课堂上，他们的父亲，当着这些孩子的面，被纳粹枪毙了。他们完全是吓呆了的样子，相互紧紧靠在一起，双手放在膝盖中间。一开始，看到他们，弗利德就转过头去，想忍住泪水，可她回转头来的时候，孩子们还是看到她眼中满含着泪水，并且止不住地流下来。他们一起大哭了一场。然后，他们跟着弗利德去洗手，弗利德像一个教师那样严肃地说，你们一定要把手洗干净，否则不能画画。接着，她拿来纸和颜料，很快把孩子的注意力吸引到她的课程中。

所有来到这里的孩子，都有过自己非常的经历。其必然的结果就是巨大的心理损伤。纳粹所代表的邪恶，毁灭着文明的物质存在，更在毁灭人的心灵。在弗利德看来，保护人类内心真纯、善良和美好的世界,保存人的创造欲望和想象力,浇灌这样的种子,让它开花结果,是最自然和重要的事情。因此,她的儿童艺术教育,是在引导孩子们的心灵走出集中营,让他们闭上眼睛,想象过去和平宁静的生活,想象看到过的美丽风景,让自己的幻想飞翔。她带着他们来到房子阁楼的窗口,让他们体验蓝天和观察远处的山脉,画下大自然的呼吸。

在写出弗利德之前,我在各种不同的书里,读到过弗利德在集中营居住区教孩子画画的故事。直到我读完弗利德完整的人生篇章,我才第一次,对她进入集中营这一时段不再感到吃惊。对于弗利德来说,这是最顺理成章最自然的事情。她热爱孩子,也热爱艺术,探究艺术怎样被引发和生长,怎样表现和丰富人的内心,怎样从心理上疏导释放和打破对自由思维的囚禁,那是她一生都在迷恋地做着的事情。是的,这里的孩子需要她,而她也需要这些孩子。是他们使她在如此可怕的地方,心灵不走向枯竭。

她依然在创造着,在思索着,她也在坚持画画。与其他所有集中营画家的显著区别是,他们都在用画笔记录集中营地狱般的生活,唯有她,依然在画着花卉、人物和风景。她在记录和研究儿童艺术活动的意义和目的,在探讨成人世界应该怎样对待儿童的世界。她问道:"为什么成人要让孩子尽快地变得和自己一样?我们对自己的世界真的感到那么幸福和满意吗?儿童并不仅仅是一个初级的、不成熟的、准备前往成人世界的平台。……我们在把孩子从他们对自然的理解能力中引开。因此我们也就阻挡了自己理解自然的能力。"她还在考虑根据自己的教育实践,写一本《作为对儿童心理医治的艺术》。

在地下室里,她为孩子们悄悄地开了画展。还参与了组织他们排演儿童剧。在最恶劣的现实条件下,她坚持让自己的精神生活在一个正常的世界里。同时,也让这些孩子通过她指导的艺术活动尽量做到:身体被囚禁的时候,精神还是健康和自由的。

这远非像我以前想象的那样，仅仅是出于一个人的爱心，这是从20世纪初开始的，那一个又一个伟大的艺术教育和艺术哲学大师们，一代代交接着的、精神和思想传递的一环。在这里，第一次世界大战无法扼杀的维也纳的艺术学校在继续，被希特勒关闭的包豪斯[①]在继续。弗利德和孩子们在一起，没有建造武器去与邪恶拼杀；他们在构筑一个有着宁静幻想的、健康心灵的，也是愉悦视觉的美的境界。面对强势，他们能够说：有一些能力，是邪恶永远无法战胜的。

五

和弗利德一样，在特莱津，有一大批艺术家和学者，在利用一切可能，持续他们的文化活动，他们举办音乐会、举办学术讲座、排练歌剧，当他们在歌剧中唱出"我们为什么不应该欢乐"，身为囚徒的观众们热泪夺眶而出，继而响起掌声。他们在宣告自己决不放弃快乐的权利，宣告他们的精神不会死亡。他们画画和写诗，也教会了孩子们画画和写诗。孩子们是弱小的，他们的心却在美的教育下坚持善良。

确实很难令人相信，像纳粹这样手中掌握着军队的强大政府，会害怕艺术，会害怕一群艺术家，会害怕孩子们学习艺术和掌握知识。这种内在的虚弱和恐惧，也使得他们在特莱津不断迫害艺术家。

纳粹并不是不清楚自己的行为是反人类的，他们因此才需要掩盖真相、"宣传"假象。

1944年的年中，特莱津集中营的纳粹管理人是冲锋队的上校卡尔·雷姆，他是一个奥地利人。他是特莱津历任管理者中，最热衷于"宣传"的一个。1944年的一个夏日，雷姆把一名担任过导演的荷兰籍犹太囚徒库特·吉隆叫到自己的办公室，命令他为特莱津拍一部宣

---

① 德国魏玛市"公立包豪斯学校"的简称，后改称"设计学院"，是世界上第一所完全为发展现代设计教育而建立的学院。

传片《一个作为礼物送给犹太人的城市》。

许多被纳粹划为犹太人的特莱津囚徒，其实只是有一点犹太人血统的混血儿。因此，从外貌上，甚至和一般的雅利安人没有区别，他们有金色的头发和蓝色的眼睛。雷姆规定，这些犹太人都不准在电影中出现，只拍那些黑头发黑眼睛的犹太人，以突出"典型性"。他命令拍摄伪造的场景，在所谓的邮局，犹太人一个个捧着假包裹从里面出来。还命令拍摄一些犹太人在特莱津城外的河里"游泳比赛"，当然，这在现实的特莱津生活中，是决不容许发生的。具有讽刺意味的是，就在拍摄现场，在"游泳"镜头之外的护城河岸边，一大批冲锋队员荷枪实弹，对着游泳的囚徒，以防他们趁此机会逃跑。

雷姆还安排一辆列车，带来一群从荷兰送来的犹太人，在虚假的欢迎仪式上，雷姆等冲锋队高层官员前往迎接，笑容可掬。雷姆还从车上亲自抱下一个孩子来。影片一结束，一切恢复常态，吉隆回到自己的囚室，那个被雷姆从车上抱下来的孩子，又被送上火车，送到奥斯维辛死亡营。

雷姆的另一个宣传，是他答应了国际红十字会视察特莱津。对于他来说，那是非常简单的事情。他手里有枪，不必担心会出什么"纰漏"。他先确定了红十字会参观的路线，在这一条线路上，他命令加以粉饰。

墙被粉刷了，运来新鲜的面包和蔬菜，甚至运来鲜花抢种。在红十字会到来之前，他亲自参与对囚徒的"甄别"。挑选那些看上去还比较健康的、尤其是容貌可爱的犹太女孩，让他们出现在参观团要走过的地方。甄别的另一个重要内容，就是挑出老弱病残。在红十字会预定要来参观的6月，就在他们到达之前，雷姆下令把7500名"选下来"的囚徒，送往东方的死亡营"解决"掉，其中，包括一批孤儿。

1944年6月23日，国际红十字会如期来临，其中还有丹麦红十字会的主席。他们被纳粹引导着，走过一条被粉饰过的线路，遇到被挑选过的囚徒。在街角，有指定的囚徒在那里演奏莫扎特的乐曲。他们遇到的囚徒，都在威胁之下微笑回答说，他们对特莱津的生活"太满意了"。他们还看到，犹太人是"自治"的，特莱津犹太人委员会是受到纳粹的"充分尊重"的。他们看到，犹太人委员会的赫尔·埃普斯坦博士衣冠楚楚，从汽车里下来，冲锋队的军官还去为他开门。为了这一幕，就在一个星期之前，这些冲锋队员还狠狠地打了他一顿。这位广泛受到犹太人尊敬的埃普斯坦博士，就在红十字会离开的一个月之后，被雷姆下令枪杀了。

雷姆志得意满，"宣传"真是一个得心应手的工具。你只要阻挡人们知晓一些事实，而夸大另一些事实，甚至制造假象，这个世界的舆论就被你操纵了。不仅今天的国际红十字会被轻易蒙骗了，而且，在将来，人们看到由"犹太人导演拍摄"的特莱津纪录片，不是就真的会以为特莱津是纳粹"送给犹太人的一个礼物"了吗？按照纳粹的宣传：现在是战争期间，我们的士兵在前线艰苦战斗，我们为了犹太人的安全，却特地安排他们集中居住，过着衣食无忧的生活，纳粹对这些"劣等民族"的犹太人是何等的慷慨。

宣传最怕的是真相的败露。

就在这个时候，纳粹风闻特莱津犹太人艺术家不仅在画风景，还偷偷地画一些"危险"的画，他们的绘画作品很可能记录了特莱津的真相，也可能偷带到外部世界去。于是，在国际红十字会离开仅仅几个星期之后，一场对艺术家的迫害开始了。

那是1944年7月中旬，特莱津的4名艺术家接到通知，第二天早上去冲锋队的办公室报到。通知他们的是犹太人委员会的人，他也不知道是怎么回事。可是，也许他也感觉是凶多吉少，所以，虽然是7月天，他还是对他们说，你们一定要多穿些衣服。这4名艺术家，是弗利塔、布洛克、乌加和哈斯。

1944年7月17日一早，4名艺术家去冲锋队的办公室报到，那里的人告诉他们，雷姆的司令部的秘书，将负责对他们的案子做调查。这时，又有另外两个囚徒前来报到。一个是年轻的建筑师特劳勒，他在集中营给许多孩子画过肖像，他是那天临时被通知来报到的，因为是个大热天，他只穿了短袖衣服和凉鞋。另一个被叫来的是斯特拉斯，在这次"出事"的人中间，只有他不是艺术家，可是，他也和艺术有关。斯特拉斯原来是一个商人，他非常热爱艺术，迷恋艺术收藏。在特莱津，他是很少的几个经济条件相对好些的囚徒。因为他有一些不是犹太人的富裕亲戚住在布拉格。他们想办法给他带些食物、用品和现金进来。而他身为囚徒，却不久就忍不住故态复萌，开始用他的食物和现金，向集中营里的画家们换他们的作品。所以，他在这里悄悄地收集了一些艺术家的画作。

显然，他在特莱津收藏画的事情，并没有瞒住德国人，那年3月份，冲锋队突袭搜查了他的床铺，从他的床垫下搜出几张画，都是风景画。当时，对画作的追查没有进行下去，只是因为迎接国际红十字会，对纳粹来说是更紧急的事情，转移了他们的全部注意力，使他们暂时放下对绘画的追查。斯特拉斯只是得到纳粹的严重警告，不准他以后收藏绘画。

斯特拉斯并没有停止收藏，他只是把画藏到更可靠的地方。他收藏的画中，有十来张画描绘了特莱津的生活，其中几张他还设法托人偷运出去，带给了他在布拉格的亲戚。替斯特拉斯带画出去的，是担任警卫的两兄弟，是捷克人。也许，就是这几张画惹了祸？他当然紧张，在等候的时间里，他们都很紧张，也很发愁。

弗利塔是最初来到特莱津的艺术家们之一。他和妻子带着他们唯一的婴孩托马斯，一起来到这里。托马斯生下来不久就进了特莱津，被剥夺了受教育的权利。弗利塔就给孩子画了一大本儿童课本。年轻的弗利塔在集中营里，仍然充满热情地用幽默、精彩的卡通画，把牙牙学语的孩子，尽量和这个集中营环境隔离开来。

哈斯也是一个热情的人。在集中营里，他总是尽量给孩子们的生活带来一点乐趣。他在孩子们居住的地方，到处贴了各种注意事项，都是艺术化的招贴，让孩子们看到的时候，心里有一点暖意。

纳粹曾经利用他们的能力，做一些宿舍改建的设计和其他相关的工作。所以，他们几个更容易通过工作，得到一些在特莱津非常紧缺的纸张。他们确实是有意识地在用画笔作记录，他们经常相互说着"暗语"：把这个"写"下来！他们知道这是非常危险的事情。所以，就像弗利德每堂课后都很小心地把孩子们的画藏起来，他们也很小心地随时把画藏在夹壁墙的间壁之中。弗利塔还弄了一个铁皮箱，在里面藏他们的画。在装满以后，他们把铁皮箱埋进了土里。

4个冲锋队的高层官员，开始了对4名艺术家的侦讯。一开始，他们还和艺术家们谈哲学和艺术史，试图在松懈的气氛中，得到他们需要的东西：特莱津内部有没有政治组织？不论是在内部还是外部，有谁在帮助这些艺术家？他们要找出更多的牺牲品。艺术家们拒绝回答他们的问题。

失败的审讯终于使得冲锋队官员失去了耐性。在一声大吼之后，是突然的冷场。多年以后，哈斯回忆说，"他们突然撇下我们离开，我们的感觉就是，我们再也休想回家了。"不久，来了满卡车的冲锋队员，在卡车上，他们看到了特劳勒、斯特拉斯和他的妻子、布洛克的妻子和他们才5岁的女儿、弗利塔的妻子和他们3岁的儿子托马斯、还有哈斯的妻子。

所有的人都沉默着。乌加是一个性格很敏感的人，他突然哭了。

他们都明白，他们前面就是死亡。

在艺术家们被押上车的时候，有一个囚徒恰巧看见，当她知道他们是因为绘画而被抓的时候，她赶紧回去，消息传开了。只要是有画的人，都在紧张地把自己手头的画用各种方式藏起来。

装着艺术家和他们的家属的车子，开始发动了。不知是谁，轻声说，"假如往左开，是带我们去布拉格。假如往右，就是去克莱·费斯屯了。"大家都知道，与特莱津一河之隔的集中营的监狱克莱·费斯屯，那是一个炼狱。在特莱津，人们都说，"没有一个犹太人能活着从克莱·费斯屯出来的"。

六

15000名曾经生活在特莱津的犹太孩子，只有一百多名存活下来。

在战争结束以后，哈斯和死去的弗利塔收藏画作的铁皮箱，从土里被重新掘出，他们的画，都被保存下来了。那些被人们藏在板壁中、藏在阁楼里的画，都被陆续找出来了。

一群本该生活在阳光下的孩子，却在半个世纪以前的奥斯维辛集中营中惨遭杀戮。他们留下的诗句虽然朴素、稚嫩，但是我们却可以从中读出孩子们对生的渴望、对爱的希求、对世界的留恋、对现实的仇恨、对和平的呼唤……那是用无数儿童的生命奏响的来自另一个世界的哀歌。

在"二战"刚刚结束的1945年，8月底的一天，幸存下来的维利·格罗格，那个当年和女艺术家弗利德一起在阁楼里藏下孩子们画作的女管理员，提着一个巨大的手提箱，来到了布拉格的犹太人社区中心。箱子里是将近4500张弗利德的孩子们的绘画。那些画作的主人，绝大多数已经被谋杀在纳粹的毒气室里。纳粹曾经夺去了孩子们的名字，只容许他们有一个编号。在特莱津，弗利德自己不再在画作上签名。却坚持要求孩子们，在画作上签上他们的真实姓名。这4500张画作，绝大多数，都有孩子们自己的签名。

多年以后，面对这些画作，捷克总统哈维尔说："怀着一颗沉重的心，我不止一次地面对这些由特莱津孩子们提供的、关于他们的经历、渴望和梦想的证明。他们把我带回那个时代，我们的国家被纳粹占领、世界在战争之中。我作为一个小男孩，遇到了恐惧、羞耻和挑战。这些画也在唤醒我，那些我或许是无能为力的事情，却使我确实感到羞愧：事实是，我的犹太人同学们被赶出了学校，他们被迫在外套上佩戴区别于他人的六角星，他们被遣送集中营，最后，我活了下来，而那些和我一样的孩子们，却没有能够幸存。"

弗利德的丈夫巴维尔，因弗利德鼓励他学会的木工手艺而躲过一劫，从集中营幸存下来。巴维尔后来再婚。弗利德在进入特莱津之前的画作，在巴维尔1971年去世后，由他的孩子们保存。

弗利德在特莱津集中营的部分作品，成为美国洛杉矶Simon Wiesenthal Center的收藏。

人们一直熟诵着那句名言：在奥斯维辛以后，写诗是残酷的。可是，在很长时间里，人们无法理解和接受：在集中营之中，绘画依然美丽。这些被冒着生命危险保存下来的犹太儿童的图画，曾被久久冷落，没有人懂得弗利德，也没有人懂得这些儿童画的价值。

维利·格罗格说："随着时间的流淌，他们懂了。"

人们终于看到，有这样的一种文化。不仅是一部音乐歌剧的演出，不仅是教会孩子写一首诗、引导孩子们办一份杂志，这是一种信仰的表达。在特莱津，艺术家在坚持正常的创作和教学，学者在坚持他们的学术讲座；艺术家们，不仅为集中营的孩子们，也为生活在今天和以后世界的人们，展示了生活本身的不朽，想象力和创造力的不朽，展示了维护宁静心灵和智慧思索的必要。

将近4500张由弗利德的学生在特莱津创作的绘画作品，现在被布拉格犹太人博物馆收藏和展出，被称为"人类文化皇冠上的钻石"。

尾　声

我们终于在演出前，赶到了华盛顿的肯尼迪艺术中心。

那些幸存的孩子，在离开集中营以后，把特莱津演出的歌剧《布伦迪巴》一代一代地传下来，直到今天，新一代犹太人的孩子们，还在一次次地演出着《布伦迪巴》。

特莱津孩子们的诗歌也被幸存的犹太艺术家们，谱成了歌曲，配合朗诵，成了今天的合唱组歌"我再也没有见到另一只蝴蝶"。

肯尼迪艺术中心是一流的演出场所。可是，剧场的经营者，在里面布置了两个小剧场。小剧场几乎每天都有免费演出。今天的儿童合唱团就是这样的免费演出。11月底了，华盛顿已经转冷，外面还刮着大风。可是，小剧场里坐得满满的，有一多半是犹太裔的老人。在"二战"期间，有600万犹太人被杀害。几乎所有的幸存者，都有一部自己和家庭的苦难历史。演出中，老人们的眼中，一个个泪光闪闪。

在演唱的最后，孩子们一起，用希伯来语唱起一首传唱久远的宗教歌曲。合唱团的音乐指导说，这是当年在特莱津集中营的孩子们都会唱的一首歌。在艰难的岁月里，这首歌总是给他们带来内心的平静。许多孩子在面对死亡的时候，最后唱着的也总是这首歌。我们想到，从某一种角度来说，这些孩子仍然是幸运的。他们的父辈，把他们千年的信仰没有间断地传承下来，传给了他们。他们始终是有一种精神支撑的。这些孩子们是有信仰的，他们相信善和恶不是站在同一个平面上的。

今天的犹太民族把自己的历史记载下来，把集中营犹太孩子们的诗和歌一代代地唱下去，也让孩子们的画一代代地传下去。他们要告诉自己的后代，也告诉我们什么？我又想起汉娜和他哥哥乔治后来的故事，在2001年，由于一个日本女子的努力，也通过曾经担任"孩子共和国"主席的科特·库图克的帮助，乔治·布兰迪在50多年以后，在日本的浩劫教育博物馆，又看到了自己妹妹汉娜留下的珍贵遗物——在那个黑夜里，她最后留在奥斯维辛站台上的那个手提箱。箱子上还清晰地留着汉娜·布兰迪的名字。乔治·布兰迪对日本的孩子们说，他相信，汉娜的遭遇带给孩子们的，是呼吁人与人之间的宽容、尊重和同情。

因为，那些手执屠刀的纳粹暴徒们，作恶而不知卑劣，他们的外貌是凶残的，他们的灵魂却是可卑而可怜的。而这些集中营里的孩子们，画着花朵和蝴蝶的孩子们，他们的精神所站立的位置，远远高于那些纳粹冲锋队员。

孩子们纯净的歌声响起来。

人，是有灵魂的，不是吗？

最好的救护①

◎ 孙君飞

　　弗利德·迪克布朗德斯，是奥地利维也纳的一个普通犹太人家庭的女儿，从小就迷恋画画，通过勤勉实践，终于成为一个著名的画家。

　　弗利德的人生不乏激情和幸福，却偏偏生活在一个异常残酷的年代。

　　在弗利德36岁时，希特勒领导的纳粹已在奥地利横行起来，思想和表达的自由被扼杀，连艺术领域也无法幸免。弗利德孤身一人进行抗争，后来加入奥地利共产党，设计了一些反法西斯的海报。她因工作室藏匿有一些朋友的假护照而被捕，审讯后又被无罪释放。一出监狱，弗利德随即离开维也纳，前往布拉格。

　　布拉格给了女艺术家暂时却宝贵的自由和宁静。在这之前，她曾经接受维也纳政府的邀请，向幼儿教师们教授过艺术课程，现在她更加不能放弃这项艺术教学实验。弗利德跟孩子们相处得十分融洽。

---

① 选自《金色少年》2008年第6期。

有一次，一个孩子问老师，教堂是什么。弗利德回答说，教堂是上帝的家。孩子想了想说："您说错啦，上帝的家是在天堂，教堂是他的工作室。"

除了她坚持不懈的事业，弗利德还在布拉格有了爱人、有了家。有了亲情的抚慰，她的生命出现了新的气象。但这一切那么短暂，随着纳粹对犹太人的公开迫害日益加剧，布拉格风声鹤唳，人人自危。有着犹太人和知名艺术家双重身份的弗利德并不畏惧，即便朋友们苦苦相劝，她仍一如既往地忙着自己的绘画和儿童艺术教育，在危险逼近中继续思考、继续工作、继续相爱——虽然弗利德已经拥有可以安全离开的护照，但她的丈夫却没有机会再取得护照，她要和她深爱着的丈夫生活在一起。

在布拉格，犹太人的处境越来越危险。弗利德和丈夫离开布拉格，躲避到偏僻的乡间。她尽一切努力捍卫原有的生活方式。不停歇地绘画和从事儿童艺术教育。她说："这里如此祥和，哪怕在我生命的最后一刻，我都坚信，有一些东西，是邪恶永远无法战胜的。"

风雨飘摇中，弗利德被迫搬了许多次家，几位亲人在纳粹集中营的死讯陆续传来。很快，他们的遣送通知也到达家里。时间已进入深秋，令人悲伤惊心的情景无处不在。弗利德平静得令人吃惊，她走进一家小商店，对店主说："希特勒邀请我去赴会呢，您有什么保暖的衣服吗？"店主给了她一件灰色的外套，又暖和又结实。弗利德给他钱，他怎么也不肯收下，她只好送给他一幅自己的画作。朋友来给弗利德送行，更为了给她支持的力量。朋友看见她将床单染成深色，有几分疑惑。她解释说，这既耐脏又可以给孩子们演戏做道具。弗利德还盘算着如何带去更多的纸和笔。"她连害怕的时间都没有。"朋友这样称赞弗利德。

1942年的一个冬日，弗利德和丈夫被遣送到纳粹建立的特莱西恩施塔特集中营。

集中营里分别集体居住着男人、女人和孩子，其中有1.5万名孩子。纳粹禁止了所有的教育课程，但是弗利德和其他一些艺术家、学者以文化闲暇活动的名义，开始秘密地对孩子们进行相当正规的教育。弗利德全身心地投入到这项异乎寻常的艺术教育当中，她冒着生命危险，拼命收集有可能用于绘画的任何纸张，其中多数是被废弃的旧纸张。

在这些不幸的孩子中间，弗利德是最称职的一个教师，是最受他们欢迎和热爱的一个天使。她告诉孩子们，集中营可以禁锢人的身体，但永远不能囚禁人的心灵。她引导孩子们闭上眼睛，去想象往昔和平宁静的生活，想象看到过的美丽风景，想象一切美好难忘的事物，让自己的幻想自由飞翔。她抓住机会，带领孩子们来到顶楼的窗口，用心体验蓝天白云和远处的青山，并且用画笔绘出大自然的脉动与呼吸。许多画家在集中营里坚持用画笔记录这里地狱般的生活，可是唯有弗利德依然在画着花卉、人物和风景，而且她也启发孩子们这样去画。她说："为什么成人要让孩子尽快地变得和自己一样？我们对自己的世界真的感到那么幸福和满意吗？儿童并不仅仅是一个初级的、不成熟的、准备前往成人世界的平台……我们在把孩子从他们对自然的理解能力中引开，结果，我们也阻挡了自己理解自然的能力。"她还考虑根据自己的教育实践，写一本《作为对儿童心理医治的艺术》的书。

弗利德热爱艺术，也热爱孩子。在她看来，保护内心真纯、善良和美好的世界，保存人的创造欲和想象力，是最重要的事情。

有一次，从德国来的一些男孩来到弗利德的课堂上。他们的父亲，被纳粹当着这些孩子的面惨无人道地枪毙了。这些可怜的孩子完全被恐惧和悲愤攫住了灵魂，相互紧紧地靠拢在一起，双手颤抖着放在膝盖中间，或者目光呆滞，或者泪流满面，感到世界末日降临到自己头上，自己的性命也不存在了似的。弗利德看到他们，就转过头去，想忍住泪水。但她最终转过头来，和孩子们相偎相依，大哭了一场。然后，她带领大家去洗手。她严肃地对孩子们说："你们一定要把手洗干净，否则就不能画画。"她很快把孩子们的注意力吸引到她的课程中，纳粹的罪恶并没有完全得逞。

在地下室里，弗利德还为孩子们悄悄地开了几次画展，真善美永远不可能被打败。

1944年的秋天，弗利德和其他1500多名囚徒被遣送到奥斯维辛集中营。这些囚徒都是妇女和儿童，他们中的绝大多数被送入毒气室杀害，其中就有46岁的女艺术家弗利德·迪克布朗德斯。

被遣送之前，弗利德和宿舍的管理员一起秘密地包好所有孩子们的画作，搬上阁楼，藏匿在一个安全的地方。在弗利德的要求下，这些画作，每一张都有孩子自己的签名，而她在集中营里的画作均没有签名。二战结束后，孩子们的画作终见天日，现已被布拉格犹太人博物馆收藏和展出，并被称为"人类文化皇冠上的钻石"。

世人熟知：在奥斯维辛以后，写诗是残酷的。但在集中营之中，绘画依然美丽——这是因为其中有世界上对人的最美丽、最有力的救护。

纽伦堡审战犯[①]

◎ 萧乾

萧乾（1910—1999），世界闻名的记者，著名作家、翻译家。

5月间参战纳粹投降时，一共足足抓了20万名大小战犯。如果全弄到纽伦堡这里审，一是没地方关，二是那得审上几年！所以非先缩小范围不可。于是，战犯也分了级。然而光美国方面，甲级战犯就有350名，规模太大。于是，又由甲级战犯中"精选"出23名"主犯"，都是纳粹匪帮的首要人物，其中有希特勒的第二把手、空军司令兼四年计划主持人戈林，有外交部长里宾特洛夫、理论家罗森堡、劳工部长罗拔特·李、内务部长弗里克、刽子手希姆莱的助手弗里克、波兰总督弗兰克等。

这些要犯很少肯低头认罪的。戈林被捕时，身边除了妻子、女儿之外，还有4名副官、2名司机和5名炊事员。他从欧洲各地掳来的各种名画名雕、古玩珍品，足够装满一列车皮。他的金银珠宝也够开个宝石店的。当他见到美军第七军军长帕奇时，还手持一根镶了24只金鹰

---

① 选自《玉渊潭漫笔》，萧乾著，上海人民出版社1999年版。

纽伦堡审判是 1945 年 11 月 20 日到 1946 年 10 月 1 日第二次世界大战结束之后在德国纽伦堡举行的国际战争犯罪审判。23 名被同盟国认定为"主要战争犯"中的 21 人被推上了历史的审判台。

的短杖。他厚着脸皮说:"战争就像踢一场足球,谁赢了就该握握输家的手,一切都忘记了。"帕奇严厉地要他把短杖交出来。他居然说:"这是我的权威的象征。"帕奇说:"你现在已经没有什么权威啦!"

当时戈林是关在一座古堡里接受预审。负责看管他的是美国战略轰炸军司令斯帕兹。第二天他就被押往德奥古斯柏格,改由第七军看押。当时他还囚在三间套房里。用餐时,美国军官弹起钢琴,他也马上回屋取来他的手风琴合奏。他真以为那只是踢输了一场足球,还是故作镇静?

其实,这家伙被捕后一直两手发颤,脸上不断出汗。他随身带了16只手提箱,里边放的是他历年从希特勒那里获得的各种勋章奖状。但是,他身上还藏了两粒随时可以致命的毒药——那原是为潜艇水手万一在海底遇难而浮不上来时服用的。这个胸脯挂满勋章的家伙并不是什么英雄。他怕打雷,一听到雷声就浑身颤抖。

他是在听到判他死刑而且没有可能减刑的时候才决定吞那两粒毒药的。那晚10点半,穿着丝绸睡衣的这个胖家伙上了厕所。犯人在里边,看守从外边照样可以看到他的双腿。这时,狡猾的戈林捏碎了他手托着的烟斗，毒药就藏在里面。吞下不久，他就抽搐起来。这时看守才发现。他最后倒是干了一件"仁义"之事：他在遗书中坦白了自己两次转移毒药的经过，希望不要怪罪看守。

三号战犯纳粹外交部长里宾特洛夫是1893年出生的，早年在加拿大当过银行小职员，所以英语很地道。在审讯时，他最爱说的是："我患了健忘症。"这样，他就可以一问三不知。他还有个便宜：由于懂英语，在供词的翻译过程中，他就可以从容地想法应付了。

这家伙很会向上爬，他在1919年当上了德国香槟酒巨商的女婿，干起出口生意。后来，他感到德国共产主义运动影响了他的香槟生意，同时，为了在政界混点名堂，就投奔了纳粹。当时希特勒迫切想了解英美情况，很快他就成了这混世魔王的外交顾问。1935年他以纳粹特使身份赴伦敦签订了《英德条约》，那是纳粹废除《凡尔赛和约》的开始。后又当上了驻英大使。他举止动作处处模仿希特勒。英国国王接见他的时候，他本应握手，却举起右臂行希特勒式礼，从而成为英国幽默杂志《笨拙》的嘲笑对象。法国大使有一回埋怨说："我没法跟里宾特洛夫交谈，因为他只听得见自己的话。"

这家伙一生最得意的事是，曾去莫斯科签订了《苏德协定》，从而使希特勒放手在西欧大干起来。然而在纽伦堡的囚室里，他连自己的被子都不会叠。对于杀害犹太人的罪行，他始终佯装一无所知。

然而在纽伦堡，凭的是证据而不是言词。要犯除了希特勒在投降前就自杀了，鲍尔曼在逃之外，其余23名通过审讯和反复调查对质，揭露出许多骇人听闻的罪行。主要是迫害犹太人和进步人士的暴行。奥斯维辛、布痕瓦尔德、贝尔森、达豪……惨死在每座集中营的人多则几百万。

审理完毕，在处理之前，犯人准许每天可同家人相聚一个小时。老婆们多带着儿女来探视，心里相互明白这也许是最后的一次相聚。

原纳粹海军总司令凯特尔干脆拒绝与家人见面，有的家人仍关在前苏联战俘营里。

然后，凡判死刑的就一个个地上了绞刑架。

罪行不够判死刑的战犯，有的一直活到80年代。海军上将杜尼兹和军火部长斯庇尔辞世前都写了忏悔录。曾当过希特勒副手的希斯也活得很长。1940年他曾空降到英国来劝过降，他被判无期徒刑。事实上他早已神经失常了。

1946年联合国通过禁止以种族或宗教歧视而进行屠杀的公约，当时美国代表拒不签字，因为当时美国仍在实行种族隔离制度——1948年美国才在军队中，1954年在学校中废止了种族隔离，然而白人先天的优势至今却依然存在。在纽伦堡，盟军并未对二战的罪魁祸首希特勒做缺席审判，然而在法庭上一位德籍律师却说了一番值得深思的话。他说："曾经在精神和文化领域里出现过那么多杰出人物的德国，何以竟向希特勒这样的人高呼万岁，并且跟着他陷入人类最残酷的一场战争呢？"他呼吁："要让新一代的年轻人一定睁开眼睛正视独裁主义这个祸根。它践踏正义和自由，用恐怖、腐化、谎言的手段进行统治。它藐视人权，最终使人民陷入水深火热的战争。"

欧洲教育（节选） [1]

◎ 罗曼·加里

罗曼·加里 （1914—1980），法国作家，俄籍犹太人后裔，著有长篇小说《如此人生》、自传体小说《童年的许诺》等。

这是一部描写波兰的反法西斯抵抗运动的小说。以《欧洲教育》为篇名，颇具哲理意味："欧洲一直拥有世上最好、最美的大学，在那儿产生了我们最美好的思想，给最伟大的作品带来灵感的思想，就是自由、尊严和博爱这些概念。欧洲的大学是文明的摇篮。但还有另一种欧洲教育，我们当前正在接受的教育：行刑队、奴役、酷刑、强暴——摧毁一切令生活美好的东西。"有着悠久文明的欧洲，曾是两次世界大战的发源地，这看起来不可思议，却实在值得今天的人们去深思。

冰雪吞没了森林，枞树梢有时也隐而不见，万籁俱寂，好似到了世界末日。然而，森林继续收到来自坚持同一个战斗的各条秘密阵线的消息；从希腊、南斯拉夫、挪威、法国传来无数生命的气息，无数暗

---

① 选自《欧洲教育》，（法）罗曼·加里著，王文融译，人民文学出版社2006年版。

藏希望的心跳。游击队员们觉得，发出这些信号的国家和往往他们只知其名的星辰一样遥远，而他们自己的决心，自己对希望的坚守，在其中得到了回响。游击队员纳杰日达似乎无处不在。扬内茨[①]早已不再琢磨他是谁了。如今，每当某个同志在火边郑重其事地提到他，回忆他们的指挥员传奇般的功绩时，扬内茨只微微一笑。

"前天夜里他好像又轰炸了柏林，全城只剩下颓垣断壁。"

他们心满意足地抽着烟斗。

"在南斯拉夫，德国人被他气疯了。那里到处是山，打游击自然比这儿，比平原地区容易。"

"他在这儿也干得不错。"

"有一点是肯定的：他是华沙犹太人的领导。听说犹太人聚居区发生了暴动，他们像狮子一样战斗。"

"这个念头是大约两年前产生的。"朵布兰斯基[②]在夜色中边走边向扬内茨解释，"当时的处境特别艰难：我们的领导人几乎全部战死沙场或被德国人逮捕。为了重整旗鼓和迷惑敌人，我们编造了游击队员纳杰日达，这个打不死、永不败、敌人根本无法抓住、任何力量也阻挡不了的首领。我们编织这个神话，就好像夜里唱歌给自己壮胆。但是，他突然变成有血有肉的人，真真切切活在我们中间的那一日迅速到来。每个人似乎真的听命于某个不朽的东西，任何警察，任何占领军，任何物质力量都无法损害和动摇的东西。"

每当扬内茨聆听音乐，或朵布兰斯基打开小学生的作业本，给他们读一篇回肠荡气的故事时，一份几乎无忧无虑的快乐便朝他袭来，仿佛不朽的气息轻拂着他的脸。当他把佐西娅抱在怀里，面颊紧贴她

---

① 主人公杨内茨的父亲和兄弟为德军所杀，母亲被德军捉去。他找到游击队，经过战斗的洗礼，成长为波兰军队的一名军官，并在二战结束后考入了华沙音乐学院。

② 游击队员。

的面颊时，当他独自在冰天雪地的森林里站岗，吓得发抖，握着手榴弹，披着夜色等待黎明时，传奇式的游击队员突然出现在他身边，用胳膊搂住他的双肩，扬内茨觉得周围存在着一个绝对的信念，人类不可战胜的信念。如今他知道父亲没有向他撒谎，凡重要的东西是决不会死的。

德国人也终于明白他们抓不到的这个不可战胜的敌人究竟是谁了；他们知道他藏在哪里，知道要杀他，把他从千万颗心中夺走，简直是痴心妄想。后来在纽伦堡审判中——提到的严厉命令，是希特勒亲自从柏林向盖世太保在波兰的所有参谋部下达的：识别和逮捕所谓游击队员纳杰日达的一切努力应立即停止，"因为不存在任何冠以此名的敌人"。官方函件中从此再也不提"敌人出于宣传和心理战需要而编造的这个神话般的人物"。一名双重间谍想讨好游击队员，兹博洛夫斯基三兄弟从他手上得到了一份上述命令的复印件，朵布兰斯基向游击队员们宣读，在哄堂大笑和嘲弄的叫喊声中逐页翻译这份通报：看到惶惶然不可终日的警察官僚机构竭力否认某种东西的存在，尽管这种东西实实在在活在他们心中，填满他们的肺，在血液的每个分子中汩汩流动，他们觉得滑稽透顶。

在与其他游击队员一起出席宣读会，听他们嘲笑压迫者试图螳臂挡车的可笑行径时，扬内茨忽然黯然神伤，甚至有点绝望：他头一次确信父亲已死。佐西娅发觉了忧郁投在他脸上的阴影，怯生生地紧握他的手。扬内茨对她说了下面这番话，嗓音中的苦涩不再有年龄之分，却带有早期教育和人生经验所给予他的排除幻想的成熟印记：

"朵布兰斯基在翻译时应该加几个字。当他们肯定凡重要的东西决不会死时，这句话其实意味着一个人死了，或者即将被杀死。"

"你生气了。别这样。"

"我没生气，佐西娅，可是我毕竟学到了一些东西。他们把我们送进一所好学校，而我始终是个好学生。我们受到了非同一般的教育。你记得塔戴克·赫姆拉吗? 他把这叫做'欧洲教育'。当时我太年轻，并不理解。而且，他知道自己就要死了，所以总讲反话。可现在，我明白了。他说得对。他含讥带讽称作的欧洲教育，是指他们枪毙你的父亲，或者你以某种重要东西的名义杀人，抑或你饿得要死，把一座城市夷为平地。我告诉你，你和我，我们上了好学校，真正受到了教育。"

佐西娅轻轻抽出她的手。

"你不爱我了。"

"你怎么这样说? 为什么?"

"因为你不高兴。当你爱一个人的时候，不会为任何事情不高兴。你瞧，我也学到了一些东西。"

扬内茨如今15岁了。当他手持机枪，与"绿林好汉们"穿行在白雪覆盖的森林中，当他背着隐蔽在树枝中的炸药包朝某个前哨阵地走去，抑或他出神地望着全体游击队员都藏在身上的那片氰化物时，他觉得该学的东西其实已所剩无几，他尽管年轻，却是个有知识的人。他热切地期盼有机会证明自己比得上那些与他同甘共苦，但有时仍视他为孩子，怀着些许优越感对待他的人。自由的脉搏，这从欧洲各个角落传来的愈来愈强、愈来愈清晰可闻、直至在这片荒僻的森林中回响的隐秘的跳动，使他幻想建立丰功伟绩，完成惊世壮举，让游击队员纳杰日达以他最年轻的新兵为荣。

一个由10名德军士兵组成的小分队占据了维列卡河畔的一座破房子; 这是敌人在森林周围设立的众多监控哨所之一，他们妄图包围游击队员、使他们与外界隔绝。河上结了厚厚的冰，士兵们清扫积雪，开出一块溜冰场，常常笑闹欢叫着在冰上嬉戏。

扬内茨仔细拟订了计划，没有跟游击队员们讲。他开始一周数次背着柴捆过河。他在哨所下游一公里处偷偷走出森林，然后溯河而上，像来自维尔基似的来到检查哨，请求允许到河对岸森林起始处捡柴。不久他回到河这岸，被沉甸甸的树枝压弯了腰。有时他在溜冰场旁卸下重担歇一会儿，一脸羡慕地注视着德军士兵玩耍。士兵们最终邀请小伙子跟他们一起玩，借给他冰鞋，对他非常友好，还请他进哨所喝咖啡，吃巧克力。

德军士兵感到与世隔绝，非常烦闷；很快，他们接受了这个没有表现出任何敌意且极易接近的小波兰人。他们拿出妻子、子女、未婚妻和狗的照片给他看。有时，呆在他们中间听他们笑，望着他们年轻的脸，吃着他们的定量（食物），扬内茨感到愧疚，心里发紧；他必须发挥想象力，才记起这些年轻人是不共戴天的敌人。

一天，他在树枝间塞了几个炸药包，把柴禾扛上肩，走上结冰的河。天气十分寒冷，德国士兵呆在哨所内，一定在围炉取暖；烟囱快活地冒着烟。只有一名士兵在跑道上学滑冰。他滑得很糟糕，总在滑圈儿当中跌倒，然后为他的笨拙开心得大笑。

德军士兵像老朋友一样欢迎扬内茨；他们有的喝咖啡，有的玩纸牌，还有的在睡觉。他把柴捆扔在一个角落里，喝了一杯给他端来的滚烫的咖啡，吃了一块巧克力，然后向他们借了一双冰鞋。他并不害怕，心跳得不比往常快多少，心里只想着眼前的好东西，这些巧克力、咖啡、白糖、罐头，即将一起毁掉。他多么想收起这些配给的食品，尤其是巧克力，拿去送给佐西娅。

他启动衣兜里的发爆器，把它塞到树枝和炸药包中间，然后去滑冰。他试图尽量远离哨所，但溜冰场周围的冰凸凹不平，他只得危险地呆在房子附近，它的烟囱继续平静地冒着烟。那个士兵费了大劲儿才在冰鞋上站直，但只要一动便立即摔倒，又骂又笑。他们和房子之间大概有五十余米。时间过得很慢，扬内茨正在想发爆器没有发火时，爆炸突然发生了。他当胸挨了一击，被向后抛去，但立刻站了起来。

　　士兵也被气流掀倒，现在他坐在冰上，嘴巴大张，两眼发呆，神情惊愕地望着废墟上冒出的一股股黑烟。这是个健壮的青年，身体像运动员一样结实，头发金黄，面颊红润，有双蓝色的眼睛。他想站却站不起来，摔倒了两次才终于在冰鞋上站稳。他像落水者似的摇摇摆摆朝河岸走，再次跌倒又爬起来，这时他发觉扬内茨手里有把枪。他呆若木鸡，矛盾的表情使脸变了形，对亲眼所见的拒而不信，渐渐被恐惧和困兽的绝望所取代。他终于把视线从武器上移开，企图逃跑，但立即跌倒了。滑冰是扬内茨的拿手好戏；他开始围着那个士兵滑了一圈，手里拿着父亲给他的枪。这是一把小口径白朗宁自动手枪，所以他必须靠得很近才瞄得准。幸于士兵无法自卫或逃跑；正当扬内茨慢慢围着他绕圈，而且越绕越近时，他一直坐着在原地转，以便和扬内茨面对面。后来他又挣扎着站起来想跑，却仰面跌倒，双臂交叉于胸前，两腿分开，活像一只四脚朝天的昆虫。他似乎认了命，直起身坐起来，忧愁地望着扬内茨手中的枪，等着枪响。当扬内茨滑完最后一圈，离他不到两米时，年轻的士兵低下了头等着。他没有着军服上装，只穿了一件厚套头衫，围了一条色彩鲜艳的围巾，丝毫没有士兵的样子。他坐在那儿，垂着头，金发在阳光下闪着光，双手抱着膝盖。扬内茨终于停下来，举起了枪。他忽然有种感觉：他即将杀死的是个在冰场上滑倒的普通运动员。但他仍然毫不犹豫地开了枪。

　　接着他迅速滑到岸边，脱下冰鞋，在房子的废墟中搜寻起来。上天对他是仁慈的：他找到100来块巧克力和一袋白糖，还回收了一些咖啡和几乎全部罐头，尤其是熏鱼罐头。他几次过河，把带不走的东西全埋在林子边树下的雪地里。然后他把满满一口袋东西扛在肩上，朝白雪皑皑、静谧无声、时而只听见乌鸦叫声的密林深处走去。他觉得自己终于不再是个孩子；他变成了一个真正的男子汉，一名机智坚定的游击队员，能够顺利完成爱国任务，像最优秀的战士一样为自由英勇杀敌。不过这种激昂欢快的情绪没有持续多久。

他走了5个小时才抵达克里连柯、朵布兰斯基和赫罗玛达各小组躲藏的沼泽地。也许是过分疲惫的缘故，或不过是神经紧张产生的反应，他心里有个东西突然碎了。他向游击队员们详细汇报了他的行动，把那袋食品扔到他们脚下，非但不回答他们兴奋的问题，对他们亲热的拍打和佩服的点头不感到高兴，反倒哭了起来。这是他加入游击队以来头一次流泪；心里充满莫名其妙的怨恨；他透过泪水定睛望着他们，眼光近乎凶狠。面对他们吃惊的问题，他只能晃晃脑袋，而当他们终于默不作声，把他独自丢下时，他挽起佐西娅的胳膊，拉着她往外走。

他们在悬于封冻沼泽地上方的木桥上缓缓走着，来到冻在烂芦苇丛中的小艇旁边，停下了脚步。在所有他想说，想喊，在他心头全部的愤慨中，只剩下这句用颤抖的童音说出的话：

"我想当音乐家，大作曲家。我想一辈子听音乐，演奏音乐——一辈子……"

他注视着周围的冰雪世界，那里没有任何东西动弹，一切仿佛注定没有变化，没有破壳出雏，没有再生，没有萌发新芽，没有复活，直至混沌初开；那里一切注定如初次犯罪的日子，注定大开杀戒；那里地平线是周而复始的往昔，未来不过是件新的武器；那里胜利只意味着新的战斗，爱是障眼法，恨禁锢人心；一如冰冻住了这只张开桨却无法划的小艇；而握在他手中的佐西娅的小手，变成了严寒天地中的一粒冰屑。她用胳膊搂住他的脖子，靠在他身上也哭起来，不是因为心中有无法化解的忧伤，而是因为他那样伤心，那样茫然若失，她不知如何帮助他。

只有朵布兰斯基明白少年心中发生的事。次日清晨，当他们一起穿过芦苇丛去接替在沼泽边缘站岗的游击队员时，他对他说：

"快结束了。也许来年春天。我向你保证，到那时再也没有仇恨，再也没有杀戮。你等着瞧。和平，建设一个新世界……你等着瞧。"

"他坐在冰上，"扬内茨说，"穿着冰鞋，脖子上围着色彩如此鲜艳的围巾——肯定是他母亲或未婚妻给他织的——，他年纪不比你大。他看都没看我。他接受了，垂下头等枪响。我瞄准，然后开了枪。"

"你只能这样做，扬内茨。这是他们的错。是他们发动了这场惨烈的战争。"

"总有人发动战争。"扬内茨怒气冲冲地说，"塔戴克·赫姆拉说得对。欧洲有最古老的大教堂，历史最悠久、最著名的大学，最大的书店，人们受到最好的教育——据说大家从世界各地来欧洲求学。但临了，这大名鼎鼎的欧洲教育所教给你的一切，是如何找到勇气和正当理由去杀人，一个根本没招惹你，穿着冰鞋坐在冰上，低着头等死的人。"

"你学到不少东西。"朵布兰斯基忧郁地说。

他在深至膝盖的雪地里停下脚步，仰头讲了起来。他谈自由、友谊、进步、和平、友好和博爱；他谈到各国人民在劳动中团结起来，共同努力去发现世界的意义和秘密；他讲文化、艺术、音乐、学校、大学、教堂、书籍和美……扬内茨突然觉得朵布兰斯基不是在说，而是在唱。他站在雪地里，敞开的黑皮大衣露出里面的军服上装、肩带和窄窄的肩膀，两眼闪烁着希望和快乐之光，照亮了他那张俊美的脸；他举着胳膊，不停地做着手势，与这种活跃形成对照的，是周围树木冷漠的、在扬内茨看来几乎带有奚落和敌意的静止不动。他不是在讲而是在唱。他唱着，人类不朽之歌的全部力量和美，在他富于灵感的声音里激荡。——以后将永远不会有战争，美国人和俄国人即将亲如兄弟，合力建造一个幸福的新世界，一个恐惧和担忧永被驱除的世界。整个欧洲将获得自由，团结一致；死而复生的精神将超过人在最有灵气之时的想象，变得更丰富多彩，更有建设性。

"世世代代，"扬内茨心想，"有多少夜莺曾在黑夜中这样歌唱？有多少夜莺似的人，自信而激奋，唱着这首美妙的永恒之歌死去？在歌中的诺言未兑现之前，有多少人还会在寒冷、痛苦、轻蔑、仇恨和孤独中丧生？还需要多少世纪？还会有多少人生，多少人死？多少祈祷和梦想，多少夜莺？多少眼泪和歌曲，多少黑夜中的声音？多少夜莺？"

扬内茨只有15岁，比他的朋友小10岁，但一种温暖的、保护者的、近乎父亲般的感情，忽然使他觉得和大学生的心贴得更紧。他注意不露出讥诮的神色，不摆出高人一等、知根知底的样子。他努力不微笑，不耸肩，不尖刻地问："多少夜莺？"

他把手搁在大学生的肩头，轻轻对他说："走吧。他们在等我们，一定等得不耐烦了。"

永远的白玫瑰 ①

◎ 虎头

　　虎头（1958—），本名冯晓虎，虎头为其笔名，当代学者，德语教授，著有《沉浮莱茵河》、《瞧，大师的小样儿》等。

　　在德意志俊杰的评选中，舒和兄妹得到了500万张选票，位居音乐家巴赫和世界文豪歌德之前！舒和兄妹的伟大，不仅在于他们在恐怖中揭露了纳粹的暴行，不仅在于他们拥有响遏行云的"平民勇气"！也不仅在于他们显现了为追求自由与尊严笑对死亡的力量！尤为可贵的是他们揭示了一个触及人们灵魂深处的真实：沉默服从纳粹的德国人即是纳粹罪恶的胁从犯！历史上所有的暴君都是被沉默胁从的人民惯出来的，每一个具体的"人民"都是有责任的。每个人都应该拷问自己的良知，一个人造就不了希特勒，在整个民族被狂热扭曲的时候，你在做什么？

---

① 　选自《2004年最具阅读价值散文随笔》，程德培主编，上海社会科学出版社2005年版。本文有删节。白玫瑰是舒和兄妹反法西斯小组的名字。

2003年11月28日于我是个难忘的日子。它之所以难忘,并非因为它是个星期五,而是因为德国电视二台(ZDF)的一个节目。当时我刚吃过晚饭,坐在柏林东边轻轨环线之外的礼光区舸碧街学生宿舍九楼的更上层楼斋里,因为喝了点革命的小酒,朦朦胧胧干不成活儿。窗外是北德漫长的冬夜,门口则毫无美女来访的迹象,一切都昭示着今夜无望遭遇激情。我只好开始叠昨天洗完的袜子,一边打开那台老掉牙的彩电听个声儿,预备叠完袜子睡觉。

德国电视二台正播"德意志俊杰",评选德国历史上最优秀的十大名人,跟咱们评"体育十佳"差不多,每个候选者都有专家介绍,然后当场由观众打电话评选,最后完全按观众的投票决定排名。我边叠袜子边漫不经心地看着。咱们虽然是第三世界的穷教授,但电视台这种招徕观众的传统招术却并不陌生。能有什么精彩?

精彩超乎想象!

因为这个节目,我在这个晚上正面遭遇激情。

当时节目里正介绍舒和兄妹。

哥哥汉斯·舒和(1918—1943)　　妹妹索菲·玛格达莱娜·舒和
（1921—1943）

1978年我16岁，那时我就开始与德语发生关系。然而直到25年之后的2003年，我才第一次听说舒和兄妹，可见他们并非什么了不起的政经泰斗。哥哥汉斯与妹妹索菲都是慕尼黑大学的学生，哥哥学医，妹妹学的是生物与哲学，也没什么了不起；哥哥比妹妹大两岁多，更没有什么了不起；哥哥死时24岁，妹妹死时22岁，显然都还来不及成为了不起的明星。他们俩死于同一天同一个地点，这比较少见，但认真说起来，也没有什么了不起。

真正了不起的，是他们为什么而死。

1943年2月22日下午4点到5点，离希特勒的纳粹德国彻底灭亡不到1000天，他们在慕尼黑斯塔德海姆的盖世太保监狱被处决，因为他们在慕尼黑大学散发反纳粹传单。与德国传统的严谨拖拉相反，纳粹法庭的效率惊人，2月18日他们被捕，22日审判，当天就执行了。

舒和兄妹如此年轻，他们并不想死，可奇怪的是他们却不怕死——因为他们知道自己为什么而死。妹妹索菲在笑赴刑场时说：

"多么美丽的艳阳天啊！而我必须离开。可今天在战场上又有多少人要死去，那么多充满希望的年轻生命……如果我们的行动能唤醒千百万人民，那我们虽死何憾？"

在他们被处死之前，为了提高这次死刑的警示意义，纳粹"人道"地让父亲罗伯特、母亲玛格达莱娜和其他兄妹与他们见最后一面，妹妹英格·爱茜·舒和因此而有幸亲历这对英雄兄妹的最后一刻：

"先带过来的是汉斯。他身着囚服，但步履轻快，仪容庄正，毫无惧色。他的面孔消瘦，好像刚刚经过一场大战。他亲切地弯腰越过隔离线和每个人握手。他说：'我没有仇恨。我已经超越了一切仇恨。'"

"爸爸拥他入怀，说：'你们一定会被载入史册的。上天自有公理在。'"

"他嘱咐问候所有的朋友。当他最后说到一个姑娘的名字时，一滴眼泪出现在他的脸上。他隔着隔离线弯下腰来，不想让任何人看见自己的眼泪。然后他就走了，像来时一样镇静。"

"之后，一个女看守带来索菲。她穿着自己的衣服，镇静悠闲地走过来，腰杆像标枪一样笔直。没有任何地方能像监狱一样让你那么快地学会挺直腰板走路。她满脸洒满阳光微笑品尝着家里带来的甜食：'谢谢。我还真没吃午饭呢。'"

"这是在生命的最后一刻对生命的非常肯定。"

"她也瘦多了，可妈妈注意到她皮肤娇嫩，容光焕发。"

"'你再也回不了家了。'妈妈说。"

"'不过几十年而已，'她轻描淡写地说。然后她像汉斯一样加重了语气：'我们做了力所能及的一切。星星之火，可以燎原。'"

"我们最担心的就是妈妈无法承受同时失去两个孩子之痛。可今天妈妈的勇敢和镇静让我们的担心显得多余。索菲明显放下了心。"

"妈妈再次对她说：'索菲，耶稣与你同在。'"

"索菲坚定地、有点像下命令似的说：'还有你，妈妈。'然后她也面带微笑，无畏无惧地走了。"

"正式行刑之前，狱卒把索菲、汉斯和他们的同志克里斯蒂安·普罗普斯特安排到一起，他们共同抽了生命中的最后一根烟。只不过几分钟而已，可这几分钟对他们有着非同小可的意义。"

"'我从来没想到死有这么容易。'克里斯蒂安说，'再过一会儿咱们就能在永恒中再见了。'"

"然后他们便分赴刑场，索菲是第一个。她连眼皮都没眨。我们从来没想到这个姐姐这么勇敢。刽子手也说他从来没见过这样视死如归的死刑犯。"

"在行刑的一刹那，汉斯高喊一声：

"'自由万岁！'"

科学研究证明，人类作为一个生物物种，其个体最大的恐惧就是死亡，因为个体死尽即意味着该物种的灭绝，所以人怕死，跟咱们肚子里的胆的大小其实毫无关系。关系在基因那儿。那么，要有怎样坚定的信念，才能让舒和兄妹超越这种植根于基因中的恐惧？

那是信仰。

舒和兄妹的信仰是：纳粹这样的暴政没有理由在我们这个星球上存在。

他们对纳粹的憎恨并不是从天上掉下来的。相反，他们都曾狂热地信仰过纳粹。汉斯15岁就加入了希特勒青年团，索菲12岁时也加入了德意志少女联盟，他们热切地参加纳粹组织的一切活动，并因他们的热情和创造力而先后成为这两个组织的佼佼者。

你的所作所为就是你的命运。希特勒把所有反对自己的人都称为"叛徒"，并始终认为自己失败的主要原因在于"背叛"。他到死都没有弄清楚，真正让这些早先的狂热追随者变成"叛徒"的并非别人，正是他自己。所以他变成"不齿于人类的狗屎堆"，乃是他自己为自己所规定的命运。

1942年大学放假时，汉斯接到命令和同学一起去俄罗斯前线野战医院实习。出乎纳粹组织者意料的是，这三个月旨在坚定纳粹信念的实习却让汉斯有机会与战争零距离接触，前线横飞的血肉和冰冷的死亡让本来就对纳粹信念开始动摇的汉斯彻底认清了纳粹的实质。

回到德国，汉斯身边发生了一系列的事情：抱着吉他弹唱俄罗斯与挪威民歌被禁；看史蒂芬·茨威格的小说《人类群星闪耀的时刻》也被禁；一个敢于说真话的年轻老师莫名失踪；当然，还有德国历史上最黑暗的一页：对犹太人的迫害。这些事情像沼泽地的腐叶一层层堆积上来，让汉斯胸中块垒横陈，不吐不快。

1942年夏天，盟军大规模空袭科隆之后，亚历山大·施摩莱尔和汉斯·舒和第一次散发了他们自己印刷的传单。传单的第二个主题是反抗纳粹暴政和争取个人自由。它的最后一个主题在纳粹统治的无边暗夜中弹响了振聋发聩的金属之音：沉默服从纳粹的德国人即是纳粹罪恶的胁从犯！

沉默的胁从犯。这是一个很重的罪名，然而在人类历史中却是一个常见而精当的罪名。

人类自从有社会那天起就有"主流民意"。猛人创造历史，少数服从多数。社会的主流是各色各样的猛人，代表多数的主流民意经常就是这些猛人的意识。主流民意的传染性超过非典，一旦降临必横扫千军如卷席。

舒和兄妹，就是千百年来德国可屈的一个指头。1942年的德国，普通民众受戈培尔②恬不知耻的法西斯宣传荼毒既深，很多人对纳粹教义奉若圭臬；剩下的虽然对纳粹教义未见得心仪，但德意志民族根深蒂固的"执行命令不是犯罪"的服从心理让他们宁愿在现实面前闭上眼睛。

舒和兄妹的伟大，就在于他们敢于挑战这种怯懦的"主流民意"。在第二号传单中，他们向德国民众揭露了纳粹在波兰屠杀30万波兰犹太人的暴行；在第四号传单中，他们写道："我们不再沉默。你们不幸而有我们——你们的良心。白玫瑰定要教你们暗夜难眠！"

实际上汉斯和索菲既非手握重权的封疆大吏，又非名满天下的博导，更非动动嘴皮子就来百万的明星，他们不过是两个普普通通的大学生而已。无论从哪个角度看，都不是理应铁肩担社会道义的民族精英，天下兴亡，干我甚事？努力念书，毕业弄个肥缺赶紧买车买房是

---

① 保罗·约瑟夫·戈培尔（1897—1945），纳粹德国国民教育与宣传部部长，被认为是"创造希特勒的人"。

正经，何必费心费力去反希特勒，功名利禄没指望不说，弄得不好盖世太保一来，肥美人生可就现场玩儿完了！以区区两个大学生与希特勒的纳粹战争机器对抗，不是以卵击石，又是什么？

当时，绝大多数德国人都是这么想的。

正因为当时绝大多数德国人都是这么想的，所以希特勒才能横行天下，所以希特勒才能杀人如麻，所以希特勒才能先给犹太人，然后给德国人带来如此绝世灾难。

历史上所有的暴君都是被沉默胁从的人民惯出来的。所以对暴君的出现，每一个具体的"人民"都是有责任的。在总统搞个小蜜马上就要下台的国家，是没有暴君存在的社会基础的。有德国教授专门就此写过一篇文章，认为德国人连遭两次世界大战浩劫说到底是咎由自取，翻译成北京话，就是"活该"！翻译成四川话，就是"背时"！

舒和兄妹就不这么想。他们明知自己胜算寥寥，却依然奋勇出列，替天行道，做击石的那第一个鸡蛋。他们的精神与20世纪初中国的一位伟人息息相通，就是那个因皇帝临阵阳痿而改革失败、明明可以逃出生天却定要留下以头相祭的共和英雄："不有行者，谁图将来；不有死者，谁鼓士气！历来变法，必有流血。流血请自嗣同始！"

谭嗣同，这个在脑中如电光石火，出口即晴天霹雳的伟大名字！

这就是Zivil Courage——普通民众不畏威权反抗一切压迫的那种以卵击石、响遏行云的勇气。我把它翻译成"平民勇气"。

我在网上查到了索菲的照片。她是个娇小温柔的姑娘。我第一眼就爱上了她，不是因为她的生日跟我一样都在5月9日，而是因为她如此典型地代表着Zivil Courage那青春永不老的惊人美丽。

Zivil Courage虽然美丽，却十分弱小，所以像希特勒这样的独裁者并不重视他们。他重视的是那些手握军权、曾数次放置炸弹想炸死他的军内反对派。据说希特勒专门下令把绞死那些军内革命者的情况拍成电影,作为饭后甜食反复观看。而像舒和兄妹这样的大学生,可能他们被处死的事情希特勒都不知道。

希特勒重视错了。他不懂"千夫所指,不疾而亡",他不懂"人心向背,所向披靡",他甚至忘了"民可载舟,亦可覆舟"。舒和兄妹是微不足道的,然而他们的力量却正在于他们的微不足道。他们就是纳粹德国这座大山压在最底层的那一粒微不足道的种子,没有阳光、没有雨露、没有沃土,甚至没有空间,然而他们顽强地发出稚嫩的新芽,顽强地伸出不屈不挠的根须,顽强地开出耀眼的花朵,顽强地结出不可抗拒的果实。是的,他们没有戈培尔覆盖整个德国社会的电影、电视、报纸、杂志等宣传利器,他们只有薄薄的一页油印传单而已。然而,就是这薄薄的一纸,其杀伤力却令戈培尔所有的宣传机器都望尘莫及。他们不仅勇于以卵击石,而且他们甚至一定要撞在那块石头最硬的地方:"从希特勒的嘴里说出的每一个字都是谎言……那些今天仍然不相信纳粹邪恶存在的人,他们远远没有理解这场战争的形而上的背景……我们必须在邪恶最强有力的地方攻击它,这个最强有力的地方就是希特勒的权力!"(摘自第四号传单)

在他们被捕前两天,索菲曾向朋友说过:"已经有如此多的人为了这个暴政而死,现在应当有人为了反抗这个暴政而死了!"而就在这一天,汉斯在给朋友的信中写道:"我走过太多的弯路。我知道,深渊正在我面前张开大嘴,漆黑的暗夜包围了我求索的心灵——但我义无反顾地踏入深渊。想想克劳德尔的那句话吧:La vie, c`est une grande aventure vers la lumiere!(生命就是导向光明的历险)。"因为无知所以无畏的人到处都有,但舒和兄妹却是因为有知所以无畏。

真正的痛苦是没有信仰。舒和兄妹是幸福的人,因为他们有真诚的信仰。牢狱之灾,甚至失去生命,都不是能让他们止步的痛苦。

汉斯甚至相信痛苦能给人力量。他在1942年8月24日的一封信中写道："我坚信痛苦拥有无穷的力量。真正的痛苦就像一个浴缸，我们将从中浴后重生。"离开位于慕尼黑威特斯巴赫宫的死牢时，他用铅笔在墙上写下了："为反抗所有的暴力，善待自己！"对于自己再次入狱，汉斯早就预言过。在俄罗斯实习的时候，他在日记中写道："也许我将再次入狱，也许还有第三次、第四次。监狱不是最可怕的，也许它甚至是最好的东西……在狱中我找到了爱，而伴随着爱的一定是死亡，因为爱从不要求回报，因为爱不需要代价。"

那么，是什么让舒和兄妹忘却了所有的恐惧和痛苦呢？是什么让他们如此轻松地超越痛苦、视死如归呢？好像宿命，这个答案就在由库特·胡伯教授执笔，由舒和兄妹散发的第六号，也是他们最后一期传单中：

自由与尊严！

十年了，这两个美妙的德语词被希特勒及其同伙榨干了汁液、砍尽了枝叶、拧歪了脖子，让人一听就忍不住地恶心。只有希特勒这样拙劣的业余演员才能如此成功地把一个民族至高无上的价值扔进猪圈。十年来他们剥夺了德国人民所有物质和精神上的自由，毁灭了德国人民全部的道德基础，这充分证明了他们嘴里夸夸其谈的自由和尊严到底是什么……同学们！德国人民在看着我们！他们期待着我们！1813年我们战胜过拿破仑的暴政，现在我们要用同样的精神力量去摧毁纳粹的暴政！

4年之后，1946年7月11日，在遥远的东方，国民党特务悍然暗杀了民主斗士李公朴。在4天以后的李公朴追悼会上，另一位民主斗士闻一多发表了他流芳百世的《最后一次演讲》："你们杀死了一个李公朴，会有千万个李公朴站起来！……我们都会像李公朴先生那样，跨出门去，就不准备再跨回来！"演讲完毕，闻一多先生旋出会场即遭国民党特务暗杀，真的没能再回到他刚刚离开的家。

果然，就有千万个李公朴站起来了，就有千万个闻一多站起来了，当时的爱国青年，都直奔延安而去了。国民党就这么倒了。那时的国民党不明白，杀死闻一多就等于自杀。

就是这个闻一多，写下了伟大的爱国诗篇《七子之歌》，在半个世纪后的1999年，在澳门回归祖国的光荣时刻，再次打动了无数的中国青年。他和李公朴一样，都是足以与舒和兄妹并肩而立的当之无愧的自由斗士。

自由是一个怎么看都美丽动人的字眼。1789年，刚刚穿越资产阶级大革命惊涛骇浪的法国议会通过了由拉法叶起草的《人权宣言》，开宗明义就石破天惊地宣布"人人生而自由"。要知道当时的法国是世界上等级最森严的国家之一，拉法叶说出这句话，需要何等的勇气！《人权宣言》还规定人民生而拥有自然和不可剥夺的权利，这些权利是"平等、自由、安全和财产"，而国家和政府存在的主要目的，就在于保障人民这些不可剥夺的权利。

1948年通过、现在全世界绝大多数国家（包括中华人民共和国）所共同签署的《联合国人权宣言》同样认定"人人生而自由，在尊严和权利上一律平等"，并且强调："对人类大家庭所有成员固有尊严、平等和不可剥夺之权利的承认，是世界上自由、正义与和平之基础。"

那么什么是"自由"？《联合国人权宣言》说得很清楚："自由是人在不损害他人权利的条件下从事任何事情的权利。"

可见，"自由"是普世公认的人人生而具有的权利。

这是对自由的抽象定义。然后"自由"具体是什么？具体到舒和兄妹身上，纳粹对他们的起诉书就是他们踏上自由航船的那张船票；

纳粹对他们的死刑判决就是欢送他们飞向永恒的自由彼岸的21响礼炮；希特勒这个能让小儿停止夜哭的恶魔不过是助他们登上人类思想自由的奥林匹斯山的最后的那块顽石。自由就是他们在1943年2月22日那个阳光灿烂的日子里用自己滚烫的青春和鲜血织就的英雄花；自由就是他们从那一刹那开始的永垂不朽的生命。

索菲就义之后，有人在她的监号里发现了对她的起诉书，在起诉书的背后，赫然写着两个字："自由"。

在他们的传单中，他们甚至预言了当今欧洲统一的基本原则："新欧洲的基础是：言论的自由，信仰的自由，保护国民不受国家暴力的任意欺凌。"整整60年之后，在法国前总统吉斯卡尔·德斯坦主持起草的《欧洲宪章》中，我们差不多可以一字不差地找到这些话。两次被世界大战摧毁得只剩下废墟的德国今天再现繁荣富强，难道能说与舒和兄妹的慷慨就义毫无关系吗？

什么叫慷慨就义？"慷慨"就是意气风发，"就"就是闲庭信步而去。

"义"呢？

听说过这段话吧："鱼，我所欲也，熊掌，亦我所欲也；二者不可得兼，舍鱼而取熊掌者也。"这就是成语"鱼与熊掌不可兼得"的来源。这话是孟子说的。可孟子说这段话的目的是为了引出下面的话："生，我所欲也，义，亦我所欲也；二者不可得兼，舍生而取义者也。"

你知道"义"是什么了吧？

舍生取义！舒和兄妹的思想，相当于我们的"亚圣"①。

我们中国人讲究家庭观念，传统上说死去的亲人变成鬼后是要回家看看的，所以才会有老人不愿意拆迁。他们不是不知道住新房好，他们是怕逝去的亲人找不到回家的路。可半个多世纪之前，重

---

① 指孟子，是仅次于孔子的儒家代表人物，故称"亚圣"。

庆歌乐山有个叫渣滓洞的地方，就有几个共产党政治犯写过两句话：
"是七尺男儿生能舍己，做千秋雄鬼死不还家。"

那是真正有信仰的英雄。

索菲虽然是女人，可依我看她也是个死不还家的雄鬼。她在临刑之夜不仅睡得很香，而且还做了一个梦。她的妹妹英格是这样记载的："当索菲在临刑的早晨被摇醒的时候，她坐在她的监铺上讲述了她刚做完的梦：'我在阳光灿烂的日子抱着一个婴儿去受洗礼。婴儿穿着长长的白袍。到教堂必须通过一座陡峭的山。我稳稳地抱着婴儿走上山去。突然我面前出现了一道冰川深涧。我刚把婴儿在身边放下，就坠入了深渊。'然后，她向同监号的犯人解释自己的梦：'那个婴儿就是我们的信念。任何东西都无法阻挡它的成长。我们是它的开路人，但我们必将在它成人之前为它死去。'"

真正的视死如归。他们确实不用回家，因为死亡对于他们就是自由，而自由是他们永远都不会拆迁的家。

1943年2月23日，舒和兄妹被处死后的第二天，纳粹在《慕尼黑新新闻》中这样报道他们的死："……人民法庭于1943年2月22日以阴谋颠覆国家罪与通敌罪判处24岁的汉斯·舒和、22岁的索菲·舒和（均来自慕尼黑）、23岁的克里斯蒂安·普罗普斯特（来自茵斯布鲁克的阿尔德安斯）死刑并剥夺公民权。本判决已于当日执行。这些不可悔改的反动案犯在房屋上刷写反国家的口号并散发阴谋颠覆国家的传单，不知羞耻地对德国武装力量和德国人民的抵抗精神犯下了滔天大罪。与德国人民的英勇抗敌相比，这样邪恶的行为只配立即处以名誉扫地的死刑。"

在法西斯统治下的德国，无数的判决书都是这样写的。当时纳粹认为法西斯德国是千年帝国，当时他们认为以纳粹的名义审判就是以上帝的名义审判，当时他们认为所有以纳粹的名义处死的人都会名誉扫地。

他们完全错了。

舒和兄妹今天在德国就是平民勇气的代名词。德国不仅有很多中小学校以舒和兄妹为校名，甚至还有人呼吁以他们为建校于1472年的慕尼黑路德维希·马克希米里安大学冠名，这个大学现在的校名是两个建校的国王的名字之和。在德国这个对任何事情都有8个以上的意见、减丁点儿税也要在议会争论一年多的国家，所有的人却在一个问题上出奇地意见一致，那就是舒和兄妹"当然是"所有青年的楷模。如果这也叫"名誉扫地"的话，那我们宁愿名誉扫地！

看看在"德意志俊杰"的评选中，能与舒和兄妹并肩的都是谁吧：一手领导了德国战后重建的总理阿登纳，一手创建了在全球拥有7亿信徒的新教领袖马丁·路德和一手奠定了共产主义理论基础的哲学伟人马克思。再看看排在舒和兄妹后面的都是谁吧：1970年在波兰华沙反纳粹起义纪念碑前惊天一跪的德国总理勃兰特（他因此被视为德国人真正开始反思纳粹罪行的代表），创立了辉煌赋格①王朝的乐坛领袖巴赫，无论按什么划分都当仁不让的世界文豪歌德，被视为德国现代印刷术发明者的约翰内斯·古登堡，德国历史上首次统一全国的普鲁士帝国铁血宰相俾斯麦和公认改变了人类宇宙观的科学奇才爱因斯坦。舒和兄妹名列这些伟人之前！如果拿这样的名誉去扫地，你想想那应当是怎样伟大的地吧！

文天祥说过一句话："人生自古谁无死，留取丹心照汗青。"他当然说的是他自己。但他说的也是舒和兄妹。人类历史之所以浸泡在连绵不绝的战争、迫害、屠杀、种族灭绝的血海之中还能散发出如此迷人的光彩，就是因为我们还有文天祥。

就是因为我们还有舒和兄妹。

_____

① 一种乐曲形式。

地狱之恋①

◎ 蒂洛·蒂尔克

> 蒂洛·蒂尔克（1968—），德国《明镜》周刊业务部编辑。《奥斯维辛的爱情》就是他对希拉·布尔斯卡和杰西·毕莱茨基的故事进行长期调查之后出版的。

即使在地狱般的死亡集中营里，仍然有正义、良善和爱，爱支撑着每一位活着的生命。波兰小伙子杰西被德国纳粹关进奥斯维辛集中营；在那里，他与犹太少女希拉相遇、相识并相爱。1944年，机智的杰西偷到纳粹军服和通行证，带着希拉成功地逃出了这座人间地狱。回到乡下后，希拉躲在农民家里，杰西参加了游击队，从此两人便失去了联系。1983年，在美国开珠宝店的希拉偶尔从她的波兰籍女佣处得知杰西的消息，这对患难中相爱的恋人在分别40年后又重逢了……

晚上杰西又回到他的营房。直到规定的就寝时间他还在与营房头头交谈，现在他神经质地在气息难闻的营房里东走走西看看。所有

---

① 选自《奥斯维辛的爱情》，（德）蒂洛·蒂尔克著，高中甫译，人民文学出版社2003年版。本文题目为编者所加。

人都已经躺在木板上了。尽管窗户都敞了开来,可杰西在这个炎热的7月夜里简直透不过气来。

他走到窗前,深深地吸了一口气。随后他的目光落在铁丝网上,光秃秃的灯泡发出淡黄色的光亮,岗楼从苍白的月光中显露出来,昏黑的营房阴影重重。轻松中混杂着恐惧,但愿不要再等待太长时间,他和希拉的计划终于就要成为现实了。当他最终和衣而卧时,午夜已经过去很久了,他躺在木板上,半睡半醒。不久天空便露出了鱼肚色的黎明。

起床的锣声响起之前他就起床了,比通常更加细心地净面,刮胡子。随后他最后一次站在集合队伍的前面,但愿是最后一次。

犯人们排着长长的队伍像往常一样穿越营中的街道。乐队像往常一样在演奏一首轻松的歌曲。"脱帽"的命令像每天一样响了起来。动作都是机械的。队伍不久就到达了"劳动使人自由"的大门前,这时杰西的目光落在他左边的一张桌子上。三具血淋淋的尸体摆在上面,被枪杀者的脑袋软塌塌地耷拉在桌子下面。杰西认出了一个死者撕裂开的面颊。桌子后面有一个死者看样子想站稳,用左手无力地支撑着他被射伤的右臂。眼睛都是闭上的,头发根部汩汩不断地淌着血。当杰西明白过来他刚刚看到的是怎么回事时,他这一组已经通过了大门。

这个令人毛骨悚然的场面是一种通常的警告,想逃跑就是这样的下场。杰西已经习惯了死亡,可是这一天这些伙伴的惨相令他格外痛苦。几乎没有一个人跟着乐队奏出的歌曲唱出歌词。

"唱歌!"梯茨呵斥他的犯人,"难道你们要为几个犹太人进行哀悼吗?"

稍后杰西向波普隆报告他的劳动队全部到齐,同时他尽可能表现得自然些,在仓库里做他的工作,可尽管如此还是多少有点心不在焉。他不安地数着钟点，准10点时他站在装卸平台上，以便能看到希拉。

稍顷之后她出现了，右手提着一个垃圾桶，站在主楼旁边。她匆忙地处理垃圾，然后向杰西的方向投来神经质的一瞥。他举起了手，这是约定的暗号。希拉又消失不见了。

中午休息时，杰西竭力克制他的不安并力图把它遮掩起来。随之，1点过后不久，他又站了起来，进入文书室。里面空无一人，杰西把阁楼的钥匙放进衣兜里，走到上面。他从里面把门关上，从隐匿处搬出麻袋，打开装通行证的信封。然后他把证件摊开。他还要在这张纸头上填写上几栏。在"日期"一栏上他写上1944年7月21日。然后他返回去工作，遇到了心情极佳的梯茨。

这时他觉得更有把握了。没有人能看出他内心的不安，有点事情做对他来说是一种放松。

离两点还有三分钟，杰西又站在升降台上，他在等候希拉——他突然吓得一怔，梯茨走了过来。这个纳粹亲热地递给他一支香烟。杰西拒绝了，他希望这个德国人赶快走开。可他却没有一丝要走的样子。

片刻之后他说："你看，谁在那儿。"他漫不经心地指着希拉，她正向会面地点走来。也许是一丝善意的表示，杰西答道："啊，这是那个从缝面袋劳动队出去的女人。"

希拉朝高处望着他们，杰西游移不决地等了片刻。随后，正当她要调头而去时，他举起了手并为此惹出了梯茨的一番不满的话来："我想，你还没有一次向她打过招呼呢。"他轻松地与队长站在一起，抽着一支希腊香烟。

时间紧急了。梯茨又一次与他不期而遇。

"我现在要走了，队长先生，去弄点香肠。时候到了。"这个德国人随便地望了望他的手表。"已经3点10分了。"

"也许今天的时间要长一些，"杰西顺势说道，"也许要一个钟头。"

"那好吧。但是如果出了什么差错……我什么也不知道。祝你顺利。"

阁楼地板上热得令人几乎难以忍受。没有人能从外面进来。杰西后来写道："我的心像锤子一样敲个不停。"他用颤抖的手指去打开他藏的东西，可怎么也解不开扭结，最后他干脆神经质地把绞在一起的绳结扯断。他把里面的物件摊放在地板上。一全套制服，钱，剃须刀，小镜子——所有的东西都整齐地摆在灰尘里。随后他脱下囚装。杰西大汗淋漓。他拿起绿制服，迅速地套上裤子和衬衣，穿上上装，系上领带，把一切弄得规规整整的。他抹去额头上的汗水，深深地呼吸，使自己平静下来。他谛听，没听到什么可怀疑的声音。他系上腰带，摆正手枪皮套。他把两个重螺丝和一个齿轮塞进皮套里，这样虽然里面没有武器也不会引起人们的注意；可开始系皮带时却有些困难。随后他把手枪皮套稍往前推了推，德国人都是这样做的，以便能更快抽出枪来。他又松了松皮带，好让衣兜不那么别别扭扭的，他拿起带有骷髅头徽的帽子，把其余的小物件都放进他的食品袋里。那身蓝褐色的囚衣被扔进一个包里，塞入木板条的后面。他又检查了一次，看是否留下什么可疑的踪迹。最后他戴上墨镜，朝镜子里投去审视的目光。

杰西对呈现在眼前的这幅形象感到吃惊。有那么一会儿他简直认不出是自己来，而活脱脱的是一个德国党卫军。随后他为自己的这幅形象感到安心了，如果连他自己都认不出来的话，那党卫军怎么会把他当做是同一个人呢？

他又一次摘下帽子，以便把已经流到眼睛里的汗水拭净。现在一切具备了。

杰西在门旁听了听，终于穿上带有马刺的纳粹军靴走下来，发出砰砰的脚步声。他弄出来的声音拉紧了他的神经。每走下一层他都停下脚步谛听一番，看过道上是否有人。什么也没有。不久他就到了门口。向左右望了最后一眼。他看到稍远处犯人们在劳动。两步，三步，他到了外边，离开了平台，穿过铁路，朝主楼走去。有两个犯人在清扫街道。看到杰西时，他们把推土车停了下来，匆忙地把他们的帽子从头上扯下来。杰西感到他好像"注射了一针镇静剂"似的。一切都是这样的奇怪。他甚至大起胆子，用口哨吹出一首歌来。

走了几步后，他看见勤务部头头埃梅里希骑着一辆摩托车迎面驶来。杰西尽量控制住自己。他现在是一个党卫军，不再是犯人了。两个人致意。"希特勒万岁！"埃梅里希继续行驶。离通向洗衣部地下室的沉重大门还有20米远。杰西最后一次想了想整个过程，随后就到了铁门跟前。他重新擦了擦额头，摆正帽子，然后进入楼里。走廊上昏暗无光。可杰西依然戴着墨镜。

在这儿镇静如常可不是件容易的事。过道上出现了两扇漆成灰白色的门。杰西打开门，他在门后看到了一排缝纫机。他在入口处站住。有二十多个姑娘在机器旁低头工作。这时一个臂上戴有黄色卡普袖标的女人走了过来："班长先生，您有何公干？"

在他身后另一扇门敞了开来。一个身穿党卫军制服的胖女人，大约有30岁的样子，果断地走到他跟前。杰西尽可能泰然地迎向她。"希特勒万岁！"

"希特勒万岁！"这个德国女人回答。"我怎样为您效劳呢？"

她友好地问道，好奇地望着面前的这个班长。

杰西机械地吐出他练习过多次的言词："我是政治部的，受命来带一个女犯人去进行审讯。"随后他把叠好的通行证拿出来。"这个女犯人叫希拉·希布尔斯卡,来自洛姆扎,号码是29558。"

穿制服的女人在思索。"卡普,把希布尔斯卡喊来!"随后她拿起通行证并重复了一次号码。

女卡普知道,那是熨衣间的黑头发姑娘;她消失在门后。

杰西在冒汗,他摘下太阳镜。

"今天好热呀。"胖女人说道。

"对,很热。这儿下面也热得让人喘不过气来。"

这个党卫军女人微微一笑。"如果都有您这样的眼睛,那就不用戴太阳镜了。"

在上面的熨衣间里希拉的神经都快绷断了。戴卡普袖标的深褐色头发女人站在她的面前。有那么一瞬间希拉的脚像生根了似的。"上帝为你引路。"索尼亚轻声地说并把她的女友推了出来。

杰西注意到希拉的脸色苍白。

"她是希布尔斯卡?"他问道。

"是的,班长先生。"

希拉看起来疲惫不堪。两腿在发晃,汗珠已流到她的鼻尖上了。杰西要快一点,他怕他的恋人会瘫倒下来。

因此他很快地查验了犯人身上烙下的号码,拿起通行证,迅急地瞄了一下手表,然后把制服拉直。

"集合时您会把她再带回来吧?""当然。有情况我们会通知您的。"他把两只军靴一碰,发出了清脆的响声,粗暴地说:"好了,走吧!"随之朝希拉指了指出口。有几个洗衣姑娘跑来排在通道两边。走了几步之后,希拉和杰西终于到了外面。

从洗衣间所在的楼房向右有一条窄路,随后他们必须向左转,沿着一条直通附近田野的小路向前走。杰西用德语发号施令,若不然两个人就得缄默不语了。他们经过面包坊,到了一处建筑工地。犯人们在酷暑中搬运砖石，一个卡普站在他们旁边监工，他轻松地撑着一根木棒，怡然自得地吹着口哨。当他看到扮做党卫军的杰西带着一个女犯人靠近时，他手忙脚乱，朝其他的犯人叫骂起来："干活，快点，快点！"

路两旁是绿茵茵的草地。这时，小路又向左轻轻地画出了一道弧线。他们离前面的最后一道关口也许还有一公里的路程。

过了一会儿，杰西才敢第一次用波兰语同希拉说话："你怎么样，好吗？"

希拉没有回答。她在杰西前面有二三米的样子，笔直地继续走着。

"停下！"杰西叫了起来，希拉一怔。

她一声不响地望着身穿制服的杰西。她的嘴唇在发抖。"怎么回事？我害怕。"

"一半已经完成了。还有一段路，然后我们就到岗哨了。"

"我正是为前面的岗哨才害怕呢。"

"必须镇静。你必须控制住自己。到现在一切都非常顺利。"

希拉终于羞赧地微笑起来。"你与粮库里的那个杰西完全不一样了。"随后她观察着她的恋人，从靴子直到帽子。她的目光盯在了骷髅帽徽上。杰西注意到她的眼睛里充满了泪水。

"我们必须走下去。"

几分钟之后他俩到了附属于集中营的温室前。一条狗叫起来，犯人们都在忙碌，侍弄栽培的作物。一个穿军服的德国人百无聊赖地站在他们附近。

"走，走！"杰西朝希拉喊道，"快点！"

他俩必须从一组犯人身边经过，他们在挖浇水坑。劳动队的卡普站在坑边，用一条绳子量着，看坑的深度够不够标准。当他听到军靴声时,他转过身来,直视杰西的面孔。

杰西大吃一惊。他是卡普赫尔曼——那个来自木材场和割草劳动队的。他们两人到集中营的头几天就认识了。

杰西费劲地迈着脚步。正当他要从赫尔曼身边走过去时,此人却朝他走了过来。

"请原谅,班长先生。现在几点了?我的表经常坏。"

杰西停下脚步——像变成冰一样。他稍微挽起袖子,一声不响地把表递到赫尔曼的鼻子前。三点三刻。"非常感谢,班长先生。"

随后两人继续赶路。他们穿过菜园子的最后几片畦地,在一个树木小组附近,他们看到了第一座岗楼;在它旁边是第二座,第三座。再后面就是拉耶斯科村。离最后那道关卡还有五分钟的路要走,这时一条牧羊犬吠叫着跑过来。它龇牙咧嘴地围着希拉打转。希拉惊恐不安,不由自主地退了一步。杰西弯下身来拾起一块石头,正要朝这个家伙掷去时,有人把狗喊了回去。"罗尔夫,蹲下——老实点。"杰西后来回忆说。他俩继续走,他们已经看到那个小屋了,哨兵在里面。还有100米。

杰西请求希拉:"你现在必须坚强起来。"他害怕她在最后一刻失去镇静。姑娘只是点点头。

他将手插入胸兜,想把通行证掏出来。可口袋里空空如也。还有50米远,他被恐怖所攫住:现在可别发疯。杰西拼命去思索。随后他想到了小皮包,他把它放在了口粮袋里。他在钱币中间找到了这张证件。

还有30米远,哨兵从容地离开了小屋。这个党卫军把制服上装扣好,把骷髅徽章的军帽戴正,弄了弄他的腰带。一个粗壮高大的人,大约有45岁的样子。他咄咄逼人地摇晃着脚跟,双手交叉地放在背后。

还有15米，10米。杰西的嘴在发干。

现在希拉站住了；还离有几步远，随后杰西也到了横木跟前。

"希特勒万岁！小队长先生。"

"希特勒万岁！班长先生。"

杰西颤抖着从衬衣口袋里掏出通行证。

"一个人，一个人返回布狄。"他冷静地说，这是集中营里纳粹说的官话，意思是一个党卫军伴同一个犯人去布狄作业区。

时间过得真慢。这个德国人先是看看绿色通行证，然后望了望毕莱茨基，随后又望了望希拉。再一次望了望毕莱茨基。

"回到布狄去？"

"是的，小队长先生。"

他最后看了一眼证件。

杰西的脑子里有成千上万个念头在转动。这种手续显得那么长，长得没有尽头。

德国人终于把通行证交还给他。杰西一把拿在手里。他要把它放进他的上衣口袋里，可是口袋上的钮扣妨碍了他。

我的天啊，他想，塔德克给我弄一套用过的制服就好了——这套是全新的。

他终于成功地把纸头放了进去。

"希特勒万岁！"

"希特勒万岁！"

希拉先穿过检查点，杰西随后迈着安详的步子。

他还是不能理解，一切竟进行得如此顺利。这个家伙一定看出点什么了，他在胡思乱想。他也许会马上喊叫起来：停下，站住！也许他会立即开枪……他一定认为我也带有武器。杰西的两只腿在打颤，跟断了似的，可他还在走。越走越远。他看到前面的希拉，穿着蓝色工作服，背上有宽大的红色条纹，这表明她是一个犯人。最好她现在就跑起来，但是理智阻止了他这种想法；或者至少可以转过身来一次，但这也会引起不必要的怀疑。

再说希拉变得更勇敢了。她现在正一步一步把两个人引向自由。

衬衣贴在背上，痒得令人难受。还有几步路就到公路上了。

稍远的地方，在索拉河的沼泽区，一只仙鹤迈着长腿一步一步地行走。现在，田间小路通向了一条林荫大道。

"再快一点。"杰西催促希拉。公路向边转弯；在转弯处杰西勇敢地向后面扫了一眼，那个岗哨又舒适地待在阴影中了。

拉耶斯科村像死光了人似的，为了"奥斯维辛地区的利益"，所有的居民都被迫离开了这个小村镇。索拉河在一两百米外流淌，河的两边是长着青草的沼泽地。一辆马车朝着两个逃亡者迎面驶来，希拉放慢了脚步。杰西看到斯图尔曼·沃尔夫坐在车辕上，车上放着一个

文中女主人公希拉终于逃出
生天。

毕莱茨基（右）成功逃脱后与
哥哥莱谢克的合影。

大木桶,他挥动鞭子,催马赶路。当他在两人身边经过时,他望了希拉一眼。杰西知道,沃尔夫一定认识曾经去过粮库劳动的希拉。车子过去后他又转过身去,可沃尔夫已经在下一个拐弯处消失了。

"不要回头看他,"杰西警告说,"我相信他已经认出你了。"

"那现在怎么办?"

"我不知道。"

他们继续赶路,一切都很顺利;他们离开拉耶斯科村后的大路,沿着一条小径前行。他们来到一片小树林,发现里面有一块空地。

希拉把头偎在杰西的胸前。他听到她在低声啜泣。她的头巾稍许滑到了一边,杰西抚摸着她的头发。

"运气不会遗弃我们的。"他安慰说;这时希拉拭干了被泪水湿润的眼睛。"你把白头巾摘下来,也许会更好些,它可能使我们暴露。"

…………

两个多小时之后,希拉和杰西继续赶路。在黑暗中很不易辨别方向,他俩总是一再地跌倒在灌木丛中和水洼里。后来他们到了一条小路上,这对逃亡者就感到轻松些。不太远的地方出现了闪烁的灯光;他们小心翼翼地接近,看到了几个年轻人的轮廓,他们都带着手电筒。有一瞬间在杰西重新燃起了希望,这些人可能是在集中营周围地区活动的游击队员,不过从隐身的地方它能听到这些陌生人的谈话。这是些德国人。他们小心翼翼地退了回来。

无论用什么办法他们必须穿过索拉赫。这看来是一种冒险。现在,德国人在搜寻他们,这是肯定无疑的。

他们远远地绕开了一个村庄,那里狗在吠叫。黎明时分,他们在一片黑麦地里躺下来睡觉了。

非常爱情①

◎ 赫尔曼·罗森布拉特

赫尔曼·罗森布拉特，美籍犹太人，纳粹集中营幸存者。

1942年冬天那个黑暗的日子，天气冷得厉害。在纳粹集中营里，这样的日子没什么特别。我衣衫单薄、褴褛，站着直发抖，依然不相信发生在眼前的这场可怕的噩梦。我还只是个孩子，理应在学校里读书，和朋友一起玩耍，并憧憬着未来，之后长大结婚，建立自己的家。可只有自由地活着的人才拥有这些梦想，我不再是他们中的一员了。自从我和其他成千上万的犹太人一起从家里被抓到这儿，我几乎像死了一般，活一天算一天。明天我还会活着吗？今夜我是否会被送进毒气室？

我沿着带刺的铁丝网来回走动，以便让瘦弱的身体暖和一些。我饥肠辘辘，都记不清这场饥饿已经持续了多长时间。反正我一直饿着，要想找到吃的无异于白日做梦。每天，我们中间不断有人消失，美好的过去仿佛烟消云散，我在绝望中越陷越深，不能自拔。

---

① 选自《青年时代》2006年第12期。

突然，我看到铁丝网外面走着一个年轻的女孩。她停了下来，用悲哀的眼神看了看我，仿佛在说，她理解我的苦楚，只是琢磨不透我为什么会在这儿。我想转移我的视线，让一个陌生人这样瞧着，我感到无地自容。但我的眼睛就是没法从她身上移开。

接着，她把手伸进她的口袋，拿出一个红苹果，一个美丽夺目的红苹果。噢，我有很长时间没看见苹果了。她机警地朝四周看了看，之后带着胜利的微笑飞快地将苹果从铁丝网上扔过来。我跑过去捡起，用冻僵的颤抖的手握住。在这个充满死亡的世界里，这样一个苹果是一种生命的表达，一种爱的兆示。我抬头瞥见那个女孩消失在远处。

第二天，我无法控制自己——我在同一个时间不觉又来到铁丝网边的同一个位置。我是不是渴望她还会再来？毋庸置疑，在这儿，哪怕只有一丁点儿的希望，我也要紧紧抓住。她已经给了我希望，所以我必须紧紧抓住。

她再次出现，又带来一个苹果，伴着同样甜蜜的微笑把苹果从铁丝网上扔过来。这一次我接住了它，并高高举起好让她看见。她的眼睛里闪烁着光芒。她是同情我吗？也许是的，但我不介意。我如此喜悦地凝视着她。很长时间以来，我第一次感觉到我的内心涌动着一股温馨的激情。

七个月来，我们就这样不断地见面，有时我们说几句话，有时她仅仅是把苹果扔给我。但这个天使般的女孩子喂养的不仅仅是我的肚子，她也在滋养着我的灵魂。并且我知道，从某种意义上讲，我也在让她的心灵得到滋润。

有一天我听到可怕的消息：我们将被用船带往另一个集中营。这可能意味着我的末日来临。

而对我和那位女孩子来说，则肯定意味着我们关系的结束。

第二天，当我向她致意时，我的心都要碎了，我几乎说不出话。但

赫尔曼·罗森布拉特和罗玛的爱情故事感动了无数人，但是却被严肃的历史学家质疑，他们认为在纳粹的统治之下，还是小孩子的他们根本没有机会见面。因此他们的"非常爱情"是子虚乌有的。虽然故事是假的，但它至少寄托了很美好的愿望，让我们回顾那段令人绝望的时光时感到了一丝希望。

我肯定说了："明天别给我带苹果了……我就要被送往另一个集中营。我们永别了。"赶在还控制得住自己的感情，我转身跑着离开了铁丝网。我不敢回头看她，不想让她看见自己站在那儿泪流满面。

几个月过去了，噩梦一般的现实还在继续，但是对这个女孩子的美好回忆支撑着我战胜恐怖、痛苦和失望。在我的脑海里，我无数次看见她的面容和亲切的目光，听见她轻柔的话语，品尝她送来的红苹果。

接着有一天，噩梦好像一下子过去了。战争结束了，我们这些还活着的人获得了自由。我已经失去了宝贵的一切，包括我的家。但我还记着这个女孩子，这份记忆一直深藏我心，并让我决心在搬到美国之后继续开始新的生活。

岁月流逝，转眼到了1957年。我生活在纽约市，有位朋友说服我去赴一个约会，要见的女士是他的一位熟人。我勉强答应了。这位名叫罗玛的女士倒是很有魅力，并且跟我一样是一位移民，所以至少在这一点上我们有共同之处。

"战时你在哪儿？"她不失礼貌地问我，表现出移民们相互寻问那些年的遭遇时所特有的谨慎。

"我在德国集中营。"我答道。

罗玛一下子变得神情恍惚，仿佛记起了什么令人痛苦或是甜蜜的往事。

"怎么啦?"我问。

"我在想我过去的一些事情,赫尔曼。"罗玛解释说,她的声音突然之间变得非常柔和,"你知道,我年轻时就住在一所集中营附近。集中营里有个男孩,他是个囚犯。很长一段时间,我每天都去看他。我记得我总是带苹果给他,我习惯把苹果从铁丝网上扔过去,他非常高兴。"

罗玛沉重地叹口气,接着往下讲:"很难说清我们彼此间的那种感觉——毕竟,我们当时还年轻;且只在可能的时候我们说过几句话——但我可以告诉你,我们之间有很深的爱。我时常设想,他可能同其他许多人一样被杀害了。可我又难以忍受这种想法,于是我使劲回忆我们在一起的那几个月他是什么样子。"

我的心怦怦直跳,我想是要炸了。我直视着罗玛,问道:"那个男孩是不是有一天对你说:'明天别给我带苹果了,我就要被送往另一个集中营?'"

"咳,是的。"罗玛回答。她的声音颤抖得厉害,"但是,赫尔曼,你究竟是怎么知道的呢?"

我把她的手握在我的手里,回答说:"因为我就是那个男孩,罗玛。"

好长一会儿,我们说不出话,彼此就那样目不转睛地凝视着。拂开时间的面纱,我们认出了目光后面的那个人——我们曾如此深爱并一直爱着且从未忘怀的亲密伙伴。

最后我说:"瞧,罗玛,我们曾经天各一方,可我再也不想同你分开了。如今我自由了,我要永远跟你在一起。亲爱的,你愿意嫁给我吗?"

罗玛的眼睛里闪烁着光芒,跟我昔日看到的完全一样。罗玛说:

"是的，我愿意嫁给你。"

我们拥抱，这是我们在认识之初直至分离那漫长的几个月一直渴望的拥抱，可那时有铁丝网将我们阻隔，如今，没有什么能把我们分开。

从我重新找回罗玛那天算起，差不多40年过去了。在战时，命运之神第一次将我们带到一起，向我表达一种希望的允诺；15年后，它又让我们再次相聚，来实现这一允诺。

1996年的情人节，我带罗玛去国家电视台亮相。我想当着数百万观众的面，告诉她我每天内心的感受："亲爱的，在集中营里当我饥渴之时，你喂养了我；如今我依然充满渴望，并且永远不会满足——我只渴望你的爱!"

穿条纹衣服的男孩①

◎ 约翰·伯恩

约翰·伯恩（1971—），爱尔兰作家，著有《偷时间的贼》、《骑手会议》等。

这是一个孩子的故事，是9岁男孩布鲁诺在奥斯维辛集中营所经历的"探险"。这是一个纳粹男孩与犹太男孩间纯真的友谊。但这本书却并不仅仅属于孩子，像《哈里·波特》《小王子》一样，《穿条纹衣服的男孩》也是一部给成年人阅读的童话，它属于所有能够理解那段历史的人。

"你从哪里来？"希姆尔问，眯着眼，好奇地看着布鲁诺。

"柏林。"

"那是哪里？"

布鲁诺张嘴要回答，但是他自己也不清楚。"在德国，当然。"他说，"你不是德国人吗？"

"不是，我是波兰人。"希姆尔说。

---

① 选自《穿条纹衣服的男孩》，（爱尔兰）约翰·伯恩著，龙婧译，陕西师范大学出版社2007年版。

布鲁诺皱起了眉头："那你为什么说德语？"

"因为你用德语跟我问候，于是我就用德语回答。你会说波兰语吗？"

"不会。"布鲁诺不好意思地笑笑，"我还不认识会说两国语言的人，特别是像我们这么大的小孩。"

"我妈妈是我们学校的老师，她教德语，"希姆尔解释说，"她还会说法语、意大利语和英语。她非常聪明。我还不会说法语和意大利语，但是她说过以后会教我英语，因为我可能用得着。"

"波兰，"布鲁诺小心地用舌尖体会着发音，"它没有德国好，是吗？"

希姆尔皱皱眉。"为什么没有德国好？"他问。

"嗯，因为德国是世界上最强大的国家，"布鲁诺回答，他记起听到过父亲和祖父经常这么谈论，"我们至高无上。"

希姆尔盯着他，但是什么也没说。布鲁诺非常想转移这个话题，因为即使这些话是从自己嘴里说出来的，他也不认为它们就完全正确。更何况他现在最不愿看到的就是希姆尔觉得自己不友好。

"那么，波兰在哪里？"两人沉默了一会儿，布鲁诺问道。

"嗯，在欧洲。"希姆尔说。

布鲁诺努力回忆着最近在里兹先

The Boy in the Striped Pyjamas 穿条纹衣服的男孩

作者用简单、天真、不事雕琢的纯朴文字开拓了一个孩子高度具体的内心世界，姐姐的麻花辫和卧室窗户的一角都会留下清晰的印记，甚至会让你忘了这是一个关于集中营的故事，你所感受到的是人性的纯真无邪，当然，如果你足够敏锐，还可以感受到那一丝历史的沉重。

生的地理课上所学到过的国家。"你听说过丹麦吗?"他问。

"没有。"希姆尔说。

"我想波兰应该在丹麦境内。"布鲁诺说,他想显得聪明点儿,但是却更加糊涂了,"因为那里就在数百英里以外。"他确认道。

希姆尔盯着他看了一会儿,两次张大嘴却又闭上了,似乎在寻找合适的词汇来表达。"但是,这里是波兰。"他最后说。

"是吗?"布鲁诺问。

"是的。丹麦离波兰和德国都很远。"

布鲁诺皱起了眉头。他听说过这些国家,但是脑子里却糊里糊涂。"嗯,是的,"他说,"但是都有联系,不是吗? 距离,我说的是。"他希望能够跳转话题,他已经开始感觉自己完全错了,并且私下里做了个决定:以后一定要好好上地理课。

"我从来没有去过柏林。"希姆尔说。

"我想我来这里之前也没去过波兰,"布鲁诺说,这倒是真的,"如果,这里真的是波兰。"

"我敢保证。"希姆尔平静地说,"虽然,这里不漂亮。"

"的确不漂亮。"

"我以前生活的地方比这里漂亮多了。"

"那也不会像柏林一样漂亮。"布鲁诺说,"在柏林,我们有一所大房子,如果把地下室和带窗户的阁楼计算在内有五层。那里有漂亮的街道、商店、蔬菜水果店,还有好多咖啡馆。不过你要真去的话,我可不推荐你在周六下午到城里四处逛,因为人实在太多了。不过以前比现在要好得多。"

"你是什么意思?"希姆尔问。

"嗯,那里曾经很平静,"布鲁诺解释说,他不想谈论这个变化,"我可以躺在床上看书。但是后来就很吵,还有些恐慌,到了晚上我们就要把所有的灯都关掉。"

"我住的地方比柏林要好，"希姆尔说，其实他没有去过柏林，"那里每个人都很友好，我家里有很多人，食物也好吃得多。"

"嗯，看来我们应该各自保留自己的意见。"布鲁诺说，他不想和他的新朋友发生争执。

"好的。"希姆尔说。

"我可以问你一点事情吗？"过了一会儿，布鲁诺问。

"可以。"希姆尔说。

布鲁诺思考了一下，他想恰当地表达他的问题。

"铁丝网的那一边为什么会有那么多人？"他问，"你们在那边做什么？"

"我所知道的，"希姆尔开始回答，"在我们来到这里之前，我和母亲、父亲还有哥哥约瑟夫住在一家商店上面的公寓里，爸爸就在这个商店里做一些手表的活儿。每天早上七点钟，我们全家人一起吃早餐，然后我和哥哥去上学，爸爸在店里修手表，也做新手表。爸爸送过我一只漂亮的手表，但是现在没有了。它有金色的表面，那时候，每天晚上我都给它上发条，它也总是告诉我正确的时间。"

"后来它去哪儿了？"布鲁诺问。

"他们拿走了。"希姆尔说。

"谁？"

"当然是士兵。"希姆尔说，好像这是世界上再自然不过的事情。

"后来有一天，所有的事情都开始变了。"他继续说，"一天我放学回家，看到母亲正在用一块特殊的布料给我们做臂章，在上面画上星形的图案，就像这样。"说着，他用手指在身下的泥地上画了一个图形。

"每次我们离家出门的时候，她都会让我们戴上这样的臂章。"

"我父亲也戴着一个，"布鲁诺说，"在他的工作服上。很漂亮，亮红色的底，黑白相间的图案。"在铁丝网那边的泥地上，他用手指画了另外一个图形。

希姆尔摇摇头，继续说他的故事。他已经很少再想这些事情了，因为每当回忆起那些在钟表店的日子，他就会感到很悲伤。

"我们戴了几个月的臂章，"他说，"接着，事情又发生了变化。一天，我回到家里，妈妈告诉我不能再住在我们自己的家里了——"

"我也碰到了这样的事情!"布鲁诺兴奋地喊起来，很高兴他不是唯一被迫离家的男孩。"'炎首'(指希特勒)来我家吃晚饭，你知道吗?接下来我们就搬到这里了。我恨这里!"他大声地加了一句。"他去过你们家，做过这样的事情吗?"

"没有，但是他们告诉我们不能再住在家里，必须搬到克拉科夫的另一个地方，在那里，士兵们建造了围墙，我母亲、父亲、哥哥和我四个人不得不住在一个房间里。"

"你们家所有的人?"布鲁诺问，"住一个房间?"

"还不止我们一家人，"希姆尔说，"还有另外一家人，他们家的母亲跟父亲经常打架，他们有个儿子比我长得高大，就算我什么也没做，他也会打我。"

"你们怎么可能就这样住在一个房间里，"布鲁诺说，摇着脑袋，"那不可能。"

"我们所有的人，"希姆尔说，点点头，"一共十一个人。"

布鲁诺想要张嘴反驳希姆尔——他不能相信十一个人能住在同一个房间里——但是话到嘴边他又改变主意了。

"我们在那里住了几个月。"希姆尔继续说，"我们所有的人都住在一个房间里。房间里有个小窗户，但是我不喜欢从窗户望出去，因为窗外是堵墙，我恨那墙，因为我们真正的家在墙的另一边。这个区是城里条件很差的一个区，总是很吵，让人睡不着觉。我也恨卢卡，就是那个动不动打我的大男孩，即使我什么也没做错。"

"格蕾特尔有时候也打我，"布鲁诺说，"她是我的姐姐。"他加了一句，"很快我就会长得比她高大，比她强壮，那个时候她就知道是谁的天下了。"

"然后有一天，士兵们开着大卡车来了，"希姆尔接着说，好像对格蕾特尔毫无兴趣，"每个人都必须离开那座房子。有些人不愿意走，就四处躲藏，不过我想，最后士兵们还是把他们都抓回来了。然后，卡车把我们带到了一列火车上，而那火车……"他犹豫了一下，咬咬嘴唇。布鲁诺觉得他好像要哭了，但是并不知道为什么。

"那火车太可怕了，"希姆尔说，"车厢里挤满了人，几乎不能呼吸，气味恶心极了。"

"那是因为你们都挤在一辆列车上。"布鲁诺说，并想起那天离开柏林时，他在火车站看到的两列火车，"我们来这里的时候，在月台的另一侧还停着一列火车，但是好像没人看见，就是我们乘坐的那一列。你们应该也坐那一列的。"

"我想他们是肯定不会允许的，"希姆尔摇摇头，"我们不能离开我们的车厢。"

"当火车最后停下的时候，"希姆尔继续说，"我们来到一个很冷的地方，而且得步行来到这里。"

"我们有一辆小轿车。"布鲁诺说，这会儿声音大了。

"妈妈被带走了，爸爸、约瑟夫和我住在那边的营地里，一直住到现在。"

希姆尔讲述这个故事的时候看起来十分哀伤，布鲁诺不能理解希姆尔为什么这样，这并不像是个悲惨的经历，毕竟，布鲁诺也经历了相同的事情。

"那边有很多男孩吗？"布鲁诺问。

"几百个。"希姆尔说。

布鲁诺睁大眼睛。"几百个？"他感到万分惊讶，"那实在太不公平了，这边连一个能够一起玩的人都没有。一个也没有。"

"我们不玩。"希姆尔说。

"不玩？为什么不玩？"

"我们能玩什么？"他问，他的表情显示出他对这个问题感到很困惑。

"嗯，我不知道，"布鲁诺说，"各种各样的吧。例如，足球，或者探险，那边的探险怎么样？好玩吗？"

希姆尔摇摇头，没有回答。他回头看看营地，又转身对着布鲁诺。他本来不想再问问题了，不过胃痛让他不得不开口。

"你带吃的了吗？"他问。

"恐怕没有。"布鲁诺说，"我想带巧克力来着，可是忘了。"

"巧克力，"希姆尔慢慢地说，他的舌头都从牙齿后面舔了出来，"我只吃过一次巧克力。"

"只吃过一次？我爱巧克力，但是我也不能吃很多，因为母亲说我的牙齿会坏掉的。"

"你也没带面包，是吗？"

布鲁诺摇摇头，"什么也没带。"他说，"六点半才吃晚饭。你们什么时候吃？"

希姆尔耸耸肩膀，把头埋在腿上。"我得回去了。"他说。

"可能某天你能跟我们共进晚餐。"布鲁诺说，虽然他自己也不知道这是不是个好主意。

"可能吧。"希姆尔说，虽然听起来他也不太相信。

"或者，我去你们那里吃。"布鲁诺说，"我可能过去看看你的朋友们。"他满怀期望地加了一句。他曾经希望由希姆尔提出这个建议，但是现在看来没有任何迹象。

"但是，你跟我们不是一边的。"希姆尔说。

"我可以从底下爬过去。"布鲁诺说着弯下身，把铁丝网拉起来——就在两个木头电线杆的中间地段，铁丝网拉起来很容易，像布鲁诺这样体形的小孩很容易可以爬过去。

希姆尔看着他做这些，紧张地往后退，"我得走了。"他说。

"那就改天吧。"布鲁诺说。

"我不应该到这里来的。如果他们抓住我，麻烦就大了。"

他转过身去，走开了。布鲁诺再次注意到他的新朋友是多么矮小瘦弱。但他对此绝口不提，因为他太清楚了，评论别人的身高这类傻事儿是多么让人不愉快，而他最不想做的事就是对希姆尔不友好。

"我明天还会来的。"布鲁诺对正在离去的男孩喊道，但是希姆尔没有回答，而是向营地跑去，留下布鲁诺独自一人。

布鲁诺觉得今天的探险已经很有收获了，于是向家的方向走去。他对今天的见闻十分兴奋，迫不及待地想要告诉母亲、父亲和格蕾特尔——格蕾特尔一定会非常嫉妒，也开始探险——还要告诉玛丽娅、厨师和莱斯，要把今天下午他的探险历程全部告诉他们。告诉他们他的新朋友和那有趣的名字，告诉他们他俩同年同月同日生。但是随着离家越来越近，他越来越觉得这并不是一个好主意。

毕竟，他想，他们可能不会让我跟他成为朋友，如果那样的话，就不会再让我出来。当他经过前门，闻到炉子上为晚餐准备的烤牛肉的香味时，他已经拿定主意对今天发生的事情暂时保守秘密，只字不提。这是他的秘密。嗯，他跟希姆尔的秘密。

不可冻结的负疚[①]

◎ 刘小枫

伊利莎白是犹太人。

1939年纳粹占领华沙,犹太人统统被送往集中营。伊利莎白只有6岁,父母已被送去集中营。一个好心的非犹太人把伊利莎白藏起来。他单身一人,是个裁缝。

圣诞节快到了,盖世太保开始大搜捕,裁缝需要为伊利莎白搞一张出生证明书,才能躲过搜捕。时间很紧迫,戒严的时限只剩几个小时。裁缝找到一对年轻的信仰天主教的夫妇,请他们为伊利莎白出具一张假的出生证明。这对天主教徒夫妇毫不犹豫地答应了。

在约定好的时间,裁缝领着伊利莎白来到法律事务所,那对年轻的天主教夫妇已经赶到了。他们看见裁缝和伊利莎白进来,那个男的站着一动不动,一双疲倦不堪的眼睛紧盯着裁缝的脸。那个女的脸上显出模糊不清的犹豫。她走过来,伸手摸着伊利莎白的头,仔细地看

---

① 选自《沉重的肉身》,刘小枫著,华夏出版社2007年版。

着她，想说什么又没有说出来。

过了好一会儿，她对裁缝说，他们很遗憾，不能为伊利莎白提供假的出生证明，因为天主教徒不能说谎，不能作假见证。

裁缝牵着伊利莎白的手离开法律事务所，伊利莎白觉得走在通往地狱的路上。"不能作伪证"的道德戒律使伊利莎白唯一的一线求生希望破灭了，她浑身发抖，紧紧拉着裁缝的手。在"不能作伪证"的道德教条与这只温暖的手之间，是伊利莎白6岁生命的生或死。

在一个幼小生命生死存亡的时刻，"不能作伪证"的理由道德吗？一个幼小的生命与一个道德信条，哪一个更重要？

裁缝让伊利莎白在浴池里躲藏了两个星期，终于找到一位逃亡者带她逃离波兰去美国。裁缝牵着伊利莎白的手，穿过好多小巷，去找那个逃亡者。裁缝的手——令伊利莎白难忘的手，牵着她走过好多黑暗的小巷。

伊利莎白得救了，但她的心灵像清水染上混浊的颜色，一直被笼罩在不可说谎的道德教条对她幼小生命的欠负和一只温暖的手对她幼小生命的恩情之中。

她的生活沉重不堪，童年生死经历带来的恩与欠压在心头二十几年，像一道若明若暗的光晕，窒息了她的生命感觉。她觉得，生活在欠负和恩情之中是一种伦理上的不平等。伊利莎白心灵的受伤不仅因为被抛弃，也因为自己被人救护。他人的恩典是一种债务，伊利莎白感到欠债的重负。从念中学时起，伊利莎白就想找寻裁缝和那个自称天主教徒不能作伪证的女士。

那位年轻的天主教徒叫索菲娅。一天，伊利莎白在书店看到索菲娅写的伦理学著作，知道她如今是华沙大学哲学系的伦理学教授。伊利莎白决定马上去华沙找她。

索菲娅老了，不是自然的衰老，是生活摧残的老。她面相祥和，看起来还葆有温爱天性，沉毅的面色中透出隐隐的慈情。

索菲娅请伊利莎白到家里做客，让她住在一直为自己的儿子准备的空房中。她儿子在战争中死去了，索菲娅每天要在这间空房中放上一束补赎过去的鲜花。索菲娅对伊利莎白讲了过去的事。

"二十多年来，我当时的拒绝一直折磨着我，夜里时常因梦见你而惊醒。我的一生都为那次说谎不安。这倒不是因为说谎本身，而是说谎的后果。你一定记得，那个裁缝来找我们出具假出生证明书时，我们没有犹豫就答应了。就在我们去法律事务所之前接到消息说，收养你的裁缝是盖世太保的线人。当时我和丈夫参加了一个秘密组织，专门营救受纳粹迫害的人。知道这个消息后，我们就不敢为你出具证明书了。我当时以天主教徒不能作伪证为由拒绝出具证明书，本身就是说谎。说谎都是有意的，生活的偶然事件让人一生要做到不说谎很难。为了我们的秘密组织不被盖世太保破坏，我说了谎。我们当时清楚地知道这样做对你的后果。"

"尽管当时说谎是有理由的，你的生命毕竟因为我们被抛回险境。我们后来搞清楚了，说裁缝是盖世太保的线人的消息搞错了。就算这消息是真的，我的一生也被这有理由的说谎伤害了，令我负疚终生，一生都带着它的伤痕。一个生命的受伤，经常是出于一个偶然的误会，但我并不觉得自己当时有理由的选择是心安理得的。我一直期待着你的出现，说明真相，虽然这并不能释解自己的负疚。"什么是负疚？负疚是个人对自己生命的欠缺的道德承负。负疚出于如果我当初……那么就……的假设心愿，一种修改自己生命痕迹的愿望。如果不是因为一个人心中有与自己实际有过的生活不同的生活想象，就不会有这样的心愿，也就不会有负疚。人尽管不能支配生活中的各种机缘，偶然的误会造成生存裂伤，是生活中自然而然的事，但人应该以一种情感对待撞到自己身上的生存裂伤。负疚是信念性的情感，对生存裂伤感到歉疚的情感。我觉得心里有一双上帝的眼睛在看着自己，虽然我的上帝从来不说话，但他一直在我心里。"

昆德拉为了避免道德情感的政治化提出"冻结情感"的倡议，在基斯洛夫斯基的自由伦理学看来，有的道德情感是不可冻结的。

伊利莎白找到裁缝，他也老了。

伊利莎白其实已经记不清他的模样。伊利莎白告诉他，自己就是他当年救过的女孩子，想对他说一句感激的话。裁缝避而不谈过去的事，只愿谈服装，他不觉得自己有让人欠恩的权利。

恩是一种义，对于基督徒来说，义在上帝手中，不在人手中。自己拥有的恩不过是另一个人生命中偶在的裂伤，老裁缝不接受伊利莎白的恩情。

自由伦理有两种不同的品质：昆德拉在道德相对性中沉醉的晕眩伦理和基斯洛夫斯基在道德相对性中的挣扎伦理。基斯洛夫斯基把人们带入自己已经不在意了的伦理迷离处境，让人们记起自己在道德行为中的脆弱，指出"面对困境的人们"身体上的紫色伤痕，让人面对自己道德的私人理解的荒凉、贫瘠、无奈和由此产生的灵魂和身体上的病痛。

人义论自由伦理心安理得，神义论自由伦理"终究意难平"。

据昆德拉的看法，心安理得的自由尤其体现在"兴奋"的现在此刻的沉醉中。与此相反，"终究意难平"的自由在"兴奋"的现在此刻的沉醉中看到纯粹情感可能的受伤。

安妮日记(节选)[1]

◎ 安妮·弗兰克

安妮·弗兰克 (1929—1945),犹太少女。

纳粹登上德国政坛后,把犹太人当做"劣等民族",开始惨绝人寰的种族大清洗。1942年,13岁的犹太少女安妮·弗兰克,随全家躲进一间"密室",在里面隐蔽了整整两年。后被人出卖,密室中全部人员(包括其他几家人)被投入集中营,全部遇害,只有安妮的父亲幸存于世。安妮从1942年6月12日(她的生日)开始写日记,《安妮日记》是那场邪恶战争最著名的文字见证之一。

1943年1月13日 星期三

外面变得很可怕。白天夜里任何时候,都有可怜无助的人被拖出家门。他们只准带一个背包和一点现金,就是这些东西,在路上也会被抢光。他们妻离子散,男、女和儿童各分东西。小孩子放学回家,父

---

[1] 选自《安妮日记》,(德)安妮·弗兰克著,彭淮栋译,海南出版社1996年版。

母已经不见踪影。女人买东西回家，家已经被查封，家人都消失了。基督徒和荷兰人也生活在恐惧之中，因为他们的儿子被送往德国。人人都心惊胆跳。每天晚上几百架飞机从荷兰上空飞往德国城市，把炸弹丢在德国土地上。在俄国和非洲，每个小时都有成百成千的人送命。没有人能置身于冲突之外，整个世界都在战争，虽然同盟国比较顺利了，但结局还不知道在哪儿。

安妮·弗兰克如果还活着，也许会成为作家、诗人。安妮·弗兰克的日记透露出一种早熟的才能，一种勾魂摄魄的感染力……
——爱尔莎·特丽奥莱（法国著名女作家）

1943年10月29日 星期六

我经常神经质，尤其星期天；星期天是我心中真正悲惨的时候。气氛令人窒息、呆滞、沉重。外面听不见一声鸟叫，整个屋子笼罩在一片死寂、压迫的寂静里，这寂静附在我身上，仿佛要把我往下拖，拖到阴间的最下层。这时候，父亲、母亲和玛各对我完全无关紧要。我从一个房间徘徊到另一个房间，在楼梯里上上下下，像一只本来会唱歌的鸟被剪去翅膀，不断用身子撞那沉暗的笼子的铁条。"放我出去，到有新鲜空气和笑声的地方去！"我心中有个声音哭喊着。我已懒得应答人家，只愿歪在沙发上。睡眠能使这个寂静和可怕的恐惧快一点飞逝，而既然雾时间不可能，只有靠这样来帮助它赶快过去。

1944年2月2日 星期六

最亲爱的吉蒂：

阳光普照，天空深蓝，和风轻拂，我渴望着，真的渴望着一切：交谈、自由、朋友、独处。我渴望……哭一场！我觉得我仿佛要爆炸。我知道哭会有帮助，可是我不能哭。我浮躁不安。我从一个房间踱到另一个房间，从窗框的细缝呼吸，感觉到我有心在跳着，好像在说："终于，满足我的渴望吧……"

我想，春天已经在我内心里。我感觉到春天在苏醒，我在我整个身体和灵魂里感觉到它。

1944年3月25日 星期六

我没有很多钱，其他世俗财产也不多，我不美丽，智慧不高，也不聪明，可是我快乐，而且立志永远快乐！我生来快乐，我爱人，我天性信任人，而且希望人人也快乐。

1944年4月11日 星期二

我们的处境从来不曾像那晚那么危险。想想看，警察到了书架前面，灯亮着，却没有人发现我们藏在里面！"现在我们完了！"那一刹那我曾轻声说了这么一句，结果我们有惊无险。

经过这一场，我们又痛切地记取，我们是身戴铐链的犹太人，被铐在一个处所，没有任何权利，却有千般义务。我们必须将我们的感觉摆在一边；我们必须勇敢并且坚强，吃苦受难，不能埋怨，尽力而为，信任上帝。有一天，这可怕的战争将会结束。那时候，我们会又是人，而不只是犹太人！

谁把这苦难加在我们身上的？谁使我们和其他人类不一样的？

谁使我们这样受苦受难的？是上帝把我们做成这样，但上帝也会再将我们提拔起来。在世界眼中，我们注定受苦，但是，在这一切苦难之后如果还有犹太人留下来，这些犹太人将会被当做范例高高举起。谁知道，也许我们的宗教会教导世界以及世上所有的人向善，那就是我们受苦受难的理由，唯一的理由。我们永远无法只是荷兰人，也永远无法只是英国人，或任何一国的人，我们会永远也是犹太人。我们将必须继续做犹太人，但那时将是心甘情愿做犹太人。

勇敢吧！我们要记取我们的责任，无怨无悔地尽我们的责任。会有出路的。上帝从来不曾抛弃我们这个民族。多少世纪以来，犹太人必须受苦，但多少世纪以来他们继续活着，千百年的苦难只有使他们变得更坚强。弱者会倒下去，强者会活下去；他们是打不败的！

如果上帝让我活下去，我会有比母亲更大的成就，我会让世人听见我的心声，我会走入世界，为人类尽一份力量！

现在我知道，人最需要的是勇气和幸福！

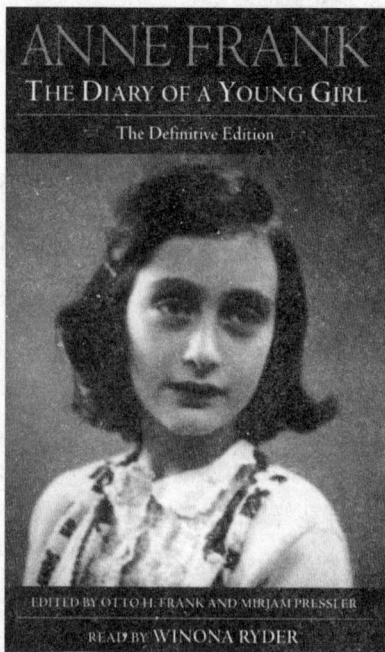

ANNE FRANK
THE DIARY OF A YOUNG GIRL
The Definitive Edition

EDITED BY OTTO H. FRANK AND MIRJAM PRESSLER
READ BY WINONA RYDER

作为一名成长中的少女，安妮在日记里表达了她对成年人世界的看法、她热情活泼的天性、不为人知的写作才华以及初生的爱情等。书中描绘了充满阴郁、恐怖、淘气、梦想与成长的安妮的世界，引起人们对战争与人性的思考，和对密室青春的爱怜。

1944年5月3日 星期三

你一定可以想象，我们经

常满怀绝望地问:"战争有什么意义? 人为什么不能和平相处? 这一切破坏, 到底是为了什么?"

会问这问题, 是可以理解的, 但目前为止没有人拿得出完满的答案。为什么英国人的飞机愈造愈大, 愈造愈精, 同时又一直弄出一大堆要重建的新房子? 为什么每天花几百万打仗, 却拿不出一分钱给医学研究、艺术家或穷人? 为什么有些人挨饿, 世界其他地方却有堆积如山的食物在腐烂? 哦, 人为什么这么疯?

我不相信战争只是政客和资本家搞出来的。芸芸众生的罪过和他们一样大; 不然, 许多人民和民族早就起来反叛了! 人心里有一股毁灭的冲动, 发怒、杀人的冲动。除非所有人类没有例外都经过一场蜕变, 否则还是会有战争, 苦心建设、培养和种植起来的一切都会被砍倒、摧毁, 然后又从头来过!

我经常心情沮丧, 可是从来不绝望。我将我们躲藏在这里的生活看成一场有趣的探险, 充满危险和浪漫情事, 并且将每个艰辛匮乏当成使我日记更丰富的材料。我已下定决心要过和其他女孩子不一样的人生, 不想以后变成一个平凡的家庭主妇。我在这里的经验, 是一个有趣人生的一个好开头。碰到最危险的时刻, 我都必须往它们幽默的一面看, 并且笑一笑, 理由——唯一的理由——就在这里。

我年轻, 有许多尚未发现的特质; 我年轻又坚强, 正活在一场大探险里; 我正在这探险过程之中, 不能因为没有什么好玩的事而只顾整天唉声叹气! 我有很多福分: 幸福、愉快的性情, 以及力量。每天我都感觉到自己在成熟, 我感觉到解放正在接近, 我感觉到大自然的美和周遭人的善良。每天我都想, 这是一场多么迷人有趣的探险! 有此种种, 我为什么要绝望?

金陵的救赎 [①]

◎ 杨敏

1937年，南京的平安夜。

日军的烧杀抢掠仍在持续，城南与城东火光冲天。

这一晚，魏特林在日记中写道："再过一天就是圣诞节了。10点，我被叫到办公室，与日本某师团的一名高级军事顾问会晤，他要求我们从1万名难民中挑选100名妓女。他们认为，如果为日本兵安排一个合法的去处，这些士兵就不会再骚扰无辜的良家妇女了。当他们许诺不会抓走良家妇女后，我们允许他们挑选。过了很长时间，他们终于找到了21人。"

彼时，魏特林是南京金陵女子文理学院的代理校长。学校设立的妇女儿童难民收容所中，收容了1万多名妇女和儿童。

2005年，华裔作家严歌苓将《魏特林日记》里的这几行文字发酵成小说《金陵十三钗》：13名妓女自愿代替女学生充当日军慰安妇。

---

① 选自《中国新闻周刊》2011年第47期。

她解释自己的创作动机时说，南京大屠杀期间有8万名妇女被摧残，因此那段历史在西方被叫做"南京大强奸"。实际上，这是一个外族对一个民族从肉体到心理的摧残，它比屠杀更残酷。

华裔作家哈金看过《魏特林日记》后，收集大量史料，写成小说《南京安魂曲》。

明妮·魏特林当年工作过的金陵女子文理学院，后来并入南京师范大学，现为该校的随园校区。

75年前，这几栋建筑，以及学校里的每一寸土地，都是南京妇女的救命安身之所。

5次拒绝撤离

1937年秋的南京，充满了躁动惶恐的末世气息。

金陵女子文理学院大部分师生都已撤退到后方，自愿留下来的4名教师和11名职员组成了留守委员会。其中，学院教育系主任、51岁的美国传教士明妮·魏特林任代理校长，舍监程瑞芳和总务主任陈斐然协助她。

8、9月间，魏特林4次收到美国大使馆的撤离通知。

第2次收到撤离通知后，她在日记中写道，自己有责任负起使命来，"就像在危险之中，男人不应弃船而去，女人也不应丢弃她们的孩子一样"。

此时，自愿留在南京的，除了魏特林，还有20多位欧美人，多是传教士、教授、医生和商人。他们希望在南京按照上海的模式设立一个安全区，为平民提供避难场所。

11月15日，由7个美国人、3个德国人、4个英国人和1个丹麦人组成的南京安全区国际委员会成立。德国西门子洋行南京办事处负责人，同时也是纳粹党在南京的首领约翰·拉贝当选为主席。

安全区东起中山路，西到西康路，南至汉中路，北到山西路与中山北路一带，占地约3.86平方公里。意大利和美国使馆、金陵大学、金陵女子文理学院等机构都在其中。安全区内非军事化，设立26个难民收容所。

南京国民政府给予全力支持。南京市市长马超俊把安全区的行政责任交给了国际委员会，还提供了450名警察、4万担米和面粉及8万元现款。美国大使馆附近的五台山上的高射炮很快被撤走。

11月17日，宋美龄将一架陪伴自己多年的钢琴送到金陵女子文理学院。魏特林知道，她也要离开了。

11月20日，南京国民政府正式发表《移驻重庆宣言》，迁都重庆。

在通过美国大使馆和日本当局进行了交涉之后，12月1日，南京安全区国际委员会收到日方通知：只要与日方必要的军事措施不相冲突，日方将努力尊重此区域的中立。

也是在这一天，日军当局下令："攻占敌国首都南京。"

当日晚上，南京安全区正式成立。国际委员会宣布，在国际红十字会南京分会（魏特林是17名会员之一）的监督下，为最贫者提供食物。

安全区成立的当晚，魏特林召集学校3人紧急委员会开会，决定组织一个由6名工人组成的治安小组，并为他们制作了臂章。

她又向美国大使馆借来一面9英尺的美国国旗，悬挂在学校中央，后来嫌小，又让工人买布制作了一面30英尺的美国国旗。校园内共升起8面美国国旗。

接下来的一周，魏特林和教工们把大部分家具从中央楼、科学楼、音乐楼和实验楼里清理出来，也清理了宿舍，准备安置难民。魏特林还专门安排了几个少年为难民带路。

几天后，魏特林第5次收到美国大使馆的通知。她有3个选择：现在就走；过些时候再走；在任何情况下都不走。

她选择了第3项。

安全区遭难

12月12日晚的南京，没有电灯，没有水。魏特林和衣躺在床上，听着重炮轰击城门的声音和城内激烈的枪声，一夜未眠。此时的南京，不通电话和电报，没有报纸，没有广播，与世隔绝，是一座将死的城。

次日凌晨，南京沦陷。据历史学家统计，当时的南京城约有50万平民和9万中国军队。入城日军则有5万。

南京的大街上，商铺紧闭，除了日本兵，看不到其他人。不少老百姓家里挂出了日本国旗，以求平安。

安全区的街上则挤满了人。

从早上8点30分到下午6点，魏特林站在校门口，看着数以千计的难民涌入校园，脸上都带着惊恐的神情。为了接纳更多需要帮助的人，她请求年纪大点的妇女待在家中，以便给年轻妇女腾出地方。

在这一天的日记中，魏特林写道："迄今为止，学校的员工及建筑物均安然无恙，但我们对今后几天的命运毫无把握。大家都疲倦到了极点。"

16日一早，100多名日本兵以搜查中国士兵为由，闯入金陵女子文理学院，架起6挺机关枪。他们备有一把斧头，遇到打不开的门就强行劈开。

这一天是日军进城的第4天，拉贝在其日记中写道："昨夜里1000多名姑娘被强奸，仅在金陵女子文理学院，就有100多名姑娘被强奸。"一个美国人说："安全区变成了日本人的妓院。"

南京师范大学南京大屠杀研究所教授张连红1999年曾和参与过南京大屠杀的日本兵东史郎会面。东史郎告诉她，当时他们这些驻扎在南京的士兵都知道，"金女大"里收容了许多年轻姑娘。

张连红访谈过很多金陵女子文理学院收容所的幸存者。门房杜师傅的妻子赵政莲回忆，她当时睡在门房里，经常能听到卡车开进来的声音。当时，一听到汽车声，女难民们便用泥或锅底灰擦脸，但日本兵却带有湿手巾，一个一个去擦难民的脸，看到年轻漂亮的就用白被单一裹，然后送到卡车上去。

魏特林每天奔波在学校的各处，将校园里做实验用的鸡、鸭，教师宿舍里的牛奶、果酱和哭叫着的妇女从日本兵手里夺回来。人们听见她隔着老远就怒气冲冲地大喊：这是美国学校！

平安夜的罪恶

12月17日，又有日本人来学校搜查中国兵。他们强迫所有人跪下，检查男人的手和肩膀，看有没有长期使用枪炮留下的痕迹，并要将3个校工带走。魏特林急忙上去解释，被打了耳光。

这时，有尖叫声和哭喊声传来。日本兵从大楼里拉走了12名妇女。

"我永远不会忘记这一情景：人们跪在路旁，玛丽、程夫人和我站着。枯叶瑟瑟地响着，风在低声呜咽，被抓走的妇女发出凄惨的叫声。"魏特林在日记中写道。

次日，在美国领事馆的协助下，魏特林去了日本大使馆，从田中副领事那里拿到一封可随身携带、当挡箭牌用的信。田中同意她在学校门口张贴告示，禁止日本兵无理闯入。"回来时我高兴得难以形容。"

在她的争取下，领事馆还派来25名宪兵维持秩序。但这一晚，两名妇女被宪兵强奸。

24日，圣诞节前一天，日本人又来到学校，挑选了21名"妓女"。

关于这件事,魏特林的日记中只有本文开头那短短几行字的记录。

张连红1999年走访南京大屠杀幸存者时,一位叫屈慎行的老人回忆了事情的经过。当年14岁的屈慎行是南京下关区安乐村村民,当时在金陵女子文理学院里避难。

"日军在学校里每个地方都搜寻,有20多名妇女被拉到卡车上。这些女子大都反抗着不肯去,高喊救命,但是在卡车上有人拉,下面有人往上推。卡车上有帐篷,没有人敢跳下来。"屈慎行告诉张连红。

哈金在《南京安魂曲》中写下了这一天发生的事:

谷寿夫指挥的第六师团后勤部副部长——一个胖脸中佐带着100多名日本兵来到学校找妓女。

明妮终于说:"我不知道你们怎么能看出来谁从前干那种工作。"

中佐发出一阵狂笑:"不必担那个心。我们在这方面很有经验,可以看出她们来,非常准确。"

中佐保证只找"自愿重操旧业"的,并且还会付给很好的报酬。魏特林终于同意了。

但这时,四处都响起了尖叫声。原来,在中佐把魏特林拖在这里的时候,外面已经开始到处抓人了,被拖走的都是一些相对漂亮的年轻妇女。

"金陵永生"

安全区总部里,不断有人进来向拉贝报告抢劫、强奸的消息,并把他拉到现场。大多数情况下,他都会大喊一声"德意志"或"希特勒",日本兵就会突然变得礼貌起来或像老鼠一样逃跑。

1938年1月1日,日本人在南京成立了自治委员会,命令安全区国际委员会把所有行政权和钱款、米粮移交给自治委员会。1月28日,日本人下令关闭难民收容所，限定难民在2月4日前回家。

在最后期限到来时，金陵女子文理学院还有4000多难民，多数是年轻姑娘。许多人回到家中，遭到蹂躏，第二天又回来了。

每天仍有女难民来学校，魏特林顶着压力收容她们。

2月18日，南京安全区国际委员会正式更名为南京国际救济委员会。更名前一天，拉贝回国。在告别致词里，他说："我一定不会忘记，明妮·魏特林小姐是怎样穿过全城，将400名女难民送进我们安全的收容所里的，这只是无数事例中的一个。"

5月底，日军再次要求所有的难民所解散。

国际救济委员会决定，将30岁以上的贫困妇女安置在大方巷，而将那些30岁以下的贫困女子、住在城里危险地区的女子和无法安排的女子安置在金陵女子文理学院，并为她们开设一个教学项目，以备她们今后谋生之用。

这段时间，魏特林忙于应付日军当局的压力和士兵的骚扰以及繁重的学校校务，"我累得筋疲力尽，不想再思考任何问题，心情也不好。"

这一年年末，魏特林愈发感到疲倦不堪。12月11日，她写道："真不知这星期怎么熬到头。"

但更大的挫折还在后面等着她。

据《南京安魂曲》中所写，1940年4月初的一天，也即汪精卫伪政府在南京成立后不久，《紫金山晚报》上刊登了一篇题为"真正的罪犯"的文章，将矛头对准了在南京大屠杀期间留在南京的西方人。

自称"真相卫士"的作者还特别提到了1937年12月24日晚，日军从金陵女子文理学院带走21个女子的事情。文章写道："让我们看穿那个所谓的慈悲女菩萨吧！明妮·魏特林其实是一个人贩子，一个出卖中国人的叛徒。我们必须揭露她，必须把献给日军的那些妇女和姑娘们的账算到她头上。"

金陵女子文理学院的实际负责人丹尼森夫人看到文章后无比愤怒。一直和明妮·魏特林不和的她,听不进任何解释。

几天后,魏特林递交了辞职报告。她的健康状况一天比一天糟糕,患上了严重的精神抑郁症。5月,她回美国治疗。

1941年5月14日,魏特林回国后一年,独自在公寓开煤气自杀,时年55岁。她在遗书中写道,她在中国的传教失败了,与其受精神之苦,不如一死了之。

在哈金《南京安魂曲》中文版的序言中,作家余华写道,明妮·魏特林这位勇敢、执著而无私的女性,最后却遭受了妒忌和诽谤,让人感伤之后是感叹:"人世间可怕的不只是种种令人发指的暴行,还有命运的无情冷酷。而命运不是上帝安排的,是人和人之间制造出来的。"

魏特林被安葬在美国密歇根州的雪柏得镇,墓碑上雕刻着金陵女子文理学院的平面图,并刻着"金陵永生"4个中文字。

6月10日,国民政府颁布了嘉奖令,以褒扬魏特林在中国的特殊功绩。